KB075816

🌑 미메타(ミメタ)가 소장하고 있는 비불(秘佛), 신라명신. 🌑

이 신라명신 앞에서 일본 무사의 시조격인 신라사부로(新羅三郎)는 자신의 성을 따왔으며
이 불상 앞에서 성인식을 올림으로서 평생의 수호신으로 삼았다.
이 독특한 형상의 비불이야말로 해신(海神) 장보고의 실제 모습일 것이다.

혼신 질풍노도 1

열림원

해신 1

1판 1쇄 발행 2003년 1월 6일
1판 8쇄 발행 2007년 8월 8일

지은이 최인호
펴낸이 정중모
펴낸곳 도서출판 열림원
등록 1980년 5월 19일(제406-2003-026호)
주소 경기도 파주시 교하읍 문발리
        출판문화정보산업단지 513-15
전화 031-955-0700
팩스 031-955-0661
홈페이지 www.yolimwon.com
이메일 editor@yolimwon.com

* 책값은 뒤표지에 있습니다.

ISBN 978-89-7063-342-8 03810
ISBN 978-89-7063-341-1 (세트)

그 신라명신이 바로 부활하여 나타난 장보고의 현신임이 밝혀진
이 모든 과정이 한갓 우연인 것인가.

책 머리에

　장보고(張保皐)는 우리나라 역사상 가장 독특한 인물 중의 한 사람이다.

　대부분의 역사적 인물들은 성공을 거두거나 빛나는 승리를 얻은 승자(勝者)들임에 반해 장보고는 특이하게도 비참하게 암살당해 죽은 패자(敗者)인 것이다. 《삼국사기》를 편찬한 김부식은 장보고를 모반을 꿈꾸었던 반역자로 묘사하였는가 하면 《삼국유사》에서는 장보고를 '매우 미천한 해도인(海島人)으로 반란을 꾀하자 용감한 장군 염장이 임금의 명을 받들어 장보고를 죽였다'고 기록하고 있는 것이다.

　무릇 역사란 이긴자의 편에서 기록되기 마련으로 비참하게 암살당해 죽은 장보고에 대한 역사적 평가를 정확하게 내릴 수는 없겠지만 어쨌든 장보고에 대한 평가는 이처럼 시점에 따라서 상반되게

인식되어 왔던 것은 사실이다.

이 소설을 쓴 필자인 나 역시 처음에는 장보고에 대해 몇 가지 오해를 갖고 있었다. 그의 매력적인 인간상에도 불구하고 장보고가 정치적 야망을 갖고 결국 그로 인해 비참한 최후를 맞은 혁명아였다는 점이었다.

장보고는 홍경래와 같은 혁명아들이 사회의 모순과 계급적 불평등을 타파하기 위해서 혁명을 꿈꾼 것과는 달리 《삼국사기》에 기록된 대로 '자신의 딸을 왕비로 맞아들이지 아니한 것을 원망하여 반기'를 들었으므로 어떤 의미에서는 개인의 영달을 꾀하기 위해서 사사로운 감정으로 모반을 꿈꾸었던 반역자라고 생각하고 있었던 것이었다.

이러한 몇 가지 오해 때문에 나는 오래 전부터 장보고에 대한 작가로서의 강렬한 매력을 느끼고 있었으면서도 선뜻 펜을 들 용기가 나지 않았던 것이다.

그러나 막상 장보고에 대한 역사적 추적을 시작하게 되자 나의 이런 오해는 기우였음이 밝혀지게 되었다.

우선 우리나라에서의 이러한 부정적 평가와는 달리 만당(晩唐) 최고의 시인이었던 두목(杜牧)은 장보고를 안록산의 난을 평정하였던 당나라 최고의 영웅 곽분양(郭汾陽) 이상으로 평가하여 장보고를 인의(仁義)의 덕을 지닌 천하의 영웅으로 묘사하고 있으며 동시대의 일본인 승려 엔닌(圓仁)은 세계 삼대 여행기 중의 하나인 《입당구법순례행기(入唐求法巡禮行記)》에서 장보고에게 다음과 같은 서신까지 보내고 있는 것이다.

"······ 나서 지금까지 삼가 만나뵈옵지는 못하였지만 오랫동안 높으신 인덕을 들어왔기에 흠모의 정은 날로 더해만 갑니다. 봄은 한창이어서 이미 따사롭습니다. 엎드려 바라옵건데 대사님의 존체 거동에 만복하기를 바랍니다. 엔닌은 옛 소원을 이루기 위해서 당나라에 체류하고 있습니다. 미천한 몸 다행히게도 대사님이 세운 본원의 땅(장보고가 세웠던 중국에 있는 적산법화원)에 머물고 있습니다. 감사하고 즐겁다는 말 이외에 달리 바꿀 말이 없습니다······ (후략) ······."

그리하여 엔닌에 대해 연구하여 전세계에 널리 알렸던 주일미대사, 라이샤워는 그가 쓴 논문에서 장보고를 서슴없이 '상업제국(Commercial Empire)'을 건설하였던 위대한 '무역왕(Merchent Prince)'으로 묘사하고 있는 것이다. .

이처럼 장보고가 우리나라 역사에서는 비참한 패배자이자 비열한 반역자였으나 중국과 일본 등 이웃나라의 역사적 검증을 거치는 패자전을 통해 빛나는 승리자로 부활할 수 있었던 것은 장보고야말로 국경을 초월한 세계인이었기 때문이었을 것이다.

실제로 2002년 한해 동안 나는《중앙일보》에 장보고를 주인공으로 하는《해신(海神)》이라는 소설을 연재하는 한편 KBS의 5부작 특집 다큐멘터리의 작업을 병행하면서 장보고야말로 21세기를 사는 우리 민족들이 미래지향적인 인물로 본받아야 할 선인(先人)임을 절실하게 느낄 수 있었던 것이었다. 일찍이 두목이 평가하였듯 장보고는 '제대로 된 한 사람만 있어도 그 나라는 망하지 않을 것'이라는 유일한 위인임을 새삼스럽게 깨달을 수 있었던 것이다.

장보고가 비참하게 암살당하였던 것은 그가 자신의 딸을 왕비로 삼게 하여 신분상승을 노리기 위해서가 아니라 신라의 어지러운 정치를 바로잡기 위해서 본의 아니게 정쟁에 말려들었다가 장보고의 세력을 두려워한 김양을 중심으로 한 신라귀족의 흉계에 제거되었기 때문이며 오히려 그의 억울한 원혼은 오늘날 일본에서는 신라명신(新羅明神)으로 혹은 적산명신(赤山明神)으로 신격화되고 있는 것이다.

장보고.

역사 속의 패자부활전을 통해 다시 부활하여 살아난 해신 장보고.

그는 해적들에 의해 팔려가는 동족인 신라 노예들을 보고 분노하였던 인본주의자(人本主義者)였으며 또한 우리나라 불교사상 처음으로 달마의 선법을 종지(宗旨)로 하는 구산선문(九山禪門)이 들어올 때 강력하게 이를 후원하였던 종교 개혁자이자 사상가이기도 했었다. 멸망한 백제국 출신의 미천한 해도인으로 태어났으나 자신의 신분에 절망치 아니하고 중국으로 건너가 무공을 세워 군중소장에까지 이르렀던 미래인이었으며 당나라에 머물고 있던 신라인들을 하나로 모으기 위해서 적산법화원이란 절을 세웠던 민족의 지도자이기도 했었다.

당나라와 일본의 삼각무역을 통해 라이샤워의 표현대로 상업제국을 연 해상왕이자 무역왕이었으며 무엇보다도 내가 장보고를 가장 매력적으로 본 것은 한·중·일의 바다를 국경없이 다스렸던 우리나라 역사에서는 보기 드문 단 한 사람의 세계인(世界人)이었음을 깨닫게 되었던 것이다.

그리스의 역사가 헤르도토스는 "우리 바다에는 많은 배가 있다. 따라서 우리에게는 아버지의 땅이 있다."고 기록하고 있으며 헤르도토스를 '역사의 아버지'라고 묘사한 대 웅변가 키케로는 "바다를 지배하는 자가 곧 제국을 지배할 것이다"라고 말하였다.

장보고는 키케로의 말처럼 무적의 배를 타고 남해를 다스렸으며 바다를 지배하였던 단 한 사람의 코스모폴리탄이었다.

그리스 신화에 나오는 해신 포세이돈.

지중해가 청동의 발굽과 황금의 갈기가 휘날리는 명마들이 끄는 전차를 타고 바다 위를 달리는 포세이돈을 낳았다면 우리의 다도해 (多島海)는 장보고를 낳았다.

우리 민족에게 많은 배가 떠다니는 바다와 아버지의 땅, 그 신화를 남겨준 단 한 사람의 영웅 장보고.

그래서 나는 장보고를 감히 바다의 신, 해신(海神)이라 부른다.

2002년 12월 해인당에서

최 인호

해신

질풍노도 疾風怒濤

1

제
1
장

붉은 갑옷

1575년 5월.

미카와(三河)의 나가시노(長篠)에서는 오다 노부나가(織田信長)와 도쿠가와 이에야스(德川家康)가 이끄는 연합군과 다케다 가쓰요리(武田勝賴)가 이끄는 무적의 기마군단이 천하통일을 다투는 최후의 결전을 벌이고 있었다.

가쓰요리는 일본 역사상 전설적 영웅으로 알려진 다케다 신겐(武田信玄)의 아들. 아버지의 유업을 받들어 가쓰요리가 전쟁터에 나선 것은 29세 때의 일이었다. 가쓰요리는 전쟁에 나서기 전 다케다 가문의 보리사인 혜림사(惠林寺)에서 성대하게 아버지의 장례식을 치렀다.

혜림사는 대대로 다케다 가문의 장례나 추선공양(追善供養)을 지내는 원찰(願刹)로 그곳에는 2년 전에 죽은 다케다 가문의 19대 당주였던 다케다 신겐의 유골과 위패가 모셔져 있었다. 장례식을 집전한 사람들은 죽은 신겐의 오랜 친구이자 정신적 지도자였던 가이센(快川) 큰스님이었다.

신겐이 죽은 것은 2년 전인 1573년 4월. 2년 동안이나 장례식이 미뤄졌던 것은 신겐이 죽을 때 가족과 가신들에게 자기의 죽음을 절대로 외부에 알리지 말고 감추라고 유언했기 때문이었다.

그 무렵 신겐은 직접 자신이 조직한 천하무적의 기마군을 이끌고 오다와 도쿠가와의 연합군과 대결하고 있었다. 그 결과 다케다 군사는 완전히 연합군을 궤멸시켰다. 특히 도쿠가와의 군대에는 전멸에 가까운 압승이었다. 이에 승승장구한 신겐의 군사들은 왕도인 교토(京都)의 중앙정권을 향해 총진군을 하고 있었는데 어느 순간 신겐의 군사들은 진격을 멈춰버렸다.

그것은 천하통일을 눈앞에 두고 있던 신겐이 갑자기 병에 걸려 죽었기 때문이었다. 너무나 돌연한 죽음이어서 많은 사가들 사이에서는 신겐이 병으로 급사한 것이 아니라 암살당해 죽은 것이라는 주장이 있으나, 평생을 암살당할 것을 대비해서 일본 최초로 특수 무사인 닌자(忍者)를 조직하여 첩보부대로 활용했던 신겐이고 보면 암살당해 죽었다기보다는 갑작스런 급사로 객사하였던 것이 정확한 것으로 보여진다.

어쨌든 신겐은 죽기 전 가족들과 가신들에게 자신이 죽더라도 최소한 수년간은 자신의 죽음을 비밀에 부치라고 유언을 남긴 후 숨을 거두었다. 이때가 1573년 4월 12일, 그의 나이 52세 때의 일이었다.

이로써 전국시대 최대의 영웅, 오늘날의 야마나시(山梨) 현, 그 당시에는 가이(甲斐)라고 불리던 지방의 다이묘(大名)로서 후세 사람들로부터 '가이의 호랑이'라고 불리던 불세출의 영웅. 다케다 신겐은 천하통일을 눈앞에 두고 숨을 거둔 것이다.

실제로 천하통일은 다케다 신겐이 급사하여 죽은 뒤 10년 후인 오다 노부나가의 부장이었던 미천한 아시가루(足輕, 보병) 출신의 도요토미 히데요시(豊臣秀吉)에 의해서 이루어졌으나 오늘날 많은 일본인들은 그때 그가 죽지 않았더라면 틀림없이 다케다 신겐, 즉 '가이의 호랑이'가 천하통일하였을 것이고 그렇게 되었더라면 일본의 역사는 더 많은 발전을 보였을 것이라고 한탄하고 있는 것이다.

그만큼 다케다 신겐은 전국시대가 낳은 최고의 영웅이었으며 지금도 일본인들이 가장 존경하는 역사상의 인물로 손꼽히고 있는 것이다.

어쨌든 신겐의 급사로 다케다 가문의 당주는 제20대 당주인 신겐의 아들 가쓰요리로 이어지게 되었다. 가쓰요리는 아버지의 유언을 철저히 지켜나갔다. 과연 신겐이 꿰뚫어본 대로 '가이의 호랑이'가 존재하는 한 감히 오다와 도쿠가와의 연합군들은 다케다 군에게 도전해올 생각은 꿈도 꾸지 못하고 있었던 것이었다.

그러나 하늘 아래 비밀은 없는 법. '벽에도 귀가 있다'는 일본의 속담처럼 차츰차츰 다케다 신겐의 죽음은 조금씩 적군에게 알려지기 시작하였던 것이다.

1572년의 전투에서 패배당하였던 오다와 도쿠가와의 연합군들은 3년 동안 군사를 정비하여 반격 시기만을 노려오고 있었으며 특히 '가이의 호랑이' 다케다 신겐이 죽어버렸다는 소문이 사실로 확인

되자 쾌재를 부르고 진군하였던 것이었다.

그리하여 오다와 도쿠가와의 연합군들이 진군한 곳은 도쿠가와의 근거지였던 미카와의 나가시노, 바로 이 나가시노에서 천하쟁패의 대회전이 벌어지게 되었던 것이었다.

더 이상 아비지의 죽음을 비밀로 숨겨둘 수 없었던 가쓰요리는 혜림사에서 가족들과 전 가신들이 운집한 가운데 아버지의 장례식을 2년 만에 성대하게 치렀다. 장례식을 치르고 나서 가쓰요리와 군신들은 혜림사의 경내에 함께 모시고 있는 조신(祖神)에게 제례를 올렸다.

혜림사는 대대로 다케다 가문의 장례나 무운장구를 비는 신전이기도 하였다. 때문에 부처와 더불어 조신을 함께 모시고 있는 곳이었으므로 조상신을 모시는 사당이 함께 나란히 마련되어 있는데 이 사당에는 다케다 가문의 시조라고 할 수 있는 신라사부로(新羅三郎)의 신상이 안치되어 있었던 것이었다.

신라사부로.

신라사부로의 원 이름은 미나모토 요시미쓰(源義光). 바로 이 요시미쓰가 다케다 가문의 뿌리이자 조상신이었던 것이었다. 그러니까 신라사부로는 다케다 가문의 제1대 조신이며, 아버지 다케다 신겐은 19대, 자신은 20대 후손이었던 것이다.

그런데 어째서일까.

신라(新羅). 이 이름은 우리나라 역사에 나오는 고대 국가의 이름이 아닐 것인가. 우리나라에서 고구려, 백제와 더불어 삼국시대를 열었던 신라 그리고 마침내 삼국을 통일하였던 국가 이름이 어째서 다케다 가문의 조상신의 성으로 자리매김하고 있는 것일까.

미나모토 요시미쓰, 1045년에 태어나 1127년 10월 20일에 죽은 헤이안(平安)시대 후기의 무장.

다케다 신겐보다 5백 년 전에 태어난 요시미쓰는 어째서 자신의 성을 미나모토(源)에서 신라(新羅)로 바꾸었던 것일까. 신라의 성은 그의 손자인 기요미쓰(淸光)에 의해서 다케다로 바뀌어 사라져버렸지만 어쨌든 신라사부로는 다케다 가문에 씨신(氏神)인 것이다.

성대한 장례식을 마치고 조신인 신라사부로 신상 앞에서 무운장구를 빈 가쓰요리는 사당에 봉안돼 있는 '어기순무(御旗盾無)'를 꺼내들었다.

'어기순무'는 대대로 이어져 내려오는 다케다 가문의 가보였다. 다케다 가문의 조상인 신라사부로로부터 전해져 내려오던 깃발과 갑옷인데 이는 전설적이었던 무사 신라사부로가 전쟁터에서 들고 다니던 깃발이었고 또한 신라사부로가 전쟁터에서 직접 입었던 갑옷이었다.

이 깃발과 갑옷은 다케다 가문의 가보로서 '미하타다테나시'라고 불리던 보물이었다. 그 깃발은 '풍림화산(風林火山)'이라는 별명으로 불리고 있었는데 특히 무적이었던 다케다 군의 기마군단들이 들고 다니던 깃발이었다.

그 당시 다케다의 기마군단은 한 번도 패한 적이 없었던 백전백승의 천하무적이었다. 이들은 전쟁터에 나갈 때마다 사당에 봉안돼 있던 다케다의 씨신 신라사부로가 직접 들고 다니던 깃발을 앞세우고 질풍처럼 돌격하고, 때로는 숲처럼 서서히 침입하고 때로는 불처럼 활활 타올라 약탈하고, 때로는 산처럼 꼼짝 않고 버티어 가는 곳마다 승리하였으므로 적들은 이 깃발만 봐도 도망쳐버리기 일쑤였던 것이었다.

이 어기(御旗)가 '풍림화산'이라는 대명사로 불리게 된 것은 이 깃발에 쓰어 있는 14자의 글자 때문인데 그 글자의 내용은 다음과 같다.

"신속함은 바람과 같이 하고, 더딘 움직임은 숲속과 같이 하여 침략하고, 빼앗는 행동은 불과 같이 하고, 움직이지 않을 때는 산과 같이 하라(疾如風 徐如林 侵掠如火 不動如山)."

원래 이 깃발에 쓰여져 있는 문장은 손자(孫子)가 그의 《병법》에서 설파하였던 유명한 내용을 빌려온 것이었다.

손자는 그가 쓴 《병법》의 '쟁편(爭篇)'에서 다음과 같이 말하고 있다.

"그러므로 군사행동에 신속함은 바람과 같고, 그 더딘 움직임은 숲속과 같고, 침략하고 약탈하는 행동은 불과 같으며, 움직이지 않을 때는 산과 같고, 속을 알 수 없는 것은 음양의 변화 같고, 움직임은 벼락 치는 것과 같은 것이다(故其疾如風 其徐如林 侵掠如火 不動如山 難知如陰陽 動如雷霆)."

손자의 이 유명한 내용에서 14자를 따와 만든 '어기'는 대대로 다케다 가문의 상징이 되었으며 실제로 이 깃발을 든 다케다의 무적 기마군단은 펄럭이는 곳마다 벼락을 치듯 상대방을 쓰러뜨리고 무찔러 빛나는 승리를 거둘 수 있었던 것이었다.

가쓰요리는 어기를 군사를 이끄는 선봉장에 넘겨주었으며 자신은 또 하나의 가보인 갑옷 앞에 맹세했다.

이 갑옷 역시 다케다 가문의 조상이었던 신라사부로가 직접 입던 갑옷이었는데 대대로 다케다 가문의 가신들은 이 갑옷 앞에서 맹세한 것은 절대로 어기면 안 된다고 신성시해오던 신기(神器)였던 것이다.

이들은 그 갑옷 앞에서 승리를 얻어 천하를 제패하기 전에는 절대로 돌아오지 않을 것이며 신라사부로로부터 전해 내려오는 빛나는 다케다 가문의 명예를 더럽히지 않고 반드시 승리를 거둘 것을 맹세하였다.

그리고 나서 가쓰요리는 '다테나시(盾無)'라 불리는 갑옷을 착용하였다. 이 갑옷은 붉은색이었으므로 착용하여 입으면 온몸이 태양처럼 불타오르고 선혈의 붉은 피를 뒤집어쓴 것처럼 보였다.

다케다 군단에서 가장 용맹한 군사는 '아카조나에(赤備え)'라고 불리던 기마군단이었는데 이는 기마군병 모두가 가보를 모방한 붉은 갑옷을 입고 있었기 때문이었다.

이 붉은 갑옷을 입은 기마군단들은 다케다 군단에서 선봉대를 맡아보던 군사들이었다. 그러므로 오다와 도쿠가와 연합군은 붉은 갑옷을 입은 기마군단을 보기만 해도 혼비백산하여 무너지기 일쑤였던 것이다.

그리하여 마침내 1575년 5월.

나가시노에서는 천하통일을 노리는 일대 회전이 벌어지게 되었다. 그러나 이 건곤일척의 운명적인 결전은 의외로 쉽게 끝이 나고 말았다.

그때까지 단 한 번도 패한 적이 없었던 무적의 다케다 기마군이 비참하게 패배하고 무너져버린 것이었다. 그것은 무적의 기마군단을 능가하는 신출귀몰한 무사군단이 새로이 나타난 것이 아니라 뜻밖에도 인간이 아닌 신식무기의 출현 때문이었다.

3년 전의 전쟁에서 비참한 패배를 맛본 오다 노부나가는 절치부심하여 무적의 기마군단을 이길 수 있는 방법은 오직 조총(鳥銃)뿐이라고 생각하였던 것이다.

그 무렵 '뎃포' 즉 철포(鉄砲)라고 불리던 조총은 이미 일본에 포르투갈인으로부터 수입되어 들어와 있었고 실제로 작은 전쟁이 일어날 때마다 이 신식무기가 살상용으로 사용되고 있었던 것이다.

지리적으로 혜택을 받지 못하고 산간 내륙지역을 근거지로 삼았던 다케다 가문은 자연 영토 내에 바다를 갖고 있지 못하였으므로 서양문물을 받아들이는 데에는 치명적인 약점을 갖고 있는 것에 반해 중앙정권을 장악하고 있던 오다 노부나가는 외국과의 교역을 추진하여 자기 군단을 신식무기로 급속도로 무장시킬 수 있었던 것이다.

실제로 오다 노부나가는 대량의 조총 탄약을 조달할 수 있는 경제적 능력을 갖고 있었을 뿐 아니라 영토의 생산력이 높아서 많은 농민들을 농촌에서 떼어내 보병대를 상비할 수 있는 인적자원까지 확보할 수 있었던 것이었다.

특히 오다 노부나가는 조총을 삼단식(三段式)으로 일제 사격하는 전법을 사용하였는데, 이는 세계 전략사상 획기적인 전술이었다.

즉 조총은 한 번 발사하고 나면 다시 탄약을 장전할 때까지 일정

한 시간이 요구되므로 민첩한 기마군단의 신속성을 저지할 수 없었는데, 오다 노부나가는 조총 사격을 세 단계로 나누어 시간차 공격을 계속하여 잠시도 빈틈을 허용하지 않음으로써 마침내 다케다의 무적 기마군단을 궤멸시킬 수 있었던 것이었다.

3년 동안 절치부심하였던 오다 노부나가는 우선 자신의 영토에서 농민들을 확보하여 상비군을 편성하였다. 그때까지만 해도 농민들은 농번기에는 논밭에 일하러 나가야 하고 전투는 주로 농한기에만 했던 것이었다. 이른바 병농분리(兵農分離)가 이루어지지 않았던 것이었다.

오다 노부나가는 농민이나 도시 하층민 중에서 사람을 골라 민첩하게 행동하는 보병을 선발하였다. 이 보병을 '아시가루'라고 불렀는데 그것은 이들이 경장(輕裝)으로 민첩하게 활동하여 정찰, 방화, 복병의 역할을 맡아왔기 때문이었다.

이들은 더 이상 농사를 짓지 않았으며 마침내는 가신단(家臣團)의 말단에 편입되어 3년 동안 조직적인 군사훈련을 받으며 성장할 수 있었던 것이다.

훗날 오다 노부나가의 뒤를 이어 천하통일의 위업을 완성한 사람이 바로 이 미천한 아시가루 출신의 아들이었던 도요토미 히데요시였다는 것은 아이로니컬한 일일 것이다.

또한 오다 노부나가는 무사들을 칼 대신 조총으로 무장하였다. 직접 조총의 탄환이 갑옷을 뚫는 모습을 눈으로 확인한 그는 오직 조총만이 다케다의 무적 기마군단을 무찌를 수 있다고 생각하였다.

오다 노부나가는 포르투갈 상인들로부터 조총을 수백 정 구입하여 자신의 무사단을 조총으로 무장시켰다. 그 당시 조총은 화승총 (火繩銃)이라고 불렸는데 문자 그대로 탄환을 재고 심지에 불을 붙여서 발사하는 삼단계로 나누어져 있었다. 오다 노부나가는 이 삼단계를 거쳐야 하는 조총의 치명적인 약점을 보완하기 위해서 삼단식 사격전술을 구사하였다.

즉 선두 열은 발사하고 물러나고, 두 번째 열은 심지에 불을 붙이고, 마지막 열은 탄환을 재는 일을 동시에 반복함으로써 잠시의 공백도 없이 일제 사격하는 효과적인 공격 전술을 창안해낸 것이었다.

훗날 오다 노부나가의 이 독창적인 전법은 그대로 도요토미 히데요시에게 이어져 임진왜란 때 조선의 군사들에게 막대한 피해를 입혔던 것이 바로 이 조총이었던 것이다.

어쨌든 천하쟁패를 다투는 나가시노의 전투는 오다와 도쿠가와 연합군의 일방적인 승리로 끝이 났다. 단 한 번도 패하지 않았던 다케다의 무적 기마군단은 연합군의 조총사격에 의해서 거의 전멸해 버린 것이었다.

다케다 가쓰요리는 간신히 살아남은 부하들을 거느리고 자신의 고향인 고후(甲府)로 도망쳐왔다. 그는 성안에 은거하면서 재기를 노렸다. 이때 고후로 도망쳐가는 가쓰요리의 군사를 오다 노부나가는 끝까지 추적하여 궤멸시키려 하였다. 그러나 그러한 오다 노부나가를 제지한 사람이 바로 도쿠가와 이에야스였다.

"가쓰요리는 이제 살아도 산 목숨이 아닙니다. 그냥 내버려두면 그는 반드시 자멸해버릴 것입니다."

예부터 다케다의 영토는 후지(富士) 산 일대의 산록. 가쓰요리가 일단 패하였다고 하지만 가쓰요리를 쫓아 산간 내륙지방까지 쳐들어가는 것은 연합군에게도 치명적인 타격을 입힐 것이 분명하였기 때문이었다.

"옛말에 이르기를 '건드리지 않은 신(神)은 탈이 없다'라고 하였습니다. 가만히 내버려두면 자연 죽어버릴 송장을 공연히 건드려 화를 부를 필요는 없습니다."

여기서 도쿠가와 이에야스가 한 말은 유명한 일본 속담에서 나온 말. '건드리지 않은 신은 탈이 없다'라는 말은 공연히 긁어 부스럼을 만들지 말라는 말로 도쿠가와 이에야스의 철학을 알아볼 수 있는 대목이기도 하다.

실제로 전국시대 때 세 영웅의 성격을 나타내는 말로 새가 울지 않으면 오다 노부나가는 '새를 죽여버린다'라고 했다던가. 도요토미 히데요시는 새가 울지 않으면 '새가 울게' 하였고, 도쿠가와 이에야스는 '새가 울지 않으면 새가 울 때까지 기다린다'라고 했다던가.

어쨌든 오다 노부나가는 도쿠가와 이에야스의 충고를 받아들여 퇴각하는 다케다의 군사들을 더 이상 쫓지 아니하였다.

'새가 울지 않으면 새가 울 때까지 기다린다'는 도쿠가와 이에야스의 기다림은 적중하였다. 가쓰요리는 고후 성에서 7년 간 버티면서 재기를 노렸다. 그러나 모든 것은 허사로 끝이 나고 말았다.

우선 가쓰요리의 가신들이 모반하기 시작하였던 것이다. 대대로 다케다 가문의 충신이었던 그들은 몰래 오다와 도쿠가와 연합군과 내통하였으며 마침내 1582년 연합군은 가쓰요리 군사의 마지막 요새였던 고후 성을 포위하였다.

이때 끝까지 저항하려는 가쓰요리를 배신한 사람은 고야마(小山). 가쓰요리는 덴모쿠(天目) 산으로까지 도망쳐갔다. 지금의 야마나시 현에 남아 있는 이 산에서 가쓰요리는 마침내 자신의 운명이 다하였음을 깨달았다.

그가 칼을 들어 자살하려는 순간 자신의 아들이 눈에 들어왔다.

아들의 이름은 다케다 노부카쓰(武田信勝). 자살할 때 가쓰요리의 나이는 36세. 가쓰요리의 아들 노부카쓰의 나이는 알려진 바는 없지만 아마도 열두세 살 정도의 청소년이었을 것이다.

자신이 전쟁에서 이겼더라면 아들 노부카쓰는 명예롭게 다케다 가문의 제21대 당주에 취임하였을 것이고, 천하의 태양은 다케다 가문 위에서 영원히 불타오르고 있었을 것이다.

무사답게 할복하여 죽으려는 가쓰요리는 마지막으로 어린 아들의 눈을 쳐다보며 묻고 있었다. 그 눈빛은 이렇게 말하고 있었다.

'……어떠냐.'

비록 입을 열어 말하지는 않았지만 아들은 아버지의 눈빛이 무엇을 묻고 있는가를 잘 알고 있었다. 노부카쓰는 말없이 머리를 끄덕였다. 그 뜻은 다음과 같은 뜻을 담고 있음이었다.

'……저도 아버지의 뒤를 따르겠습니다.'

그리하여 두 부자는 무사답게 죽어갔다. 전해오는 말에 의하면 자신의 배를 스스로 가르자 창자가 튀어나온 가쓰요리의 목을 끝까지 곁을 지키고 있던 충신 하나가 고통을 덜어주기 위해서 베었다고 한다. 아들 노부카쓰는 아직 어렸으므로 자신의 배를 가를 용기가 없어 망설이고 있었다. 그래서 노부카쓰는 애원하는 눈빛으로 무사를 쳐다보았다.

고통 없이 죽게 하는 것이 무사가 가진 최고의 미덕이었으므로 무사는 망설이지 않고 단숨에 노부카쓰의 목을 베었다고 한다. 분수처럼 피가 솟고 앉은 자리에서 어린 노부카쓰는 그대로 쓰러져 즉사하였다.

혹자는 일본 무사들의 이러한 할복(割腹)은 나당연합군과 최후의 결전을 벌이기 위해 "살아서 적의 노비가 되는 것은 차라리 스스로 죽음만 같지 못하다"며 자신의 처자를 모두 자신의 칼로 죽이며 비장한 결의를 보인 계백(階伯) 장군에게서 출발되었고, 무사의 '사무라이'란 말도 백제의 '싸울아비'에서 비롯되었다고 주장하고 있지만 어쨌든 이로써 신라사부로로부터 내려온 다케다의 가문은 마침내 멸문하여 맥이 끊기게 된다.

미나모토 요시미쓰. 다른 이름으로는 신라사부로로부터 시작된 다케다 가문의 약계도(略系圖)는 다음과 같다.

미나모토 요시미쓰(源義光, 신라사부로[新羅三郎])-요사키요(義淸)-기요미쓰(淸光)-노부요시(信義)-노부미쓰(信光)-노부마사(信政)-노부토키(信時)-도키쓰나(時綱)-노부무네(信宗)-노부타게(信武)-노부나리(信成)-노부하루(信春)-노부미쓰(信滿)-노부시게(信重)-노부모리(信守)-노부마사(信昌)-노부쓰나(信綱)-노부토라(信虎)-신겐(信玄)-가쓰요리(勝賴)-노부카쓰(信勝)

가쓰요리의 자살로 마침내 다케다 군을 완전히 섬멸한 오다 누부나가는 그 즉시 모든 일족들과 가신들을 다케다 가문의 보리사인 혜림사로 모일 것을 명령하였다. 도쿠가와 이에야스의 만류에도 불구하고 오다 노부나가는 자신의 부하들에게 혜림사에 불을 지르게 하였다.

오다 노부나가는 혜림사에 모셔져 있는 다케다 가문의 씨신인 신라사부로의 신상만은 자신이 직접 불을 붙였다. 절은 곧 화염에 휩싸여 화강이 충천하였다.

오다와 도쿠가와의 군사들이 도망쳐 나오는 사람들을 칼로 베려고 절을 포위하고 있었지만 그럴 필요는 없었다. 단 한 사람도 뛰쳐나오는 사람들이 없었던 것이었다.

그렇게 가쓰요리의 부인을 비롯하여 모든 가족들은 누구 하나 비명을 지르는 일 없이 서로 껴안고 불에 타서 깨끗하게 죽어간 것이었다.

오다 노부나가가 이처럼 잔인하게 다케다 일족을 죽인 것은 나름대로 숨겨진 이유가 있었다.

겉으로 드러난 이유는 오다 노부나가가 혜림사에 숨어 있는 세 사람의 원수 때문에 잔인하게 불을 질러 절을 태웠다는 것이지만 숨겨진 진짜 이유는 다른 곳에 있었다.

당시 혜림사의 주지는 유명한 선승 가이센 스님이었다.

원 이름은 가이센 쇼키(快川紹喜)로 미노(美濃) 출신의 뛰어난 고승이었는데 다케다 신겐은 일찍부터 그의 소문을 듣고 자신의 영토 내에 있는 혜림사의 주지로 가이센을 초빙하여 예를 다하여 정신적 지도자로 모신 것이었다.

살아 생전에 신겐과 가이센은 서로 흉금을 터놓고 이야기를 나눌 수 있는 단 하나의 친구이기도 했었다.

신겐은 자신이 직접 가이센에게 '기산(機山)'이란 호를 하사하기도 했고, 무소(夢窓)국사가 창건한 명찰에 사령(寺領) 5백 명을 상주케 함으로써 극진하게 가이센을 대우했던 것이었다.

그런데 가쓰요리가 자살함으로써 완전히 멸문한 혜림사로 뜻밖의 세 사람이 숨어든 것이었다.

가쓰요리의 수급(首級)을 보자 자신과 20년 간 원수지간이었던 다케다 가문을 완전히 멸망시킨 후 기쁨에 젖어 있던 오다 노부나가는 그 즉시 가쓰요리의 수급으로 술잔을 만들 것을 명하였다.

적의 목을 베어 그 해골에 술잔을 만드는 것은 오다 노부나가의 특별한 취미이기도 하였다.

해골에 검은 옻칠을 하고 갈라진 틈은 황금으로 메워 술잔을 만들어 곁에 두고 보면서 '전장에서 쓰러져 적에게 목이 잘려 죽는 것이 무사의 진정한 삶'임을 되새겨보고, 그 해골에 술을 따라 마시고 취함으로써 '인생이란 꿈같이 지나는 허무한 것'임을 되새겨보는 유별난 취미를 갖고 있었던 것이었다.

그런데 그런 기쁨도 잠시, 혜림사의 사찰로 세 사람의 무사가 숨어들었다는 정보를 받아들었던 오다 노부나가는 불과 같이 대노하였다. 혜림사로 숨어든 사람은 롯카쿠 요시스케(六角義弼), 야마토 아와지가미(大和淡路守)와 승려 조후쿠인(上福院) 이렇게 세 사람이었다.

특히 오다 노부나가는 롯카쿠에 대해서 깊은 반감을 갖고 있었다. 원래 롯카쿠는 오미(近江) 지방의 명문 호족으로 오다 노부나가에게 가문이 망하자 다케다 가문에 기탁하여 반(反) 노부나가 동맹 추진에 앞장서고 있던 대원수였던 것이었다.

오다 노부나가는 혜림사의 주지 가이센에게 사찰 안에 숨겨주고 있는 세 사람의 인도를 요구하였다. 그러나 가이센은 일언지하로 이를 거절하였다. 기록에 의하면 가이센은 세 번이나 사자를 보낸 오다 노부나가의 설득을 끝까지 거부하였다고 전하고 있다.

마지막으로 오다 노부나가는 자신이 가장 총애하던 낭인 출신의 아케치 미쓰히데(明智光秀)를 보내었으나 오히려 가이센은 숨어들었던 세 사람을 몰래 절 밖으로 도망치게까지 했던 것이다.

아케치 미쓰히데로부터 보고를 받은 오다 노부나가는 불같이 화를 내며 자신이 직접 혜림사로 달려가 불을 질렀다.

남은 다케다의 일족들을 모두 혜림사에 모이게 한 후 다케다 가문의 씨신이었던 신라사부로의 신상에 불을 지름으로써 아비규환의 지옥도를 연출하였던 것이다.

이때 가이센 스님은 선상(禪床) 위에 앉아서 손으로 금강인을 지은 채 타오르는 불에도 꼼짝도 하지 않고 얼굴에 부드러운 미소를 띠며 소신공양(燒身供養)하였다고 전해오고 있다.

그뿐만 아니라 분신하기 전에 법상에 비스듬히 기대어 앉아서 마지막 게송(偈頌)을 읊었다고 하는데 오늘날까지 전해져 내려오는 그 유명한 게송의 내용은 다음과 같다.

"훌륭한 선(禪)은 반드시 산과 물에서만 하는 것이 아니다/마음 자리(心頭)가 적멸(寂滅)에 이르면 불(火)도 스스로 시원하거늘"

그러나 그것만이었을까.

오다 노부나가가 혜림사를 불태운 것이 오직 세 사람의 배신자를 인도해 달라는 이유 하나 때문이었을까. 아니다. 그것은 오직 겉으로 드러난 이유에 불과한 것이다.

여기에는 오늘날까지 일본에서 역사의 수수께끼로 알려져 내려오고 있는 또 다른 이유가 숨겨져 있는 것이다.

우선 오다 노부나가는 20여 년 간의 숙적이었던 다케다 가문을 그의 영토 안에서 직접 멸문시킨 후 크게 실망하였던 것이다. 그것은 소문으로만 듣고 있었던 다케다 가문의 영화가 실제로 확인한 결과 지나치게 초라했기 때문이었다.

다케다는 전국 다이묘(大名) 중에서도 가장 번영했던 가문으로 마땅히 엄청난 군자금과 재물을 갖고 있을 것이라고 오다 노부나가는 기대하고 있었던 것이었다.

실제로 다케다 신겐은 살아 생전에 뛰어난 기술을 가지고 치산치수의 개간으로 식량 생산을 증대시켰으며, 또한 광산 자원의 개발로 비약적인 경제 성장을 이뤘던 뛰어난 전략가였던 것이었다.

20세의 나이로 아버지인 다케다 노부토라(武田信虎)를 무혈 쿠데타로 이웃의 스루가(駿河)로 추방시키고 실권을 잡은 다케다 신겐은 조선의 뛰어난 기술자들을 초빙하여 특히 광산을 개발함으로써 엄청난 군자금을 모을 수 있었으며 이로써 속칭 '다케다 24장(將)'이라고 불리는 천하무적의 용장들을 자신의 휘하에 거느리게 되어 마침내 천하무적의 기마군단을 조직할 수 있었던 것이었다.

그러나 없었다.

오다와 도쿠가와의 연합군이 다케다 가문의 심장부였던 고후를 함락시키고 샅샅이 뒤져보았지만 그 어디에도 약탈할 만한 재물이 드러나 보이지 않고 있었던 것이었다.

이것은 역사상 미스터리에 속하는 하나의 사건인 것이다.

다 어디로 사라져버린 것이었을까. 그 막강하던 다케다 가문의 재물들은 다 어디로 사라져버린 것이었을까.

평소에 폐결핵을 앓고 있던 천하의 지략가였던 다케다 신겐이고 보면 미구에 밀어닥칠 환란에 대비해 자신의 재물을 아직까지 인간이 다가오지 못하는 후지 산의 깊은 원시림과 깊은 호수 속에 미리 숨겨놓았던 것이 아니었을까.

아직까지 사람의 발길이 닿지 않는 동굴들이 원시림 깊은 곳에 산재하고 있는 것을 보면 그 어딘가에 다케다 가문의 보물들이 아직도 숨겨져 있는 것이 아닐 것인가.

이 다케다 가문의 마지막 수수께끼는 4백 년이 지난 오늘날에도 호사가에게 흥미를 일으켜 많은 사람들이 후지 산 일대의 산록을 누비면서 다케다의 숨겨진 보물을 찾고 있는 것이다.

그러나 그보다도.

그 막대한 다케다의 금은보화들보다 오다 노부나가의 마음을 사로잡은 것은 다케다 가문의 가보였다. 오다 노부나가는 그 가보에 대해 많은 소문을 듣고 있었던 것이었다.

다케다의 무적 기마군단이 그처럼 용감하고 신출귀몰할 수 있었던 것은 그들의 씨신인 신라사부로의 영혼이 가호하고 있기 때문이며, 신라사부로로부터 전해져 내려오는 어기와 갑옷이 적의 칼날로부터 지켜주고 보호해주고 있기 때문이라는 소문이었던 것이다.

평생을 무사답게 살다가 무사답게 전쟁터에서 죽는 것이 소원이었던 오다 노부나가이고 보면 그는 무엇보다 무사들의 수호신이었던 신라사부로가 입던 그 붉은 갑옷과 신라사부로가 들고 다니던 '풍림화산'의 깃발을 직접 눈으로 확인하고 그것을 전리품으로 소유하고 싶었던 것이었다.

어기순무(御旗盾無).

'미하타다테나시'라고 불리던 다케다 가문의 제일의 가보. 다케다의 시조신이었던 신라사부로로부터 전해 내려오던 가보 하나만을 소유할 수 있다면 오다 노부나가는 나머지 다케다 가문의 그 엄청난 재물을 전부 포기하고라도 서슴지 않고 맞바꿀 수 있을 것이라고 생각했던 것이었다.

그러나 없었다.

감쪽같이 깃발과 붉은 갑옷이 사라져버린 것이었다.

오다 노부나가의 군사는 그 '어기순무'가 봉안되어 있던 혜림사의 경내를 이 잡듯이 뒤져보았다.

그러나 그 어디에도 깃발과 붉은 갑옷은 존재하지 않고 있었던 것이었다.

이처럼 혜림사에 숨겨둔 세 명의 원수를 인도하라는 가이센 주지에 대한 오다 노부나가의 요구는 겉으로 드러난 이유였고, 실은 혜림사 그 어디엔가 숨겨져 있는 '어기순무'를 내놓으라는 것이 오다 노부나가의 진짜 속마음이었던 것이었다.

가이센 역시 오다 노부나가의 숨겨진 속마음을 모를 리가 없었다.

그가 웃으면서 선상 위에서 '마음자리가 적멸에 이르면 불도 스스로 시원하다'라는 유명한 말을 남기고 죽어버린 것은 오다 노부나가의 요구를 받아들이지 않고 끝까지 그 '어기순무'에 대한 비밀을 지킴으로써 다케다 신겐에 대한 신의를 저버리지 않았기 때문인 것이다.

오다 노부나가가 혜림사를 불태워버린 것은 바로 그런 이유 때문인 것이다. 그러면 그 '어기'와 '붉은 갑옷'은 어떻게 된 것일까. 절이 불태워질 때 불타 죽은 다케다 가문의 일족과 승려들처럼 혜림사 어디에 숨겨져 있다가 함께 불타버린 것일까.

아니면 일본 역사 속의 수수께끼처럼 후지 산 산록 원시림 어느 곳에 아직도 숨겨져 있을 다케다의 보물과 같이 세상의 눈을 피해 어딘가에 사장돼 있는 것일까.

다케다 가문의 가보였던 '어기순무'에 대한 오다 노부나가의 병적인 집착은 혜림사를 불태운 것으로 끝이 나지 않았다.

원래 다케다 신겐에게는 다섯 명의 딸이 있었는데 둘째 딸은 아나야마 바이세쓰(穴山梅雪)에게 시집을 갔고, 셋째 딸은 기소 요시마사(木曾義昌)에게 시집을 갔다.

두 사람은 다케다 신겐의 사위였음에도 불구하고 오다와 도쿠가와의 연합군과 내통하여 배반함으로써 가쓰요리의 패배를 촉진시켰는데 이들의 배신을 전해 들은 가쓰요리는 죽기 전 다음과 같은 말을 남겼다고 한다.

"아아, 적은 밖에 있는 것이 아니라 안에 있는 것이로구나."

'어기순무'에 대한 오다 노부나가의 집착은 배신하여 자신의 부하가 된 아나야마에게까지 미쳤다. 어느 날 아나야마는 다케다 신 겐의 딸인 자신의 아내에게 칼 한 자루를 내어주면서 말하였다.

"내가 배신하여 살아남은 것은 비록 일본 무가의 명문인 다케다 가문은 흔적도 없이 사라진다고 하더라도 아나야마 가문이라도 남 아 있어야 한다고 생각했기 때문이었소."

아나야마는 다케다 신겐의 사촌동생으로 신겐의 딸과 이중으로 인연을 맺은 친족이며, 가신단의 정점에 서 있던 핵심 인물이었다.

"그런데 새로이 주군이 된 오다 노부나가님께서 다케다 가문의 가보였던 '미하타다테나시'를 찾고 있소이다. 이제 나는 말을 갈아 타서 새 주인을 모시게 되었소. 어쩔 수 없이 이 가보를 찾아드릴 수밖에 없소이다."

아나야마의 아내는 남편의 말이 무엇을 뜻함을 잘 알고 있었다. 그리고 남편이 내어준 한 자루의 칼이 무엇을 의미하는가도 잘 알 고 있었다.

그녀는 아버지의 가보였던 그 보물들이 어디에 숨겨져 있는가를 알고 있지 못하였다. 설혹 알고 있다 하더라도 다케다 가문의 피가 흐르고 있는 한 입을 열어 말할 수 없음이었다. 또한 자신이 살아서 목숨을 부지한다면 남편의 입신양명에 다케다 신겐의 둘째 딸이라 는 자신의 존재가 걸림돌이 될 수 있음을 그녀는 순간 깨달았던 것 이었다.

그날 밤 그녀는 남편 아나야마가 준 칼로 자신의 목을 찔러 스스 로 목숨을 버렸다고 한다.

그러나 이런 '어기순무'에 대한 오다 노부나가의 집착은 오래가지 못하였다.

그로부터 불과 3개월 후 오다 노부나가는 교토의 혼노지(本能寺)에 숙박하였다가 자신의 부장 아케치 미쓰히데의 습격을 받아 자살하게 되었기 때문이었다.

3개월 전 오다와 두쿠가와 연합군의 습격을 받아 자살하기 직전 가쓰요리가 한탄하였던 마지막 말을 천하통일을 앞두고 불의의 습격을 받아 자살하면서 오다 노부나가는 문득 떠올렸다.

"아아, 그러하구나. 적은 항상 밖에 있는 것이 아니라 안에 있는 것이로구나."

오다 노부나가의 이 마지막 말에서 일본의 가장 유명한 속담이 태어나게 되었다.

'적은 혼노지 안에 있다'

그 무렵 오다 노부나가의 적은 중국 지방의 강대세력이었던 모리(毛利) 씨였다. 다케다 가문을 전멸시켰던 오다 노부나가는 마지막 차례로 모리 가문을 토벌하기 위해서 직접 증원군을 거느리고 출병하기 위해 하룻밤 교토의 혼노지에 머물고 있다가 자신의 부장이자 제2인자였던 아케치 미쓰히데의 급습을 받아 자살할 수밖에 없었던 것이었다.

이는 적은 밖에 있는 모리 가문이 아니라 뜻밖에 내부인 혼노지에 있다는 말로, 즉 가까이 내부에 있는 적을 주의하라는 의미를 담고 있는 것이다.

어쨌든 이로써 오다 노부나가의 '어기순무'에 대한 병적인 집착은 다행인지 불행인지 일단락될 수밖에 없었던 것이다.

떠돌이 무사인 낭인 출신 무사였으면서 학문적 지식과 깊은 교양과 치밀한 작전구사의 능력으로 오다 노부나가의 총애를 한몸에 받고 있던 아케치 미쓰히데가 어째서 혼노지에서 오다 노부나가를 살해하였는지는 아직도 그 정확한 이유가 알려지지 않고 있다.

생전에 오다 노부나가는 부하들의 별명을 붙여주기를 좋아하였는데 도요토미 히데요시를 평생 동안 '원숭이'라고 부르고 다녔다.

많은 장수들도 도요토미 히데요시를 경멸하여 원숭이라고 불렀지만 도요토미 히데요시는 이 별명을 수치스럽게 생각하지 않고 있었으며, 스스로 오다 노부나가에 대해서는 원숭이 역할에 충실하였던 것이었다.

또한 오다 노부나가는 아케치 미쓰히데에게 '감귤'이라는 별명을 붙였는데 그것은 아케치 미쓰히데의 모습이 머리가 벗겨지고, 혈색이 좋으며, 이마가 번쩍번쩍 빛을 내고 다닌다고 해서 지은 별명이었다.

그만큼 오다 노부나가로부터 총애를 받고 거의 제2인자에까지 오른 아케치 미쓰히데가 혼노지에 머물고 있던 오다 노부나가를 한밤중에 1만 3천의 군사를 동원하여 왜 죽여버렸는지 그 이유 역시 오늘날까지 일본역사 속의 수수께끼 중의 하나로 남아 있는 것이다.

많은 사람들은 적장의 목을 베어 그 해골에 검은 옻칠을 하고 갈라진 틈을 금으로 메워 술잔을 만들어 술을 따라 먹는 오다 노부나가의 잔인성, 목적을 위해서라면 적장의 아녀자(일본의 무사들은 적장의 아내와 아이들을 살려주는 미덕을 갖고 있었다)까지 절 안에 가둬두고 불을 태워 죽이는 오다 노부나가의 광기를 눈으로 직접 확인한 후 아케치 미쓰히데는 자신이 지금은 총애를 받고 있지만 폭력과 광기로 거의 제정신을 잃어가는 오다 노부나가의 변덕스런 성격에 언제 눈 밖에 벗어나 자신도 목이 베어져 술잔이 되어버릴지, 자신의 아내와 자식들을 언제 불태워 죽여버릴지 모를 심리적 공포를 느꼈기 때문에 먼저 이케치 미쓰히데기 선제 공격을 취했다고 추정을 하고 있는데 어쨌든 이것이 거의 정설로 되어 있는 것이다.

아케치 미쓰히데는 오다 노부나가를 죽임으로써 천하를 제패한 후 덴카히토(天下人)가 되려 하였다. 그러나 이러한 아케치 미쓰히데의 무모한 욕망을 꺾은 사람이 바로 도요토미 히데요시였던 것이다. 도요토미 히데요시는 죽은 오다 노부나가를 시해한 원수를 응징한다는 대의명분으로 군사를 모아서 아케치 미쓰히데를 공격하였다. 아케치 미쓰히데의 말로는 비참하였다.

아케치 미쓰히데는 마침내 패잔병을 사냥하는 야인(野人)의 창에 치명상을 입고 말에서 굴러 떨어졌는데 죽기 직전 다음과 같은 오언절구를 지었다고 전해오고 있다.

"거스르고 따름은 서로 다르지 않고
큰 길은 마음 깊은 곳으로 통하며
55년 인생이 꿈만 같아라
잠에서 깨어나니 모두가 하나이네
(逆順無二門 大道徹心源 五十五年夢 覺來歸一元)."

무사의 시라기보다는 뛰어난 선승의 오도송(悟道頌)을 연상시키는 이 절구를 짓고 아케치 미쓰히데는 숨을 거두었다.

순종하고 거역하고 배신함은 결국 다른 것이 아니고 하나라는,

어찌 보면 자신의 반역이 하늘의 순리(順理)라고 변명하고 있는 이 마지막 절구는 그 빼어난 선지에도 불구하고 배신자의 더러운 시라 하여 의도적으로 낮은 평가를 받고 있는 것이다.

어쨌든 이로써 천하통일을 꿈꾸던 오다 노부나가는 덴카히토를 노리던 아케치 미쓰히데에게 살해당하고 천하의 권세는 뜻하지 않게 많은 무사들로부터 멸시당하였던 도요토미 히데요시라는 원숭이에게로 넘어가버린 것이었다.

그러면 바로 이 무렵 도쿠가와 이에야스는 무엇을 하고 있었던가. 다케다 가문의 가보였던 '어기순무'를 전리품으로 차지하기 위해서 병적인 집착을 보이다가 결국 그것이 원인이 되어 비참하게 오다 노부나가가 죽어가고 있을 때 과연 도쿠가와 이에야스는 무엇을 하고 있었던가.

도쿠가와 이에야스라고 해서 그 '깃발'과 '붉은 갑옷'에 대해 무관심하고 있었을까. 아니었다. 도쿠가와 이에야스 역시 그 '어기순무'를 소유하기 위해서 나름대로 치밀한 방법을 구사하고 있었던 것이었다.

왜냐하면 그 깃발과 붉은 갑옷을 소유한다는 것은 곧 천지신명으로부터 천하의 권세를 물려받는다는 것을 의미했기 때문이었다.

도쿠가와 이에야스는 오다 노부나가가 다케다 가문의 가보인 '어기순무'를 찾아내기 위해서 혜림사에 불을 질러 5백 명이 넘는 사람들을 죽여버리는 사실을 자신의 눈으로 직접 확인하였다.

도쿠가와 이에야스는 오다 노부나가가 참으로 어리석은 사람이라고 마음속으로 경멸하고 있었다. 도쿠가와 이에야스는 5백 년 이

상 시조신이었던 신라사부로로부터 전해내려온 가보를 다케다 가
문이 쉽게 내놓으리라고는 생각지 않고 있었던 것이었다.

　—오다 노부나가는 절대 '풍림화산'의 깃발과 '붉은 갑옷'을
찾아내지 못할 것이다.

　도쿠가와 이에야스는 손으로 금강인을 지으며 '마음자리가 적멸
에 이르면 불도 스스로 시원하다'라는 말을 남기고 웃으며 불에 타
서 죽어가는 가이센 스님의 모습을 보면서 그렇게 생각하였다.

　—설혹 오다 노부나가가 그 깃발과 붉은 갑옷을 찾아낸다고 하더
라도 그것은 다만 그림자에 지나지 않을 것이다.

　그림자(影).

　도쿠가와 이에야스는 지금껏 다케다 신겐과 같은 전설적인 무사
를 본 적이 없었다. 자신은 결국 다케다 신겐의 그림자에 농락당하
지 않았던가.

　그림자, 다케다 신겐의 그림자.

　《삼국지》에서 죽은 제갈공명은 살아 있는 사마중달을 격파하고
있다.

　마찬가지로 지난 수년 동안 오다 노부나가와 도쿠가와 이에야스
는 다케다 신겐의 그림자에 속아 전전긍긍하였으며, 그러므로 죽은
다케다 신겐이 살아 있는 오다 노부나가와 도쿠가와 이에야스를 모
두 격파하고 있었던 것이었다.

　가게무샤(影武者).

　전국시대 때부터 내려오는 위장전술. 전쟁에 나갈 때 영주들은
자신의 외모와 비슷한 가짜 무사를 데리고 나가 위장전술을 사용하

였는데 이때의 가짜 무사를 그림자 무사라 하여서 '가게무샤'라고 불렀던 것이었다.

여기서 잠깐 다케다 신겐과 '가게무샤'에 얽힌 유명한 에피소드를 잠깐 짚어보고 넘어갈 이유가 있다. 이 유명한 일화는 영화감독 구로자와 아키라(黑澤明)에 의해서 영화화되기도 했는데 그 내용은 다음과 같다.

1573년 4월.

다케다 신겐은 도쿠가와 이에야스의 성을 포위하고 있던 중 저격을 당해 중상을 입는다. 신겐이 중상을 입었다는 소식은 곧 오다 노부나가와 도쿠가와 이에야스, 또한 평생의 숙적이었던 에치고(越後)의 우에스기 겐신(上杉謙信)에게 전해진다.

이들은 곧 첩자를 보내어 신겐의 생사를 탐문하기 시작하였다. 만약 '가이의 호랑이'라고 불리던 신겐이 죽으면 전국의 판도가 바뀌게 되고 손쉽게 천하를 장악할 수 있게 되기 때문이었다.

가이로 돌아와 최후를 맞는 신겐은 죽기 전 다음과 같은 유언을 남긴다.

"내가 죽더라도 최소한 3년 간은 죽음을 비밀로 하고 영토를 굳건히 할 것이며 결코 군사를 함부로 움직여서는 안 된다."

신겐이 죽자 모든 일족들이 모여 주군이었던 다케다 신겐의 유언을 실행에 옮길 것을 신라사부로의 신상과 붉은 갑옷 앞에 굳게 맹세하였다. 그러나 일단 숨을 거둔 신겐의 죽음을 비밀로 부치는 것은 실로 어려운 일이었다.

일찍이 시황제(始皇帝)도 전국을 순회하다가 객지에서 죽어버리자 황제의 죽음을 비밀에 부치기 위해서 온량거(輼輬車)에 실어서 살아 있는 것처럼 계속 달리게 하였다.

그러나 아무리 마음대로 창문을 열고 닫아 기온을 조절할 수 있는 특수 장치를 한 온량거라고 할지라도 때마침 한여름이라 시체가 썩어가는 악취를 막을 수는 없었다. 이때 승상 이사(李斯)는 꾀를 부려 다음과 같이 명령을 내렸다.

"온량거 뒤에 소금에 저린 생선 수레를 뒤따르게 하라. 죽은 시체와 생선 수레를 구별 못하게 말이다."

죽어 썩어가는 사람의 냄새를 구별할 수 없도록 생선을 뒤따르게 한 이사의 지모가 죽은 다케다 신겐의 사망을 숨기는 방법으로도 차용되었다. 즉 신겐이 죽은 것이 아니라 살아 있는 것처럼 꾸미기 위해서 그림자의 가짜 무사, 즉 '가게무샤'가 사용된 것이었다.

가쓰요리는 우선 온 영토 내를 뒤져 죽은 아버지 신겐과 쌍둥이처럼 닮은 그림자 인간을 골라냈다.

이때 가쓰요리가 골라낸 그림자 인간은 무식한 좀도둑이었지만 어찌나 신겐과 닮았는지 그와 생전에 잠자리를 함께 하였던 소실들조차 알아차리지 못하였다고 전해오고 있다.

가쓰요리는 죽은 아버지를 살아 있는 사람으로 위장하기 위해서 '가게무샤'를 사용한 사실을 철저하게 비밀에 부쳤다. 심지어 아버지 다케다 신겐의 여덟 형제에게도 이를 알리지 않았다.

'가게무샤'는 다케다 신겐의 옷을 입고, 신겐처럼 말을 하고, 신겐처럼 행동하고, 신겐처럼 밤이면 처소에서 잠을 잤다.

'영웅은 호색'이라 하였던가. 생전에 여색을 좋아했던 신겐은 밤이면 여인을 바꿔서 잠을 자곤 하였는데 '가게무샤'는 이를 흉내 내어 자신도 신겐처럼 처소를 골라가면서 잠을 자곤 하였다.

그러나 천하의 비밀도 때가 되면 언젠가는 자연 드러나는 법. 감쪽같던 '가게무샤'의 비밀이 그 틈을 보이게 된 것은 전혀 엉뚱한 사건에서부터였다.

생전에 다케다 신겐은 '흑마(黑馬)'라고 불리는 애마를 타고 다녔었다. 잡티가 하나 없이 완벽한 검은 말이었는데 원래는 야생마 종자였으므로 성격이 사납고 거칠었다. 그 야생마를 다룰 수 있는 것은 신겐뿐이었던 것이다.

신겐의 역할을 해야 할 '가게무샤'이고 보면 자연 이 말 위에 올라타서 전군을 열병(閱兵)하여 자신의 건재를 만방에 알릴 필요가 있었던 것이었다.

그러나 말은 본능적으로 자신의 주인을 알아보는 법. 더구나 명마이고 보면 한갓 주인으로 위장한 좀도둑 '가게무샤'의 존재를 어떻게 받아들일 수 있을 것인가.

결국 '가게무샤'는 전군이 모인 자리에서 마상 위에서 떨어져 낙마하였던 것이었다. 가쓰요리의 도움으로 간신히 자리를 피한 '가게무샤'에 대한 소문은 즉시 사방으로 번져나갔다.

다케다 신겐이 애마 위에서 낙마하였다는 소문을 듣고 처음으로 이상하게 느낀 사람은 바로 우에스기 겐신이었다. 다케다 신겐이 '가이의 호랑이'라고 불렸다면 우에스기 겐신은 '에치고의 용'이라고 불렸던 천하의 숙적이었다.

두 사람의 전투는 11년 간 무려 여섯 번이나 계속되었는데, 그것은 주로 우에스기 겐신이 지배하고 있던 영토를 거쳐야만 바다로 나갈 수 있었기 때문이었다.

신겐이 지배하고 있던 영토는 후지 산 일대의 내륙지방이었으므로 비디기 없어 소금을 구할 수 없는 치명적인 약점을 갖고 있었을 뿐 아니라 바다를 통한 외국과의 교역이 없었으므로 자연 해외문물을 받아들이는 데 어두웠던 것이었다.

두 사람의 군사적 능력은 거의 백중하였고, 여섯 번 싸워도 결판이 나지 않을 만큼 그들이 갖고 있는 군단의 전력도 거의 호각지세였지만 두 인물은 극히 대조적이었다.

다케다 신겐이 지극히 현실주의자적 야심가였던 것에 비하면 우에스기 겐신은 의리, 신념을 앞세운 이상주의적 무사였다. 그러나 두 사람은 서로의 능력을 인정하고 있었을 뿐 아니라 인품으로도 서로 존경하고 있었던 것이었다.

한때 다케다 신겐이 동맹국이었던 '스루가'와 단교하여 소금을 금수당해 고통을 받고 있다는 말을 들은 우에스기 겐신은 신겐에게 서슴없이 소금을 보내주었다. 이 역사적 사건은 '적에게 소금을 보낸다'는 일본의 유명한 속담의 연유가 되었던 것이다.

그런 우에스기 겐신이고 보면 신겐이 자신의 애마인 '흑마' 위에서 낙마하였다는 소식을 듣자 누구보다 먼저 수상한 낌새를 눈치챈 것은 당연한 일이었을 것이다.

'가게무샤다.'

우에스기 겐신은 들고 있던 부채로 자신의 무릎을 내려치면서 말하였다.

"신겐은 죽었다."

그러나 말에서 떨어졌다는 그 소문 하나만으로 다케다 신겐이 죽었다는 사실을 확신할 수는 없는 일이었다.

우에스기 겐신뿐 아니라 오다 노부나가의 첩자들도 다케다 진영에 숨어들어 온갖 정보를 수집하고 있었지만 천하의 지략가였던 우에스기 겐신은 신겐이 과연 죽었는가, 아니면 우연히 말 위에서 낙마하였는가를 확인하기 위해서 비상 수단을 사용하였던 것이었다.

비상 수단.

우에스기 겐신이 사용한 비상 수단은 그 자신만이 알 수 있는 독특한 방법으로 다케다 신겐의 애첩을 이용하는 생간(生間) 수법이었던 것이었다.

우에스기 겐신은 이미 다케다 신겐이 애지중지하던 애첩 중의 하나를 밀정으로 이용하고 있었던 것이었다.

한때 우에스기 겐신과 다케다 신겐은 '가와나카시마(川中島)'에서 11년 동안 여섯 번이나 싸움을 벌였는데 그 전투에서 다케다 신겐은 오른쪽 어깨 위에 치명적 상처를 입었던 적이 있었다.

즉 우에스기 겐신이 보낸 자객의 습격을 받고 어깨를 베였던 것이었다.

간신히 목숨을 건진 신겐은 그 즉시 '닌자'란 이름의 독특한 무사 집단을 일본에서 최초로 만들었다.

검은 복면을 하고 자신의 존재를 그림자처럼 숨기고 천장과 지붕을 마음대로 드나들면서 어느 순간 갑자기 자취를 감춰버리는 이

특수 무사들은 주로 적에 대한 방화와 정찰을 도맡아 하고 있었으며 또한 신겐의 주위에 항상 숨어서 불의의 기습을 노리는 자객으로부터 주군의 안전을 책임지는 경호 무사이기도 했던 것이었다.

우에스기 겐신은 그 즉시 그 애첩에게 전문을 보내어 밤마다 찾아오는 신겐의 몸을 더듬어 과연 오른쪽 어깨 위에 상처가 있는가 없는가 확인해볼 것을 명령했다.

언제나 처소로 찾아올 때는 온 방의 불을 끄고 닌자들의 호위를 받고 입실하였다가 날이 밝기 전에 사라지는 신겐이었으므로 첩들은 주인의 용모보다는 체취와 여인을 다루는 독특한 애무 방법에 익숙해져 있었으며, 특히 어깨 위에 난 상처는 육체관계를 맺는 접촉을 통해 자연스럽게 알 수 있었던 것이었다.

우에스기 겐신의 명령을 받은 애첩은 찾아온 '가게무샤'의 몸을 혀로 핥기 시작하였다. 생전에 애첩으로부터 혀로 온몸을 핥는 애무를 받기 좋아하던 신겐이었으므로 소실이 가게무샤의 벗은 몸을 핥는 것은 지극히 당연한 성행위였던 것이다.

그렇지 않아도 애첩은 찾아오는 어두운 그림자가 왠지 낯설다는 느낌을 지울 수가 없었던 것이다. 주인만의 독특한 냄새가 없었으며, 길들여진 여인의 몸을 다루는 솜씨 어딘가에 미숙함이 느껴지고 있었던 것이었다.

'가게무샤'의 몸을 핥던 여인의 혀는 오른쪽 어깨 위에서 멈칫거렸다.

없었다.

당연히 있어야 할 어깨 위에서 느껴지는 까칠까칠한 감촉, 자객으로부터 불의의 습격을 받고 어깨 위에서부터 비껴내린 칼이 만들어낸 상처 자국. 그 자상(刺傷)이 느껴지지 않았던 것이었다. '가게무샤'의 어깨를 핥는 여인의 혀끝이 순간 파르르 떨리고 있었다.

그 다음 날 이 소식을 전해 들은 우에스기 겐신은 들고 있던 부채를 떨어뜨리며 다음과 같이 탄식하였다.

"다케다 신겐이 죽었다. 아아, 가이의 호랑이가 죽고 말았다."

기록에 의하면 우에스기 겐신은 사흘 동안 자신의 성내에 틀어박혀 흰 상복을 입고, 머리를 풀고, 슬피 울면서 전 영토 내에서 노래와 춤을 금지하였다고 전해오고 있다.

이처럼 다케다 신겐의 죽음을 제일 먼저 안 사람이 바로 평생의 숙적, 우에스기 겐신이었던 것이다. 그러나 신겐의 죽음이 이처럼 알려지기까지는 2년이란 세월이 흘러간 뒤였다.

오다와 도쿠가와의 연합군은 결국 다케다 신겐의 가게무샤, 즉 그림자 무사에 속아서 2년 동안 숨도 못 쉬고 공포에 떨고 있었던 것이다.

―그러므로

도쿠가와 이에야스는 잘 알고 있었다.

―다케다 신겐의 그림자에 2년 동안이나 농락당하고 있었다면 다케다 신겐의 '풍림화산' 깃발과 '붉은 갑옷'을 전리품으로 얻는다는 것은 불가능한 일일 것이다.

여기에서 도쿠가와 이에야스의 현실주의자적 면모가 드러난다. 다케다 신겐의 '어기순무'를 전리품으로 빼앗기 위해 혜림사에 불을 지르고 온 일족들을 불태워 죽인 그 후유증으로 인해 결국 자신마저 부장 아케치 미쓰히데의 습격을 받아 천하통일을 눈앞에 두고 비참하게 죽어간 오다 노부나가와는 달리 도쿠가와 이에야스는 교묘한 방법으로 그 '어기순무'를 자신의 품으로 받아들인 것이다.

즉 그 깃발과 붉은 갑옷을 획득하는 대신 다케다 가문의 그 무적 기마군단과 그 붉은 갑옷이 의미하는 불굴의 무사도 정신을 그대로 유산으로 받아들여 다케다 가문의 정신적 후계자로 거듭나게 되었던 것이다.

도쿠가와 이에야스는 우선 멸망한 다케다의 두 가신들을 받아들여 모두 자신의 인재들로 재등용하였다.

또한 천하의 무적군단이라고 알려졌던 붉은 갑옷을 입은, 다케다 군단에서도 가장 용맹하였던 '아카조나에'를 계승하여 도쿠가와 군사 중에서 가장 용맹하였던 이이(井伊), 도도(藤堂)의 선봉대에게도 똑같이 붉은 갑옷을 착용하게 하였던 것이다.

즉 다케다 신겐이 입고 다니던 붉은 갑옷, 다케다의 시조신이었던 신라사부로로부터 5백 년 동안 전해져 내려오던 붉은 갑옷을 찾는 대신 붉은 갑옷이 의미하는 정신을 도쿠가와 이에야스는 승계하였던 것이었다.

이 붉은 갑옷을 입은 아카조나에 군단은 도쿠가와 막부(幕府)가 와해되는 19세기까지 도쿠가와 군의 정병(精兵)이었으며, 또한 다케다의 가신이었던 오바타(小幡)를 받아들여서 다케다 군단의 병법인 《고요우군칸(甲陽軍鑑)》이란 병서를 저술케 함으로써 일본에서 처음으로 체계적인 병법서가 됐던 것이다.

도쿠가와 이에야스는 이처럼 다케다의 군사적 능력을 계승했을 뿐 아니라 다케다의 기술적 능력 또한 그대로 계승함으로써 다케다 가문의 유산을 그대로 발전시켜 나갔던 것이다.

즉 가이 출신의 광산 기술자였던 오쿠보 나가야스(大久保長安)를 발탁, 일본 최대 금광 사도(佐渡)를 개발하여 결국 도쿠가와 막부의 경제적 기반을 확립시킬 수 있었던 것이었다.

결국 '새가 울지 않으면 새를 죽여버린다' 는 오다 노부나가의 철학보다 '새가 울지 않으면 새가 울 때까지 기다린다' 는 도쿠가와 이에야스의 현실적 철학이 다케다 가문의 정신을 계승 발전시키는 원동력이 될 수 있었던 것이었다.

그로부터 '어기순무' 는 역사상의 수수께끼로 영원히 사라져버렸다.

오다 노부나가도 죽고, 도쿠가와 이에야스도 죽고, 그후 4백여 년의 세월이 흘러갔지만 수많은 사람들은 아직도 그 '풍림화산' 의 깃발과 그 전설적인 '붉은 갑옷' 에 미련을 갖고 찾고 싶어하고 있다.

실제로 많은 호사가들은 오늘도 후지 산 일대의 원시림과 그 숲속에 숨어 있는 동굴들을 뒤지며 어느 순간 감쪽같이 사라져버린 다케다 가문의 그 엄청난 보물들과 '어기순무' 를 찾아 헤매고 있는 것이다.

그러던 최근 어느 날.

야마나시 현에 있는 운봉사(雲峰寺)라는 절에서 뜻밖에도 우연히 깃발 하나가 발견되었다. 그 깃발에는 다음과 같은 문자가 쓰여져 있었다.

"바람같이 달리고 숲처럼 서서히, 침략은 불처럼, 움직이지 않을 때는 산처럼 하라."

이 낡은 깃발은 그 즉시 사계의 전문가들에게 보여졌다. 전문가들은 낡은 깃발과 그 깃발에 쓰여져 있는 14자의 문구를 본 순간 바로 이 깃발이 전설적인 다케다 신겐의 무적 기마군단이 들고 다니던 그 '풍림화산' 의 깃발임을 확인할 수 있었다.

이 깃발은 현재 운봉산(雲峰山)에 있는 운봉사에 소중하게 보관되어 있다.

그렇다면 나머지 하나, 그 붉은 갑옷은 어디로 갔는가. 이 세상에 그 어떤 창이나 화살도 뚫지 못할 것이라고 하여서 '다테나시' 라고 불렸던 '붉은 갑옷' 그 전설적인 붉은 갑옷 또한 어딘가에 분명하게 존재하고 있을 것이다.

그러나 그보다도,

그 붉은 갑옷을 입었던 '신라사부로', 일본 역사상 가장 용맹하였고 무사다웠던 다케다 가문의 시조인 미나모토 요시미쓰. 그는 어째서 자신의 성을 신라(新羅)로 바꾸었던 것인가.

'신라' 라는 이름은 고구려, 백제와 더불어 한국의 역사 속에 나오는 고대국가의 이름이 아닐 것인가.

자신의 성과 이름을 신라사부로로 바꾸는 과정에는 전설적인 붉은 갑옷보다 더욱 신기하고, 더욱 신화적인 어떤 역사적인 비밀이 숨어 있는 것이 아닐 것인가.

그렇다.

해신(海神). 한국이 낳은 바다의 신, 장보고. 장보고를 향한 역사적 추적은 이처럼 신라사부로의 비밀을 찾아가는 것에서부터 시작되고 있는 것이다.

제 2 장

신라명신 新羅明神

교토를 출발한 기차는 곧 터널로 접어들었다. 기차는 한참 동안이나 어둠 속을 달렸다. 터널을 빠져나오자 갑자기 눈부신 광명이 느껴졌다. 교토를 출발할 때는 간간이 봄비마저 흩날리고 있었는데 터널을 뚫고 나오자 산 하나를 사이에 두고 날씨가 완전히 바뀐 모양이었다.

눈부신 햇살 저편에서 박살 난 유리조각처럼 반짝이는 호수가 보였다. 비와(琵琶) 호수였다. 호수를 향해 흘러내린 산비탈을 따라 함박눈이 쌓인 듯 설산(雪山)이 끊임없이 이어지고 있었다.

아니, 눈이라니.

나는 소리를 내어 중얼거리면서 차창 밖을 바라보았다.

4월의 날씨에 춘설(春雪)이라니.

그것은 그러나 눈이 아니었다. 그것은 벚꽃이었다. 벚꽃은 누으로 착각한 것은 결코 과장이 아니었다. 비와 호수를 향해 흘러내린 언덕들은 지난밤 폭설이라도 내린 듯 활짝 핀 벚꽃들로 인해 백설로 뒤덮여 있었던 것이었다.

그뿐인가.

빠른 속도로 달려가는 교외선 치창 너머로 끊임없이 이어지고 있는 일본식 특유의 주택들마다 마침 절정기이기라도 한듯 각양각색의 벚꽃들이 와사등(瓦斯燈)처럼 휘황한 불빛의 등불들을 한껏 뿜어올리고 있었다.

나는 문득 가와바타 야스나리(川端康成)의 소설 《설국(雪國)》의 첫 장면을 떠올렸다.

"접경의 긴 터널을 빠져나오자 눈 고장(雪國)이었다. 밤의 밑바닥이 환해졌다. 기차는 신호소(信號所) 앞에서 멈췄다……."

가와바타 야스나리의 소설 《설국》의 유명한 첫 구절처럼 긴 터널을 빠져나오자 그대로 설국이었던 것이다. 눈으로 뒤덮인 설국이 아니라 눈부신 벚나무의 앵화(櫻花)로 뒤덮인 화국(花國)이었던 것이었다. 가와바타가 그 첫인상을 '밤의 밑바닥이 환해졌다'라고 표현한 것처럼 터널을 벗어나자 햇살을 받고 물고기의 비늘처럼 반짝이고 있는 비와 호수로 인해 온통 벚꽃으로 뒤덮여 있는 설원의 밑바닥이 환해진 느낌이었다.

비와 호수.

일본 내륙지방에 있는 최대의 호수.

예부터 일본 사람들은 이곳을 오미 지방이라고 불렀다. 비와 호수를 중심으로 이 오미 지방은 주로 한반도에서 건너온 도래인들의 집단 이주지였던 것이다.

그래서 아직도 이 일대에는 도래인들의 유적지가 산재해 있어 고대사를 연구하는 사람들에게 반드시 순례해야 하는 역사의 탐방지로 알려져 있는 고장이기도 한 곳이다.

그런데 어째서일까.

오다 노부나가는 다케다 신겐의 군사와 1572년 미카타(三方)에서 대결하기 직전 이곳 일대의 세력을 불태워 초토화시켜 버렸던 것이다. 오다 노부나가는 우선 이곳에 있는 엔랴쿠지(延曆寺)를 공격하여 승려들을 모두 불태워 학살하였다. 그 당시 엔랴쿠지라면 전국 최대의 사찰로 최고의 승병세력을 확보하고 있었는데 오다 노부나가는 이들을 모두 잔인하게 불태워 죽여버렸던 것이다.

그뿐인가.

오다 노부나가는 비와 호수를 향해 형성된 수많은 마을들도 모두 불태워 버렸던 것이다.

도대체 어째서일까.

오다 노부나가는 다케다 신겐의 무적 기마군단과 죽느냐 사느냐는 운명적인 대회전을 벌이기 직전 어째서 흰 벚꽃들로 뒤덮여 마치 함박눈이 내려쌓인 듯 설산을 이루고 있는 저 아름다운 비와 호수의 마을들을 불태워 초토화시켜 버렸던 것인가.

그뿐이 아니다.

오다 노부나가는 다케다 가문을 멸망시킨 후 바로 이 비와 호수의 동쪽 아즈치(安土)라는 곳에 거대한 성을 쌓아 자신의 위세를 떨치고 있는 것이다.

그것은 이 일대가 다케다 신겐의 가문과 무슨 연관이 있었기 때문이 아니었을까. 물론 다케다 가문은 대대로 후지 산 일대의 가이 지방을 무대로 4백 년 이상 번영의 극을 달려왔었다. 그러나 이 다케다 가문의 시조는 바로 신라사부로. 바로 신라사부로의 본향(本鄕)이 어쩌면 이 비와 호수 일대가 아니었을까.

신라사부로의 원 이름은 미나모토 요시미쓰.

사부로(三郞)란 개명에서 알 수 있듯이 요시미쓰는 '셋째 아들'인 것이다. 그렇다면 요시미쓰는 누구의 셋째 아들이며, 그들의 형제는 누구누구였던가.

신라사부로, 즉 요시미쓰는 '미나모토 요리요시(源賴義)'의 셋째 아들로 형은 요시이에(義家), 그리고 요시쓰나(義綱)로 알려져 있다. 신라사부로의 아버지 요리요시는 988년에 태어나 1075년 10월에 죽은 일본 역사상 최초의 무사로 손꼽히고 있다.

아버지 요리요시는 특히 역사적으로 잘 알려져 있는 반란을 평정하였던 영웅이었다.

이른바 1051년부터 1062년까지 일어난 동북지방의 아베(安倍) 반란을 평정하였으며 이를 '전(前) 9년의 전쟁'이라고 부른다. 그후 1083년부터 1087년까지 3년에 걸쳐 다시 동북지방의 기요하라(淸原)가 반란을 일으켰는데, 이를 '후(後) 3년의 전쟁'이라고 부르고 있는 것이다.

이때 아버지 요리요시는 아베의 반란을 평정하였으며, 아들 삼형제는 힘을 합쳐 기요하라가 일으킨 나머지 반란을 평정하였던 것이다.

특히 '후 3년의 전쟁'이라고 불리던 반란에서는 장남이었던 요시

이에가 직접 동북지방으로 내려가 기요하라의 반란군과 전쟁을 벌이고 있었는데, 이때 형의 군사가 고전하고 있다는 말을 전해들은 신라사부로는 즉시 교토의 중앙관직을 버리고 형을 돕기 위해서 동북지방의 오우(奧羽) 지방으로 내려가서 그곳에서 눈부신 활약을 펼쳤던 것이다.

그의 형 요시이에가 '하치만타로(八幡太郎)'란 무사명으로 이름을 떨쳤다면, 셋째 동생 요시미쓰는 '신라사부로'란 무사명으로 '풍림화산'의 깃발과 붉은 갑옷을 입고 신출귀몰, 전장을 누비면서 이름을 떨쳤던 것이었다.

결국 전 9년, 후 3년 도합 12년에 걸친 동북지방의 반란은 이렇듯 아버지 요리요시와 삼형제의 용맹으로 평정되었던 것이었다. 이로써 미나모토(源) 씨는 관동지방 무사단의 영도자가 될 수 있었으며, 일본에서 처음으로 무사단 안에서 강한 주종관계를 확립시킨 '무사들의 아버지'라고 불리게 된 것이었다.

그로부터 1백 년 뒤에 미나모토 요리토모(源賴朝)가 동북의 가마쿠라(鎌倉)에서 막부를 세움으로써 이른바 무사가 정권을 쥐게 되었는데, 요리토모는 요리요시의 직계 후예로 결국 요리토모가 무가정권을 세운 막부의 뿌리는 이처럼 신라사부로의 아버지와 삼형제들의 전설적인 무용에서부터 비롯된 것이었다.

어쨌든 형을 돕기 위해서 동북지방으로 출정한 신라사부로는 그곳에서 반란을 평정한 후 전쟁이 끝난 후에도 중앙 정계로 돌아가지 않고 히타치(常盤)에 남아서 자신만의 독자적인 지방 세력을 형성하다가 그곳에서 1127년 10월 20일 숨을 거둔 것이었다.

아버지가 죽자 아들 요시키요는 본거지를 가이에 있는 고마군(巨摩郡) 다케다쿄(武田鄉)로 옮겼는데, 요시키요의 아들 기요미쓰, 즉 신라사부로의 손자대에 이르러서 가문의 성을 '신라(新羅)'에서 자신들이 새로 이주한 '다케다쿄'의 이름을 따 '다케다'로 개칭하였던 것이었다.

이렇게 해서 4백 년 이상 번영의 극을 이루어 일본 최대의 명가였던 다케다 가문이 탄생되었던 것이다.

그렇다면.

'신라사부로'에 대한 내 역사 추적은 여기서부터 시작되었던 것이었다.

신라사부로가 형을 돕기 위해서 동북지방으로 가기 전 머물렀던 곳이 바로 이곳 비와 호수의 오미 지방이 아니었을까. 신라사부로의 아버지, 즉 '미나모토(源)'씨의 무사 집단이 대대로 머무르고 있던 본거지가 바로 이곳 비와 호수가 있는 고장이 아니었을까.

때문에 오다 노부나가는 다케다 신겐과 운명의 결판을 벌이기 직전 미리 이곳 비와 호수마을을 불태워 초토화시키고 마침내 다케다 가문을 멸문시킨 후에는 이곳에 거대한 성을 쌓아서 자신의 위세를 만천하에 떨치고 싶었던 것이 아니었을까.

"다음은 오쓰 역입니다. 다음은 오쓰 역입니다."

역무원의 목소리가 천장에 매어달린 스피커에서 흘러나오고 있었다.

나는 자리에서 일어났다.

교토를 출발해서 호수의 동안(東岸)을 따라 달려가는 비와코 선(線)은 일단 호수에서 가장 큰 도시 오쓰(大津)에서 멎어선다. 오쓰 역에서는 몇 개의 간선열차들이 교차되고 있었으므로 많은 승객들이 내릴 차비를 하고 있었다.

대부분 호수 근처의 명승지로 놀러가는 관광객들이었다. 오늘이 휴일이 아니라 평일이었으므로 관광객의 대부분은 시간의 구애를 받지 않는 노인들이었다.

노인들은 걷기 편한 운동화 차림에 등에는 간단한 도시락을 넣을 수 있는 란도셀 같은 것을 메고 있었다. 호수를 따라 만개한 벚꽃들을 천천히 걸으면서 상춘(賞春)의 즐거움을 맛보려는 것처럼 보였다.

"다음은 오쓰 역입니다. 내리실 분은 오른쪽 승강구를 이용하여 주십시오."

친절한 것 같기도 하고, 조는 것 같기도 한 따분한 역무원의 안내 방송이 스피커에서 다시 한 번 흘러나왔다. 거의 동시에 열차는 역 구내에 멎어섰다.

나는 안내해준 대로 오른쪽 승강구를 통해 열차에서 내렸다.

비와 호수 입구 연안에 있는 오쓰 시를 중심으로 해서 비와코 선이라고 불리는 동해도본선(東海道本線)과 호수의 서쪽을 달려가는 호서선(湖西線), 그리고 몇개의 지선(支線)들이 방사선으로 갈라져 나가 있었으므로 역 구내는 환승하는 승객들로 대만원을 이루고 있었다.

개미굴.

일본을 여행할 때마다 받는 느낌이지만 지나치게 잘 정비된 철도와 지하철, 각종 운송수단에 정교한 연결망을 보면 왠지 일본 열도 전체가 거대한 개미들이 파놓은 의혈(蟻穴) 같다는 느낌을 지울 수가 없는 것이다. 일본 사람들은 이 거대한 개미굴을 통해 어디론가 끊임없이 가고 오고 움직이고 있는 것이다. 마치 집을 짓고 먹이를 모으는 등의 일을 도맡아 하는 일개미들처럼.

나는 구내를 빠져나와 역 광장으로 나섰다. 화창한 봄 날씨였으므로 눈부신 햇살의 분말이 분첩에서 떨어지는 분가루처럼 둥둥 떠다니고 있는 느낌이었다.

광장에는 빈 택시들이 차례를 기다리고 서 있었다. 무심코 택시를 타려 하다가 그 대신 나는 담배를 피워 물었다. 그리고 시계를 들여다보았다.

아직 9시 30분도 채 되지 않은 이른 시간이었다.

지난 가을에 이곳에 왔을 때는 초행길이었으므로 이곳 일대의 지리에 서툴러 택시를 탔었다. 그러나 10여 분도 되지 않아 목적지였던 미데라(三井寺)에 도착했던 것을 기억한다면 역에서부터 걸어간다고 해도 30분도 채 걸리지 않아 도착할 수 있을 것이다.

그래서 나는 천천히 걷기 시작하였다.

호수의 서쪽 연안을 따라 형성된 거리의 이름은 사카모토(坂本). 이름이 의미하듯 완만한 경사를 이룬 언덕으로 이뤄져 있다.

이 언덕은 장등산(長等山) 쪽으로 연결되어 있는데, 장등산 산록 아래에 내가 찾아가고 있는 미데라가 자리잡고 있는 것이다. 그러니까 미데라는 지난 가을에 이어 두 번째로 찾아가고 있는 셈이다.

언덕길을 올라갈수록 도로는 좁아지고 거리를 따라 목조 주택들이 다닥다닥 연결되어 있었다. 빈터가 있으면 한결같이 작은 꽃밭이 마련되어 있었고, 거리마다 벚꽃들이 흐드러져 만개하고 있었다.

일본 여인들의 섹시 포인트는 목덜미라고 하였던가. 그래서 일본 여인들은 전통적인 기모노 의상을 입은 후 드러난 목덜미와 등에 분을 바르고, 얼굴에는 백색의 가면을 쓴 것처럼 흰 분을 바른다던가. 그러고 보면 일본의 벚꽃은 일본 여인들의 목덜미를 닮고 있는 것이다.

벚꽃들은 바람이 없는데도 피어날 대로 피어나 더 이상 견디어낼 자신이 없는 듯 바람 난 화냥년처럼 제멋대로 떨어지며 흩날리고 있었는데, 그것은 익을 대로 익어 여인의 육향(肉香)을 더 이상 감출 재주가 없어 목덜미와 등을 한껏 드러내어 보이는 여인의 교태를 연상시키고 있는 것이다.

꽃잎은 그렇게 교태를 보이면서 아양을 떨고 애교를 부리면서 난분분 난분분 눈웃음을 치면서 떨어지고 있었다. 마치 봄날을 시샘하여 때 아닌 춘설이 바람에 흩날리듯.

언덕길을 오르는 도로 위에는 떨어진 꽃잎들이 죽어서 어지럽게 하얗게 쌓여 있었다.

저렇게도 아름다운 꽃잎이 저렇게도 야속하게 떨어질 수 있다니, 저렇게도 아름다운 봄날이 저렇게도 덧없이 가버릴 수 있다니.

원래 이곳 일대는 지금은 사카모토라고 불리지만 옛날에는 오토모쿄(大友鄕)라고 불리던 곳이었다. 이름이 가리키듯이 이곳은 주로 오토모(大友)의 성을 가진 사람들이 살고 있던 집성촌이었던 것이었다.

　오토모의 성을 가진 사람들은 한국에서 건너온 도래인들이 대부분이었다. 이들은 이곳 일대에서 거대한 세력을 형성하고 독자적인 족장(族長)을 선출하고는 자신들의 지도자를 촌주(村主)라는 독특한 이름으로 불렀다.

　일본의 고대어로 촌주는 '스구리'로 발음하는데 이는 한국 음에서 비롯되었다는 것이 정설인 것이다. 특히 저명한 역사학자인 사에키 아리키요(佐伯有淸)는 이렇게 말을 하고 있는 것이다.

　"…… 긴 역사 속에서 변천해온 촌주의 성격을 동일 시점에서 논할 수는 없을 것이다. 촌주라는 말은 족장과 연결되며, 이는 신라의 관위, 관직명으로 되기 전에 귀화인(歸化人)에 의해서 족장을 의미하는 일반적 명칭인 '촌주'가 일본에 들어와 그것이 귀화인 집단의 장의 경칭, 또는 존칭으로 사용된 것이다."

　이렇듯 이곳에 살던 오토모 씨는 자신들의 족장을 신라에서 지방 토착 세력들이 사용하던 '촌주'라는 명칭으로 부름으로써 스스로 자신들이 신라에서 건너온 도래인임을 분명히 드러내고 있는 것이다.

　특히 내가 지금 찾아가고 있는 미데라의 원 이름은 원성사(園城寺).

　이 원성사는 이곳 일대에 살고 있던 신라인들, 즉 오토모 씨들의 씨사(氏寺)였던 것이다. 때문에 아직도 원성사 경내에서 출토되는 고와(古瓦)들은 통일신라시대의 양식을 그대로 모방한 유물들인 것이다.

　그렇다면.

　나는 벚꽃들이 핀 언덕길을 따라 오르면서 생각했다.

어째서 오다 노부나가는 다케다 신겐의 군사와 미카타에서 대결하기 직전 이곳 일대의 마을들을 불태워 초토화시켰던 것일까. 그것은 이곳 일대에서 큰 세력을 형성하고 있던 오토모 씨들, 자신들만의 절을 건립하고, 자신들만의 집성촌을 이루고, 자신들만의 자치세력을 만들어 '촌주'라는 이름의 족장으로 통치하던 신라 세력들이 다케다 신겐의 세력들과 일맥상통하는 점이 있었기 때문이 아니었을까.

때문에 오다 노부나가는 다케다 신겐과 결전을 벌이기 직전 이곳의 마을들을 불태워버림으로써 화근을 미리 제거해버린 것이 아니었을까.

몇 번이고 강조하는 말이지만 다케다 신겐의 시조는 '신라사부로'. 그렇다면 신라사부로는 신라 계통의 도래인들이 큰 세력으로 집성촌을 이루고 살고 있던 이곳과 분명히 밀접한 관계를 갖고 있는 것이다.

그래서 지난 가을, 나는 혼자서 이곳을 찾아왔던 것이다.

오다 노부나가가 불태워 잔인하게 죽인 비와 호수 근처의 사카모토 마을을 내 눈으로 보고, 또한 그곳 일대 신라 도래인의 정신적 구심점이었던 미데라를 찾아가서 그곳이 신라사부로와 어떤 연관이 있을까 나름대로 현장답사를 통해 역사의 비밀을 밝혀보리라고 결심하고 떠난 첫 여행이었던 것이었다.

또한 나는 개인적인 호기심도 강하게 갖고 있었다.

그것은 신라사부로가 입던 '붉은 갑옷'에 대한 호기심이었다.

다케다 가문이 오다와 도쿠가와 연합군에 의해서 멸문이 되어버린 후 사라졌던 '풍림화산'의 깃발과 '붉은 갑옷'에 대한 추적은 수백 년 동안 계속되어 왔다. 그런데 최근에 사라져버린 줄만 알았던 깃발이 전혀 엉뚱하게도 운봉사란 절에서 발견되었던 것이었다.

그렇다면.

나는 지난 가을 오토무들의 씨사였던 미데라를 찾아가면서 줄곧 생각하고 있었던 것이었다.

그 붉은 갑옷 역시 전혀 엉뚱한 곳에서 발견될지도 모른다. 다케다 가문의 시조였던 신라사부로의 고향이었을지도 모르는 오토모쿄, 그들의 씨사였던 미데라 경내에서 그 붉은 갑옷을 발견해낼지도 모르는 일이다.

미데라 경내에서 내 손으로 그 붉은 갑옷을 찾아낼 수 있다면 나는 온 일본 영토가 진동할 수 있는 엄청난 대특종을 할 수 있게 되는 것이다.

미데라.

기록에 의하면 미데라의 원 이름이었던 원성사가 건립된 것은 672년으로 알려져 있다. 이 절의 설립 배경에는 역사적인 비극이 숨어 있는 것이다. 바로 이때 오토모(大友) 왕자가 죽었던 것이었다.

여기서 잠깐, 오토모 왕자가 죽었을 무렵의 일본에서 벌어지고 있었던 숨 가쁜 역사적 상황을 짧게나마 검토해보기로 한다.

서기 660년, 백제가 멸망하자 당시 의자왕의 누이동생이었던 일본의 여왕 제명(齊明)은 백제를 구하기 위해 수많은 군신들의 반대에도 불구하고 3만의 군사를 파견한다. 그러나 이 군사는 백강(白江)에서 나당연합군의 화공에 의해서 전멸하고 백제는 완전히 멸망하고 만다.

이때 상황을 《일본서기》는 다음과 같이 기록하고 있다.

"아, 오늘로 백제 이름이 끊겼다. 그러니 이제 어디에서 선조들의 묘소를 참배할 수 있을 것인가."

여왕 제명은 이런 전쟁의 와중에서 숨을 거두고, 그의 아들 덴지(天智)가 왕위에 오른다. 그에게는 덴무(天武)라는 동생이 있었는데, 자신의 모국이었던 백제를 구원하려는 형 덴지와는 달리 동생 덴무는 일본에서 독자적인 나라를 건국하고 백제와의 인연을 끊어버리자는 견해를 갖고 있었던 것이었다.

결국 형 덴지는 백제의 유민들을 받아들이고, 새로운 '신백제(新百濟)'를 건설하기 위해서 왕도를 아스카(飛鳥)에서 비와 호수 근처의 오쓰로 옮기기까지 하는 것이다. 지금도 오쓰에는 당시 신백제를 건설하려 했던 덴지의 궁궐 자리와 덴지의 넋을 기리는 오미신궁(神宮)이 그대로 남아 있는 것이다.

그러나 이런 형 덴지의 의지는 그가 죽어버린 후 끝이 났으며, 덴지의 아들이었던 오토모 왕자와, 덴지가 살아 있을 때는 승려로 간신히 목숨을 부지하고 있던 덴무는 바로 이 호숫가에서 전쟁을 벌였던 것이었다.

이 전쟁의 이름이 바로 임신(壬申)의 난.

이 전쟁에서 이긴 작은아버지 덴무는 자신의 조카였던 오토모를 죽이고, 왕위에 올랐으며 다시 왕도를 아스카로 천도함으로써 독자적인 나라를 건국하였는데 이 새로운 나라의 이름이 바로 '일본(日本)'이었던 것이었다

작은아버지 덴무는 자신이 죽인 조카에게 홍문(弘文)이란 시호를 하사하였고, 또한 장등산 밑에 조카를 파묻고 성대한 장례식을 치른 후 그 자리에 절을 세울 것을 진상하였던 것이었다.

그리하여 마침내 1년 후 절을 완성시킨 후 덴무는 자신이 직접 글을 써서 '원성사'란 이름을 사액(賜額)하였던 것이었다. 이후부터 원성사, 즉 미데라는 이곳 일대에 살고 있던 오토모 씨들의 씨사가 되었던 것이었다.

그렇다면 비와 호수 연안의 오미 지방에서 신백제를 건설하려던 아버지, 덴지의 유업을 이어받으려던 왕자의 이름이 오토모였음은 어떻게 설명될 수 있을 것인가. 이것은 바로 오토모 왕자가 이곳의 도래인 집단, 백제와 신라 유민들이었던 오토모 씨들과 강한 연대감을 갖고 있었다는 증거가 아닐 것인가.

어쨌든.

신라사부로와 신라의 도래인들이었던 오토모 씨들간의 어떤 연관이 있을지도 모른다는 내 역사적 추적은 전혀 뜻밖의 성과를 거두게 된 것이었다.

막연하게나마 예감은 갖고 있었지만 구체적인 확증도 없이 무턱대고 지난 가을, 홀로 찾아간 미데라에서 나는 전혀 생각지도 않았던 엄청난 소득을 얻게 되었던 것이었다.

그렇다.

나는 바로 우연히 찾아간 미데라에서 그 전설적인 갑옷, 다케다 신겐의 아카조나에, 이 세상의 그 어떤 날카로운 칼이나 창이라 할지라도 감히 뚫을 수 없는 다테나시의 붉은 갑옷, 다케다 가문의 시조였던 신라사부로가 입고 다니던 붉은 갑옷, 그 이상의 것을 발견할 수 있었던 것이었다.

아니다.

그것을 어찌 갑옷에 비유할 수 있으랴.

미데라에서 내가 발견한 것은 한갓 전설적인 갑옷이 아니라 살아 있는 신라사부로였던 것이다. 그것은 신라사부로로 위장한 그림자 무사 인간 '가게무샤'가 아닌 진짜의 신라사부로 바로 그 사람을 만날 수 있었던 것이었다.

지난 가을.

내가 미데라를 찾았을 때는 마침 단풍이 무르익어 만산이 홍엽으로 물들던 만추였다. 미데라는 오미 지방에 있는 사찰 중에서 가장 오래되고 유서 깊은 절로 특히 일본의 3대 명종(名鐘)의 하나인 만종(晚鐘)을 갖고 있다.

1601년에 주조된 만종은 비록 오래된 종은 아니지만 그 자태의 아름다움과 독특한 종소리로 인해서 오미의 팔경(八景) 중의 하나로 손꼽히고 있는 것이다.

미데라는 오토모 왕자가 죽자 조카의 넋을 기리려는 덴무에 의해서 686년 건립되었고, 그 이후부터 오토모들의 씨사가 되었지만 지금의 대가람으로 성장한 것은 그로부터 1백 50여 년 후 천태종(天台宗)의 제5조인 엔친(圓珍)이 당나라에서 돌아와 이곳 미데라의 초대 주지인 장리(長吏)로 진좌(鎭座)한 후부터였던 것이었다.

그 이후부터 미데라는 신라 토착 세력들이었던 오토모들의 씨사에서 전 일본의 불교적 정신의 중심으로 성장해나갈 수 있었던 것이었다. 초대주지였던 엔친이 죽자 왕은 그에게 지증대사(智証大師)란 시호를 내렸는데 일본에서 왕이 승려에게 대사란 시호를 내린 것은 매우 드문 일이었던 것이다.

미데라는 특히 엔친이 당나라에서 귀국할 때 갖고 온 수많은 경전과 불경으로 전법도장(傳法道場)으로도 잘 알려져 있는 유서 깊은 절이었던 것이다.

나는 샅샅이 미데라를 살펴보았다.

미데라는 장등산 산록에 위치한 대가람으로 그 한가운데 금당(金堂)이 자리잡고 있다.

대웅전이라고 말할 수 있는 금당 안에는 이 절이 보관하고 있는 각종 국보급 유물들이 안치되어 있다.

이 절의 실질적인 창건주인 지증대사, 즉 엔친의 좌상(坐像)을 비롯하여 11면관음입상(十一面觀音立像), 천수관음입상(千手觀音立像), 부동명왕입상(不動明王立像), 석가여래좌상 등 수많은 귀중한 유물들이 금당 안에 전시되고 있는 것이다.

가람의 뒤편에는 아직도 엔친이 당나라에서 가져왔던 경전들을 보관하고 있는 '일체경장(一切經藏)'의 건물을 비롯하여 그 독특한 건축양식으로 널리 알려진 삼중탑(三重塔)과 엔친의 묘가 자리잡고 있었다.

나는 그 많은 건물들을 천천히 훑어보았다. 대부분 외부인은 출입할 수 없는 통제구역이었으므로 실제로 내가 관람할 수 있는 건물은 손가락으로 셀 수 있을 정도였지만 나는 하찮은 단서에서도 결정적인 물증을 잡으려는 수사관처럼 모든 건물과 유물들을 유심히 살펴보았다.

그러나 나는 아무것도 발견할 수 없었다.

그 어디에서도 신라사부로의 흔적을 찾을 수가 없었던 것이었다. 신라사부로가 입고 다니던 전설적인 붉은 갑옷은커녕 신라사부로의 출생이 오토모 씨들이 살고 있던 이곳, 그중에서도 오토모 씨들의 정신적 지주였던 미데라와 무슨 밀접한 관계가 있을 것이라는 내 예상조차 보기 좋게 빗나가버린 것이었다.

할 수 없이 그날 오후 나는 아무런 소득도 없이 미데라를 나섰다. 그러나 이대로는 그냥 돌아갈 수 없다고 생각하였다.

입장권을 파는 매표소에서 산 미데라의 연혁을 기록해놓은 책 속에서 나는 절에서 떨어진 곳에 홍문천황(弘文天皇)의 능이 자리 잡고 있다는 내용을 읽은 것을 떠올렸던 것이었다.

홍문천황이라면 오토모 왕자의 시호.

오토모 왕자가 홍문천황이란 이름을 갖게 된 것은 그가 비극적으로 죽은 지 1천 3백 년이 지난 제2차 세계대전 이후에나 가능한 일이었던 것이다.

덴무는 자신이 죽인 조카, 일본의 역사상 가장 비극적인 왕자, 오토모의 무덤 앞에 절을 세울 것을 진상하였으면서도 그의 죽음만은 철저히 침묵 속에 부쳤던 것이었다.

아니다. 비극의 왕자 오토모를 비밀의 무덤 속에 가둔 것은 덴무뿐이 아니다. 일본의 역사는 아직까지도 오토모의 죽음을 침묵의 비밀 속에 봉인(封印)하고 있는 것이다.

나는 이왕 이곳에 온 이상 비극의 왕자였던 오토모 왕자의 무덤을 찾아가리라고 결심했던 것이었다.

오토모 왕자의 묘는 미데라의 외곽에 자리 잡고 있었다. 한때는 사찰의 소유였으나 이제는 많은 땅의 일부를 시(市)에 기증했는지 고등학교, 소방서, 경찰서 등 많은 공공건물들이 경내에 들어서 있었다.

그 길을 따라 나는 빠르게 걸었다. 아직 해가 많이 남아 있었으나 깊은 만추의 계절이었으므로 언제 갑자기 해가 뉘엿뉘엿 기울지 모를 일이기 때문이었다.

한 10여 분 걸어갔을까. 거리에 선 작은 표석(標石)에 다음과 같은 글자가 새겨진 것을 나는 보았다.

'홍문천황어릉(弘文天皇御陵)'

나는 표석이 가리킨 방향을 따라 산길을 오르기 시작하였다.

오토모 왕자.

백제의 유민을 받아들여 오미에서 '신백제'를 건국하려 하였던 덴지의 아들 오토모. 그에 대해서 일본의 유명학자 나카니시 스스무(中西進)는 다음과 같이 묘사하고 있다.

"⋯⋯이때 오토모 태자의 나이는 25세. 대장부로서의 대범한 풍채와 덴지 천황의 장자로서 적합한 풍모를 지니고 있었다. 한때 당나라의 사자가 내조하였을 때 일본과 다른 풍채를 가지고 있었다 하였으니, 혹 그의 핏줄 속에는 대륙의 피가 흐르고 있을지도 모른다.

그 때문인지는 모르나 태자는 백제로부터 도래한 학자들을 좋아하여 빈객(賓客)으로 맞이하여 언제나 백제의 학문을 배우고 있었다.

두뇌가 명석하고, 문장이나 논리가 뛰어나서 빈객들이 그의 넓은 학식에 감탄하였다고 한다. 백제 유민들의 도래 기간이 7년이라 생각한다면 오토모 태자는 7년이란 세월을 제일가는 백제의 지식인들에 의해서 풍부한 제왕학(帝王學)을 배우며, 오미 조정의 제2인자로 성장한 것이다. 태자가 일본 사상 최초의 시인이 되어 시가집인 《회풍조(懷風藻)》에 두 수의 시를 남기고 있는 것은 이러한 이유 때문일 것이다……."

나카니시의 표현대로 대륙의 피를 받았고, 백제의 지식인들로부터 제왕학을 공부하였던 오토모 왕자는 지금도 남아 있는 비와 호숫가, 세타(瀬田)의 대교(大橋)에서 작은아버지 덴무와 결전을 벌인다.

이 전투에서 비참하게 패배한 오토모 왕자의 최후에 대해서 《일본서기》는 다음과 같이 기록하고 있다.

672년 7월 23일.
오토모 왕자는 마침내 도주할 길이 없어져서 다시 돌아와 야마사키(山削)에 숨어서 스스로 목을 매어 죽었다. 이때 좌우대신이나 군사들은 다 흩어지고 한두 명의 사인(舍人)만이 왕자를 따르고 있었다.

마침내 조카를 죽이고 천하를 얻은 덴무는 목을 매어 죽은 오토모 왕자의 시신을 이곳에 파묻고 성대한 장례를 치른 것이었다. 그리고 이곳에 조카의 넋을 기리는 사찰을 세울 것을 지시했던 것이다.

그렇다면.

대나무 숲이 우거진 산길을 오르면서 나는 문득 번뜩이는 영감을 받았다.

이곳 일대에 살고 있던 오토모 씨들은 자신의 성을 비극적으로 죽은 오토모 왕자의 이름에서 빌려온 것이 아니었을까. 이곳 오미 지방에 살고 있던 사람들은 대부분 백제가 멸망했을 때 신백제를 건설하기 위해서 도읍을 옮긴 대왕 덴지를 따라왔던 유민들. 이들은 오토모 왕자가 죽자 자신의 정신적인 지주를 잃었던 것이었다. 따라서 그들은 자신의 성을 오토모로 바꾸고 이곳에서 자치적인 토착세력으로 성장한 것이다.

그리하여 일본 속담에는 다음과 같은 말이 생겨나게 된 것이다.

"오미 사람 앉은 자리에는 풀도 나지 않는다."

조선에 의해서 고려가 멸망했을 때 왕도였던 개성 사람들은 신왕조에 협력하지 않고 상인이 되었다. 마찬가지로 이곳 오미 사람들은 덴무가 이끄는 새 왕조에 협력하지 않고 상인이 되었던 것이다. 그들은 '앉은 자리에는 풀이 나지 않는다'는 근검절약의 독한 마음으로 일본 제일의 상인으로 성장하였던 것이다. 그래서 일본 사람들은 아직도 오미를 '상인의 고향'으로 부르고 있는 것이다.

홍문천황의 능은 산 언덕에 자리 잡고 있었다. 산록에는 다음과 같은 팻말이 세워져 있었다.

'홍문천황장등산전릉(弘文天皇長等山前陵)'

그러나 말이 천황의 어릉이지 실은 초라한 무덤에 지나지 않았다. 일본에서 수많은 왕들의 거대한 무덤을 보는 데 익숙해져 있던 나는 간신히 봉분만 남아 있는 비극의 왕자 오토모의 무덤을 본 순간 깊은 감회에 사로잡혔다.

72

일찍이 일본에서 시성(詩聖)이라고 불리던 가키노모토 히토마로(柿本人麻呂)는 오토모 왕자가 죽은 뒤 황폐하게 변해버린 대진궁을 돌아보면서 '황도(荒都)'의 노래를 짓는다.

한반도에서 건너간 도래인이라는 사실이 밝혀져 일본인들에게 큰 충격을 준 히토마로는 옛 궁터를 돌아본 후 이렇게 탄식한다.

 …… 천하를 다스리시던 덴지천황의 대궁은
 여기라 들었건만
 대전(大殿)은 여기라 하건만은
 지금은 봄풀만 짙고
 아지랑이 봄날을 흐리네
 황궁의 옛터를 보니 슬프기도 한저이고.

다른 왕의 무덤과는 달리 초라한 홍문천황, 즉 오토모 왕자의 무덤을 보는 내 마음에는 히토마로의 옛 노래가 떠오르고 있었다.

10여 년이 지난 후에 옛 궁터를 돌아본 히토마로는 놀랍게도 대전이 서 있던 옛 궁터가 그처럼 철저히 유린되고 황폐되었음에 애상을 느끼고 있는 것이다. 불과 10년 만에 궁은 흔적도 없이 사라져버리고 궁이 있던 자리에는 봄날의 아지랑이만 피어오르고 있는 것이다.

마찬가지로 오토모 왕자의 초라한 무덤에는 가을의 풀만 짙고 뉘엿뉘엿 기울어가는 만추의 햇살이 황금빛으로 물들어가고 있을 뿐이었다.

나는 미련 없이 오토모 왕자의 무덤을 떠나기로 하였다. 어차피 오토모 왕자의 무덤을 보기 위해서 이처럼 멀고 먼 미데라까지 찾아온 것은 아니지 않은가.

나는 터덜터덜 빈손으로 언덕길을 내려오기 시작하였다.

그때였다.

세 갈래로 갈라지는 샛길에서 담배를 피우기 위해서 걸음을 멈춰 선 나는 무심코 갈림길에 세워진 표석을 바라보았다. 내가 방금 올라갔던 언덕길과는 다른 샛길이 맞은편으로 꺾어져 있었다. 표석 위에는 다음과 같은 글자가 새겨져 있었다.

'국보(國寶) 신라선신당(新羅善神堂)'

나는 하마터면 불 붙인 담배를 떨어뜨릴 뻔하였다.

—신라선신당이라니.

나는 소리를 내어 중얼거렸다.

내가 이곳을 찾아온 것은 신라사부로와 오토모 씨들의 씨사였던 미데라가 깊은 관계가 있을지도 모른다는 예감 때문이었다. 나는 내 예감이 비록 구체적인 확증이 없는 막연한 것이라 하더라도 틀림이 없을 것이라는 확신을 갖고 있었던 것이었다. 그러나 온종일 미데라를 샅샅이 훑어보았지만 그 어디에서도 신라사부로의 흔적은 찾아볼 수가 없었던 것이었다. 그런데 모든 것을 포기하고 그 대신 비극의 왕자였던 오토모의 무덤을 보고 돌아가는 귀로에서 나는 전혀 생각지도 않게 '신라' 의 이름을 발견할 수 있었던 것이었다.

—신라선신당이라면.

나는 계속해서 소리를 내며 중얼거렸다.

'신라의 선신을 모신 집' 이라는 뜻이 아닐 것인가. 내가 신라사부로라는 무사 이름에서 의문을 느꼈던 것은 어째서 고구려, 백제와 더불어 한국의 고대국가 이름인 '신라'가 일본의 유명한 무사의 성으로 사용되었는가 하는 점이었던 것이었다. 그렇다면 마찬가지로 '신라'가 어째서 건물의 이름으로 사용될 수 있단 말인가.

선신이라면 문자 그대로 악신(惡神)의 반대말이 아닐 것인가. 사람들에게 재앙을 가져다주는 나쁜 귀신과는 달리 선신이라면 사람들에게 행운을 가져다주는 좋은 신인 것이다. 그러면 좋은 신인 선신을 모신 건물 앞에 어째서 신라사부로처럼 '신라'라는 이름이 접두어로 사용되고 있는 것인가.

나는 표석이 가리키고 있는 화살표를 따라 걷기 시작하였다. 샛길을 돌아가자 층계를 쌓아올린 건물의 측면이 드러났다.

한때는 분명히 미데라의 부속 건물이었을 선신당은 그러나 이제는 가장 외진 곳에 자리 잡고 있기 때문인지 완전히 사람의 자취가 끊겨진 퇴락한 공간이었다.

측면을 돌아 건물의 정면으로 가보았다. 정문은 자물쇠로 굳게 잠겨 있었고 나는 목책으로 막아놓은 투명한 울타리를 통해 신라선신당을 엿보았다.

울타리 너머 평평한 공터의 마당 뒤쪽에 아담한 건물 한 채가 우뚝 서 있었다. 신라라는 이름에서 잔뜩 흥분하고 있던 나는 일본에서 흔히 볼 수 있는 건물양식의 평범한 모습에 우선 실망감을 감출 수 없었다.

저것인가.

저렇게 평범하게 작은 건물이 국보란 말인가. 아니 그것보다 저

초라한 건물에 어떻게 신라의 이름이 사용될 수 있단 말인가.

나는 목책 너머로 건물의 모습을 다시 한 번 살펴보았다.

흔하디 흔한 전통양식의 건물이었다. 지붕은 나무껍질을 이어 만들었고 지붕의 형태는 물매를 두어 전면을 뒷면보다 길게 경사지게 한 신사(神社)의 독특한 양식을 하고 있었다. 건물은 몇 개의 기둥이 떠받치고 있었고 열 개쯤 되어 보이는 계단 위에 낮은 누각 형태를 취하고 있었다.

계단 위쪽에는 일본의 창살로 만들어진 방이 있었다. 그 방문은 굳게 닫혀 있었다. 아마도 저 방 안에 신라라는 이름의 선신이 봉안되어 있을 것이다. 그러니까 국보인 저 작은 건물은 신라라는 이름을 가진 선신을 모시고 있는 신당인 것이다.

그때였다.

선신당 앞마당에는 수백 년이 넘어 보이는 거대한 죽은 나무가 하나 서 있었는데 그 나무 밑둥에 이 건물을 설명하는 안내판이 붙어 있는 것을 보았다. 나는 서둘러 그 안내판으로 다가가 보았다.

오쓰 시의 이름으로 설명되어진 그 안내판의 내용은 다음과 같았다.

"신라선신당.

본당은 삼칸사방의 맞배지붕을 가진 건물이다. 지붕은 노송나무 껍질로 이루어진 아름다운 건물로서 국보로 지정되어 있다. 역응(曆應) 3년(1339), 아시카가 다카시(足利尊) 씨가 재건축하였다.

(이곳에 모셔진)신라명신은 원성사의 개조인 지증대사의 수호신으로서 본존(本尊)인 신라명신좌상 역시 국보이다……"

천천히 읽어내려가던 나는 갑자기 호흡이 가빠져오는 흥분을 느끼기 시작하였다.

그렇다.

내 예상대로 이 선신당은 신라명신을 모신 신당인 것이다. 안내문에 의하면 그 신라명신 역시 국보이며 신라명신이야말로 이 건물의 중심이 되는 주불(主佛)이자 이 신당의 본존인 것이다.

그러나 그것은 시작에 지나지 않았다. 나는 그 안내판의 마지막 설명문을 읽어가는 동안 심장이 멎는 것 같은 충격을 받았다.

"미나모토 요리요시의 아들 요시미쓰가 여기서 관례(冠禮)를 올렸으며, 이때 이름을 신라사부로로 바꾼 것은 유명한 사실이다."

나는 하마터면 선 자리에서 넘어질 뻔하였다. 간신히 안내판을 받치고 있는 쇠기둥을 붙들고 균형을 유지한 나는 다시 한 번 설명문을 읽어보았다.

찾았다.

나는 마침내 미데라에서 신라사부로의 흔적을 찾은 것이다. 안내판에 쓰여진 원복(元服)이라 함은 성인식을 뜻하는 성관(成冠)으로 그 당시에는 흔히 13세 무렵에 올리게 되어 있는 것이다.

그러니까 일본 무사의 아버지 요리요시, '전 9년의 싸움'이라는 전쟁에서 아베의 반란을 평정한 영웅 요리요시는 그의 셋째 아들 요시미쓰가 13세가 되자 이곳 신라선신당 앞으로 데려와 바로 이 자리에서 성인식을 올리고 자신의 아들을 신라사부로라는 이름으로 개명해버린 것이다.

그때가 1058년경.

그렇다면 아버지 요리요시는 이 신당이 모시고 있는 신라명신을 자신의 수호신으로 섬기고 있었을 것이다. 자신의 생명보다 귀중하게 섬기고 있었던 본존 신라명신에서 이름을 따와 아버지 요리요시는 아들 요시미쓰가 13세에 이르러 마침내 성인이 되자 아들의 이름을 신라사부로로 바꾸어버린 것이다.

나는 담배를 피우기 위해서 성냥을 켰다. 그러나 몇 번의 시도에도 불은 일어나지 않았다. 와들와들 손이 떨리고 있었기 때문이었다. 간신히 담배에 불을 붙이고 나서 나는 안내판 옆 고무 밑둥에 털썩 걸터앉았다.

마침내 나는 밝혀낸 것이다. 오다 노부나가가 다케다 신겐과 최후의 결전을 벌이기 직전 이 비와 호수 일대의 마을들을 불태워 초토화시켜버린 이유를 이제야 밝혀낸 것이다. 그것은 다케다 신겐의 시조였던 신라사부로의 고향이 바로 이 미데라 절이 있는 오토모쿄 일대였기 때문인 것이다.

또한 분명하게 밝혀진 것이다.

신라사부로의 아버지 요리요시는 평소에 이 신당에 모셔져 있던 신라명신을 자신의 수호신으로 생각해왔던 것이다. 그렇지 않고서야 자신의 아들 요시미쓰가 13세가 되어 성인식을 올릴 때 이곳에서 거행했을 리가 없으며 또한 이름을 신라사부로로 개명할 리가 없는 것이다.

따라서 그들은 모두 이곳 일대에 큰 세력을 떨치고 있었던 백제와 신라의 후예임이 밝혀진 것이다.

그렇다면 이 신당에 안치되어 있는 신라명신은 도대체 어떻게 생겼으며 어떤 사연을 지닌 신상인 것일까.

안내판은 그 신라명신에 대해서 이렇게 설명하고 있지 아니한가.

"…… (이곳에 모셔진)신라명신은 원성사의 개조인 지증대사의 수호신으로서 본존인 신라명신좌상 역시 국보이다……."

지증대사.

그는 이 미데라의 초대 지주였던 엔친을 말한다. 그는 814년에 태어나 891년에 죽은 천태종문(天台宗門)의 5대 좌주(座主)인 것이다. 그는 853년에 신라무역상 흠량휘(欽良暉)의 선편으로 당나라에 들어가 5년 동안 공부한 후 858년에 귀국한다. 귀국할 때 엔친은 경전을 4백 41권이나 갖고 돌아왔으며, 돌아온 즉시 이 미데라에 경전들을 봉안하고 초대 장리로 취임한 것이다.

그렇다면 이 신당에 모셔진 신라명신은 지증대사와 어떤 인연이 있길래 그의 수호신이 되었던 것일까. 부처를 모시는 승려라면 마땅히 석가모니야말로 자신의 주불이며 수호신이 아닐 것인가. 그럼에도 불구하고 지증대사는 어째서 안내문에 나와 있는 대로 신라명신을 자신의 본존으로 모시고 수호신으로 삼았던 것일까.

그러나 내 추적은 그것으로 끝이 날 수밖에 없었다. 만추의 햇살이 순식간에 스러지고 곧 어둠이 찾아왔기 때문이었다. 한적한 곳에 위치한 신당이었으므로 외등조차 없어 주위는 삽시간에 캄캄해졌다.

조금이라도 빛이 있으면 나는 울타리를 뛰어넘어 들어가 신당의 문을 열고 그 안에 안치되어 있을 신라명신의 모습을 직접 눈으로 확인해보고 싶었지만 어쩔 수 없이 나는 도망치듯 캄캄한 샛길을 따라 걸어 내려올 수밖에 없었던 것이다.

그것이 지난 가을 내가 찾아갔었던 첫 번째 여행이었던 것이다.

첫 번째 여행에서 전혀 뜻밖에 미데라와 신라사부로에 얽힌 비밀을 밝혀낼 수 있었지만 그러나 그것은 시작에 불과하였던 것이다.

내 역사의 추적은 또다시 새로운 국면으로 접어들게 되었던 것이다. 즉 신라사부로의 아버지 요리요시는 어째서 셋째 아들이 성인식을 신라명신 앞에서 올리고 아들의 이름을 신라사부로라고 바꿀 만큼 신라명신을 숭상하고 있었던 것이었을까.

그뿐 아니라 미데라의 개조인 지증대사 역시 신라명신을 자신의 수호신으로 여기고 있었다는 것이 안내문에 적혀 있던 내용이 아니었던가.

그렇다면 그 신라명신은 도대체 누구를 말하고 있는 것인가.

이러한 궁금증은 한국으로 돌아와 미데라의 매표소에서 샀던 책을 읽어보는 동안 더욱 깊어지기 시작하였던 것이다.

책 속의 '원성사 용화회연기(園城寺 龍華會緣記)'에는 다음과 같은 의미심장한 내용이 들어 있다.

지증대사는 858년 6월 당나라에서 발해국 상인 이연효(李延孝)의 선편으로 귀국길에 오른다. 오는 도중 바다에서 폭풍을 만나 난파 직전에 이른다. 무사하게 해달라고 배 위에서 기도를 하고 있던 대사의 앞에 갑자기 노옹(老翁) 하나가 나타나서 말한다.

"내 이름은 신라명신이다. 나는 이제부터 그대의 불법을 호지(護持)해줄 것이며 그대가 가져가는 경전 또한 보호해줄 것이다. 그 대신 내가 점지해준 오미국 시가(滋賀)군 원성사에 절을 짓고, 그 절에 불경들을 안치하도록 하라."

말을 끝낸 노옹은 홀연히 사라지고 그 순간 폭풍은 멎고 바다는 잠잠해졌다. 이로써 지증대사는 무사히 귀국하게 되었으며 신라명신이 시킨 대로 오토모 씨들의 씨사인 원성사 절터에 주석하는 한편 자신이 만났던 신라명신을 모시는 신당을 건립하고 그 신당 속에 명신을 봉안하였던 것이다. 이로써 신라명신은 지증대사의 수호신이 될 수 있었던 것이다.

미데라를 설명하는 책을 읽고난 후 내 역사적 관심은 완전히 신라사부로에서 신라명신으로 바뀌고 말았다.

신라명신이 일본 무사들의 아버지였던 요리요시의 수호신이었고 때문에 요리요시는 아들 요시미쓰가 13세가 되자 신라명신을 모신 신라선신당 앞에서 성인식을 올리고 이름을 신라사부로로 바꿨을 뿐 아니라, 신라명신은 또한 미데라의 실질적인 개조인 지증대사의 수호신이기도 한 것이다.

〈연기(緣記)〉에서 지증대사는 일본으로 귀국하는 도중 난파 직전에 이르게 되자 무사하게 해달라고 기도하던 중 갑자기 대사 앞에 노옹이 나타나서 '내 이름은 신라명신이다'라고 기록하고 있지 않았던가. 만약 그 수호신이 나타나지 않았더라면 지증대사의 배는 바다 위에서 난파당해 물고기의 밥이 되었을 것이다.

지증대사가 갖고 오던 4백 41권의 경전도 함께 바닷속에 수장되었을 것이다.

신라명신.

바다 위에 홀연히 나타나서 지증대사에게 미데라의 절터를 일러주고 불법을 호지해줄 것이라고 말하고 사라진 수호신. 지증대사는 무사하게 돌아온 즉시 신라명신이 점지해준 대로 오토모들의 씨사였던 미데라에 주석한 후 마침내 859년 제1대 주지로 취임하게 되는 것이다.

지증대사는 또한 자신이 보았던 신라명신의 좌상을 화공을 시켜 만들게 한 후 신라사(新羅寺)란 건물을 짓고 이를 그 신당 속에 봉안하고 자신의 본존이자 수호신으로 삼고 있었던 것이다.

그렇다면 누구인가. 폭풍이 몰아치는 질풍노도의 바다 위에서 지증대사가 만난 노옹은 누구였을까. 바다 위에서 만난 신이라면 그는 분명 바다의 신, 즉 해신(海神)이 아닐 것인가.

해신. 희랍신화에서는 해신을 '포세이돈'이라고 부른다. 바다 밑 궁전에 사는 포세이돈은 청동의 발굽과 황금의 갈기가 있는 명마들이 끄는 전차를 타고 바다 위를 달린다고 전해오고 있다. 그럴 때면 성난 파도도 잠잠해진다고 전해오고 있는 것이다.

그렇다면 지증대사가 만났던 바다의 신이 포세이돈이었단 말인가. 아니다. 그 바다의 신은 스스로 자신의 이름을 이렇게 명명하고 있지 아니한가.

"내 이름은 신라명신이다. 나는 이제부터 그대의 불법을 호지해줄 것이며 그대가 가져가는 경전 또한 보호해줄 것이다."

신라명신.

지증대사가 858년 6월 폭풍의 바다 위에서 만났던 바다의 신. 그는 도대체 누구며 어떻게 생긴 인물인가.

내 역사적 관심은 이렇게 해서 신라사부로에서 신라명신으로 자연스럽게 넘어가게 되었던 것이었다.

그리하여 지난 겨울.

나는 미데라의 장리 앞으로 장문의 편지를 썼다.

다행히 미데라를 소개하는 책자 맨 뒷장에는 초대 엔친으로 시작되는 장리보(長吏譜)가 게재되어 있었던 것이었다. 1대로부터 시작된 족보 맨 뒤에는 다음과 같은 이름이 적혀 있었다.

'162대 슌묘(俊明)'

책자에 적힌 내용대로라면 현재 미데라의 주지는 162대의 장리인 인 것이다.

나는 그 즉시 주지에게 편지를 쓰기 시작했다. 우선 내 소개를 상세히 한 다음 신라사부로에 관한 이야기와 함께 최근에 우연히 신라명신을 추적하게 되었다는 내용을 적고 마지막으로 귀사에서 봉안하고 있는 신라명신상을 직접 친견할 수 있는 기회를 베풀어주실 수 없느냐는 비교적 긴 편지를 썼던 것이었다.

편지와 함께 최근에 일본에서 출간된 내 작품《잃어버린 왕국(王國)》의 전 5권도 함께 우송하였다.

왜냐하면 국보인 신라명신을 함부로 외부인에게 공개하여 보여줄 수 없는 것은 자명한 일이며, 특히 일본인도 아닌 외국인에게 보여주려면 무엇보다 편지를 보낸 사람에 대한 신뢰감이 중요하다고 판단했기 때문이었다.

올 초 편지를 보내고 난 후 나는 초조하게 답장을 기다렸다. 그러나 한 달이 지나고 두 달이 지나도 아무런 연락이 없었다. 승낙이든 거절이든 반드시 회신을 보내는 일본인들의 특성을 아는 나는 끈질기게 답장을 기다렸다.

그러다 마침내 지난 주, 나는 그토록 기다리던 답장을 받은 것이었다.

편지 겉봉에는 붉은 명조체의 글씨로 다음과 같이 인쇄되어 있었다.

'三井寺長吏 俊明'

왔다

우편함에서 봉투를 발견한 순간 나는 가슴이 뛰기 시작했다. 봉투를 뜯자 나온 것은 두 달 이상 기다렸던 답신치고는 의외로 간단한 내용이었다. 편지의 사연은 다음과 같았다.

　　귀하의 편지를 잘 받았습니다. 답신이 늦어진 것은 그동안 피치 못할 사정이 있었기 때문이었습니다. 귀하의 편지를 받고 사내의 모든 대중과 신중하게 상의하였습니다. 그리고 마침내 귀하의 친견을 허락키로 결심하였습니다. 그 대신 조건이 있습니다.

　　개인적인 사진 촬영은 단 한 회에 허락되지만 보도용 촬영이나 방송용 촬영은 일절 불허함을 분명히 말씀드립니다. 다시 말씀드리면 귀하가 요청하신 신라명신의 본존은 일본의 국보 중의 국보이며, 지금까지 단 한 번도 외부에 공개된 적이 없는 비불인 것입니다.

　　귀하께서 친견하고 싶다면 그 날짜와 시간을 종무소와 연락하시기 바랍니다. 종무소 측에는 미리 연락을 취해두었습니다……

편지는 내가 연락을 취할 종무소의 전화번호와 또한 내가 신라명신을 친견할 시 사정이 허락된다면 직접 만날 수도 있을 것이라는 전언을 마지막으로 담고 있었다.

편지를 받는 즉시 나는 편지에 실려 있는 종무소와 국제통화를 했다. 편지에 쓰여 있는 대로 '일본의 국보 중의 국보이며 지금까지 한 번도 외부에 공개된 적이 없는 비불'인 신라명신을 친견할 수 있는 절호의 기회를 굳이 차일피일 미루다가는 자칫 무산시킬지도 모른다는 불안감 때문이었다. 종무소 측에서의 요구는 단 하나뿐, 주말은 관람객으로 붐비니 될 수 있는 대로 평일을 택해달라는 부탁이었다.

멀리 미데라의 대문인 인왕문(仁王門)의 모습이 보였다. 오쓰 역에서 사카모토의 언덕길을 쉬지 않고 30여 분 정도 줄곧 걸어온 뒤 끝이었으므로 이마에는 송글송글 땀이 배어 있었다. 평일이었다고는 하지만 미데라 경내의 벚꽃은 인근에서도 꽤 알려진 경승지였는지 주차장에는 몇 대의 관광버스가 멎어 있었고 간단한 차와 식사를 파는 매점에는 사람들로 붐비고 있었다.

나는 시계를 들여다보았다.

오전 10시가 가까워오고 있었다.

어제 저녁 교토의 호텔 숙소에서 종무소에 전화를 걸어 오전 10시쯤 미데라 매표소 앞에 도착할 것이라고 미리 약속을 해두었던 것이다. 정확하게 시간을 지킨 셈이었다.

인왕문을 지나자 지납소(志納所)라고 불리는 매표소가 나타났다. 지납소 안에는 두 명의 노인이 한 사람은 표를 팔고, 한 사람은 절에 관련된 책이나 부적들을 팔고 있었다.

"안녕하세요."

나는 노인에게 웃으면서 인사를 건넸다. 당연히 절로 들어가는 입장권을 살 것을 기대하고 있던 노인은 의외라는 표정으로 나를 멀뚱한 눈빛으로 쳐다보았다.

"주지스님을 만나러 왔습니다만."

내 입에서 주지란 이름이 흘러나오자 당황한 얼굴로 노인이 물었다.

"…… 약속이 되셨습니까."

"물론입니다. 어제 저녁 종무소와 미리 약속을 해두었습니다. 오늘 아침 10시에 이 장소에서 전화를 드리겠다고 약속을 해두었습니다만."

"아, 그렇습니까."

노인이 그제서야 고개를 끄덕거리며 말을 받았다.

"잠깐만 기다려주십시오."

노인은 전화기를 들고 어디론가 통화를 하기 시작하였다. 나는 매표소를 지나 금당으로 올라가는 언덕길을 쳐다보았다. 언덕길은 온통 벚꽃들의 천지였다. 벚꽃은 활짝 피어났을 때보다 제 흥에 겨운 춘정(春情)을 차마 견디어내지 못하고 떨어질 때가 더욱 아름답다던가.

봄바람이 손톱으로 할퀼 때마다 한 무더기씩 한 무더기씩 꽃잎들이 생채기를 입고 떼 지어 흩날리고 있었다. 그것이 온통 꽃비를 만들고 있었다. 벚꽃의 꽃비들이 금당으로 올라가는 계단 위를 자욱이 적시고 있었다.

"손님."

벚꽃의 아름다움에 취해 잠시 넋을 잃고 있던 내게 노인이 소리쳐 말하였다.

"연락이 왔습니다, 손님. 잠깐만 여기서 기다려주시겠습니까. 손님을 모시러 오겠다는 연락이 있었습니다만."

"아, 그렇습니까. 감사합니다."

나는 허리를 굽혀 인사를 했다.

지납소 앞에는 작은 공터가 마련되어 있었다. 경내에서 사용되는 차들이 잠시 주차할 수 있는 공간인 모양이었다. 벚꽃 구경을 나온 한 떼의 참배객들이 삼삼오오 떼를 지어 표를 내고 본당으로 가는 계단을 오르고 있었다. 때마침 계단 위 본당 쪽에서 종소리가 울려 퍼지기 시작하였다.

금당 옆 종루(鐘樓)에서 들려오는 만종 소리인 모양이었다. 미데라의 만종은 유명해서 일본의 3대 명종 중의 하나라고 하였다던가. 특히 안개 속에서 들려오는 만종 소리는 오미 지방의 팔경 중에서 제칠경(景)으로 알려질 만큼 아름답다고 하던가.

땡 땡 땡……

예부터 오미 지방은 비와 호수가 뿜어대는 물기로 자주 안개가 끼는 곳. 그러나 화창한 봄 날씨로 오늘은 물안개 대신 눈부신 벚꽃의 운무(雲霧)가 자욱이 경내를 뒤덮고 있는 것이다.

팔짱을 끼고 들려오는 종소리를 듣고 있는데 어디선가 승용차 한 대가 나타났다. 차 속에서 승복을 입은 승려 한 사람이 뛰어내렸다.

"최 선생님이십니까."

"그렇습니다만."

"차에 오르시지요. 제가 안내를 하겠습니다."

차에 오르자 곧 출발하였다. 운전을 하면서 승려는 말하였다

"제가 어제 저녁 선생님으로부터 전화를 받았던 바로 그 사람입니다. 슌묘 스님께 오늘 오전에 오신다고 말씀드렸더니 마침 스님께서도 선생님을 만나뵙겠다고 지금 기다리고 계십니다. 늘 공사다망하신 스님이신데 다행스럽게도 오전 중에는 특별한 일이 없으시다고 하십니다."

차는 금당을 끼고 오른쪽으로 난 샛길을 오르기 시작하였다. 계단을 따라 형성된 숲은 온통 벚꽃으로 이루어진 터널이었다.

"마침 잘 오셨습니다. 오늘이 벚꽃의 절정입니다. 오늘밤 비가 내린다는 기상예보가 있었습니다만 그렇게 되면 내일은 하룻밤 사이에 꽃들은 모두 져버릴 것 같습니다."

해마다 이맘때면 일본의 전 매스컴들은 다투어 북상하는 화신(花信)의 정보를 보도하고 있는 것이다. 하루아침에 저 많은 벚꽃들이 져버릴 것이라는 승려의 말을 듣자 나는 문득 잇큐(一休)의 선시 하나를 떠올렸다.

벚나무의 가지를
부러뜨려 봐도
그 속에는 벚꽃이 없다.
그러나 보라, 봄이 되면
얼마나 많은
벚꽃들이 피어나는가.

왕과 궁녀 사이에 태어난 사생아로 왕비의 질투에 의해서 쫓겨난 잇큐는 한때 절박한 가난함으로 향을 팔아 간신히 연명하다가 20세에 이르러 승려가 된다. 27세 때 까마귀의 울음소리를 듣고 깨달음을 얻었던 잇큐는 어느 봄날 황홀하게 피어난 벚꽃을 보고 그 유명한 선시를 노래한 것이다.

잇큐의 선시대로 가지를 부러뜨려보고 꺾어봐도 불과 며칠 전까지만 해도 빈 가지였던 헐벗은 나무는 오늘 갑자기 저렇게도 많은 꽃들을 피워올리고 있는 것이다.

그 어디에도 없던 꽃들은 갑자기 어디에서 오는 것일까. 그리하여 내일이면 승려의 말대로 꽃들은 모두 져버려 흔적도 없이 사라질 것이다. 이렇듯 꽃들은 어디로부터 와서 잠시 피었다가 어디로 사라져버리는 것일까.

잠시 생각하는 동안 차는 멈춰 섰다.

작은 자갈밭으로 이루어진 마당 옆 건물에는 다음과 같은 팻말이 붙어 있었다.

'광정원(光淨院)'

잠시 절을 방문하거나 사정이 있어 절에 머무르는 손님을 맞이하는 건물인 듯한 느낌을 주는 객전(客殿)이었다.

"오르시지요."

승려가 앞장서서 안내하였다.

계단을 올라 툇마루를 거쳐 안으로 들어가자 넓은 다다미방이 드러났다. 후원을 향해 난 방문은 열려 있었다. 활짝 열린 방문 바깥 후원에는 연못이 조성되어 있었고, 마침 울창한 숲에서 흘러내린 벚꽃들이 그 연못을 향해 허리를 굽히고 머리를 감고 있었다.

"스님께서는 곧 오실 것입니다. 잠시 차나 한 잔 하시면서 기다리시지요."

미리 준비되어 있었던 듯 승려는 뜨거운 물을 다기에 넣었다. 금세 향긋한 차의 향기가 피어올랐다. 승려는 익숙한 솜씨로 차를 우려낸 다음 잔에 따라서 내게 한 잔을 권하였다.

나는 차를 마시면서 후원의 풍경을 물끄러미 바라보았다. 내 짐작대로 이 건물은 승려들을 위한 공간이 아니라 외부 인사들을 위한 객사인 듯 손님맞이의 접대용 가구들도 방 안 곳곳에 마련되어 있었다.

그때였다.

반대편 안쪽에서 툇마루를 건너오는 발자국 소리 같은 것이 들려왔다. 그리고 방문이 열렸다. 붉은색이 감도는 승복을 입은 큰 체구의 승려 한 사람이 방 안으로 성큼 들어왔다.

나는 앉은 자리에서 일어섰다.

"앉으시지요, 손님. 제가 바로 슌묘입니다."

생각했던 것보다 나이가 들어 보이는 슌묘는 그러나 체구는 당당하여 마치 씨름선수와 같은 면모를 갖고 있었다. 뒤에 알게 된 사실이지만 이미 80세가 넘은 게이오대학 출신의 지식인이었으면서도 그가 무슨 무사처럼 보였던 것은 큰 체구와 시원시원한 말투 때문이었을 것이다.

"참으로 먼 길을 오시느라 수고하셨습니다."

다탁을 중심으로 마주 앉으면서 슌묘는 부드럽게 말을 건넸다. 그는 탁자 위에 놓여 있던 작은 상자 속에서 자신의 명함을 꺼내 건네주었다. 우리는 명함을 교환하였다.

"보내주신 책은 아직까지 전부 읽어보지는 못하였습니다. 절반 가량은 읽어보았습니다. 이곳 오미 지방은 당연히 처음이 아니시겠지요."

"그렇습니다."

내가 대답하자 슌묘는 크게 웃으면서 말을 받았다.

"하기야 오미 지방은 예부터 도래인들의 고향이라고 전해오는 곳이니까요."

슌묘는 차를 마시면서 나를 쳐다보았다. 삭도로 민 머리가 아니라 바짝 짧게 자른 머리카락 때문이었을까, 날카로움보다는 전체적으로 부드러운 느낌을 주는 눈빛이었다.

이 사람이.

나는 그의 눈빛을 마주 보면서 생각하였다.

1대 개조인 엔친으로부터 내려온 지 1천 2백 년이 흘러 제1백 62대에 이른 장리란 말인가. 그러니까 이 사람의 피 속에는 엔친의 혼이 흐르고 있다는 말인가.

"선생님께서 부탁해오신 내용에 관한 말씀입니다만."

잠시 인사치레의 가벼운 말들이 오간 후 슌묘가 먼저 말문을 열었다.

"실은 저희 측에서는 이제까지 한 번도 이 비보를 밖으로 공개한 적이 없습니다. 꼭 한 번이었습니다만 20여 년 전이었던가요. 교토국립박물관 측에서 미데라가 소장하고 있는 보물들을 특별 전시한 적이 있었습니다. 그때 딱 한 번 전시된 적은 있었습니다만, 그러나 이렇게 사적으로 공개될 적은 전혀 없습니다. 때문에 선생님으로부터 편지를 받고 그 답신이 서너달 걸릴 만큼 늦었던 것은 저희 미데라 내에서도 의견들이 통일되지 못하고 분분했었기 때문이었습니다.

특히 '신라명신'은 저희 절이 소장하고 있는 보물 중에서도 가장 중요한 보물이며 국보 중의 국보라고 말할 수밖에 없을 것입니다. 잘 아시겠지만 신라명신이 우리 미데라의 개조인 엔친 스님께서 당나라에서 건너오실 때 난파당하기 직전 배 위에 나타나 구사일생으로 생명을 구해준 수호신이 아니겠습니까.

원래 신라명신은 절 외곽에 있는 '신라선신당'에 모셔져 있던 신불인데 저희가 수습해서 금당 안에 보관하고 있는 것도 신라명신이 갖고 있는 엄청난 가치 때문인 것입니다. 문화적 가치 때문이라기보다는 그 상징적 의미 때문입니다. 그렇습니다, 손님. '신라명신'은 바로 우리 미데라의 상징 그 자체인 것입니다."

슌묘는 시종 활기찬 목소리로 말을 이어 내려갔다.

"하지만 우리 절 측에서는 모든 사람들이 함께 모여서 의견을 종합한 결과 마침내 선생님에게 친견을 허락하는 것으로 결론을 내렸습니다. 어차피 '신라명신'은 한국과 관계되어 있는 신불이고, 당연히 그러하다면 이 명신의 존재가 오늘날 한국에서도 마땅히 알려져야 한다고 판단했기 때문이었습니다."

"감사합니다."

나는 정중하게 인사를 했다.

"아, 아닙니다."

슌묘는 손을 내저으며 말을 받았다.

"마땅히 감사해야 할 쪽은 오히려 그쪽이 아니라 우리 쪽이지요.

왜냐하면 신라명신은 바로 엔친 스님의 수호신이자 미데라의 불법을 호지하고 스님께서 당나라에서 가져오신 경전들을 보호하는 수호신이므로 바로 우리 미데라의 수호신이기도 하니까요.

저희 미데라가 1천 2백 년 이상 이처럼 무사하게 불법도량으로 성장할 수 있었던 것 모두 신라명신의 가피(加被) 때문이었으니까요."

말을 마치고 나서 슌묘는 나를 이곳까지 안내해준 승려에게 눈짓을 보냈다. 승려는 알았다는 표정을 하고는 뒷걸음질쳐서 방 안을 나갔다.

"오늘 저희가 선생님께 보여줄 신라명신상은 두 가지입니다. 우선 1차로 보여드릴 것은 견본(絹本)으로 된 화상(畵像)입니다. 이 그림은 국보가 아니라 중요 문화재로 지정되어 있습니다."

잠시 후 밖으로 나갔던 승려가 조심스럽게 무엇인가를 들고 나타났다. 1미터 정도가 될까. 승려의 어깨 높이에 오는 족자(簇子)였다. 원래는 두루마리로 되어 있어 말아서 보관하도록 되어 있는 그림을 한번에 볼 수 있도록 표구해서 마련해놓은 모양이었다. 승려는 어느새 흰 장갑을 끼고 있었다.

"원래 저희 절에는 이런 모습의 신라명신상을 세 점이나 보관하고 있습니다. 약간의 차이는 있습니다만 모습은 거의 비슷합니다. 그중 한 점은 아주 낡아서 그림의 형태를 거의 알아볼 수가 없을 정도입니다. 그러나 처음으로 보여드린 이 신라명신상은 가장 보관상태가 좋고 화상의 모습 역시 가장 선명합니다."

슌묘가 다시 눈짓을 하자 승려는 들고 있던 그림을 탁자 옆에 내려 놓았다.

"봐도 되겠습니까."

내가 묻자 슌묘는 대답하였다.

"물론입니다."

나는 탁자 옆에 걸쳐 세워놓은 족자 앞으로 다가가 보았다. 흔히 깁이라고 불리는 비단 위에 채색으로 그린 저색화(著色畵)였다. 슌묘의 말대로 한마디로 보관상태가 좋고 화상이 선명해서 그림이 한 눈에 들어오고 있었다.

그림의 중앙에 의자가 놓여 있고 그 의자 위에는 반가(半跏)의 책상다리를 한 독특한 모습의 노인 하나가 앉아 있었다. 오른발은 책상 아래로 내려와 있으나 왼발은 의자의 팔걸이에 올려놓아 반가부좌를 한 노인은 왼쪽 방향을 비스듬히 쳐다보고 있었다.

오른손은 무엇인가를 들고 있었는데 가만히 살펴보면 두루마리로 된 경전 같은 것이었다. 왼손으로는 석장(錫杖)을 들고 있었다.

불교에서는 지혜(知慧)를 문수(文殊)보살로, 정덕(定德)을 보현(普賢)보살로 상징하는데, 그렇게 보면 오른손에 들린 경전은 문수보살을 가리키고 있으며, 석장을 든 왼손은 보현보살을 가리키고 있는 것처럼 보였다.

그러나 무엇보다 특이한 것은 의자에 앉아서 무엇인가를 응시하고 있는 인물의 모습이었다. 가슴까지 내려오는 긴 수염, 날카로운 눈빛 그리고 머리에 검은 건을 쓰고 있었다. 그 독특한 건은 머리에 쓰는 관모 같기도 하고, 그 옛날 우리의 조상들이 흔히 쓰고 다니던 갓 같기도 한 형태를 취하고 있었다. 어쨌든 그 관모의 형태가 어디에서 비롯되었는지는 불분명하다고는 해도 그것이 일본에서는 전혀 볼 수 없는 특이한 형태라는 것은 분명한 사실이었다.

얼핏 보면 우리나라의 사극 같은 데서 흔히 나오는 백관들이 전통적인 관복을 입은 모습과 흡사한 것이었다.

그렇다.

그 '신라명신'의 모습은 한마디로 일본의 민속화에 나오는 인물상이 아니라 돈황(敦煌)의 막고굴에 나오는 조우관(鳥羽冠)을 쓴 신라사신의 모습과 쌍둥이처럼 닮아 있는 것이다.

중앙에 앉아 있는 신라명신의 머리 위에는 해와 같은 붉은 원상이 떠 있었는데 그 속에는 본지불(本地佛)인 문수보살의 모습이 그려져 있었다.

그러나 무엇보다 내 시선을 강하게 잡아당긴 것은 신라명신의 발 아래쪽에 앉아 있는 무사의 모습이었다. 전통적인 일본의 무사 차림을 하고 있는 사람은 검은 관복을 입고 방석 위에 앉아 있었다.

오른쪽에는 그의 부인같아 보이기도 하고 딸처럼 보이기도 하는 두 명의 여인들이 역시 전통적인 일본의 옷차림을 하고 뭔가 받쳐 올리려는 듯 두 손으로 제물을 떠받치고 앉아 있었다. 한눈에 보아도 그 두 명의 여인들은 검은 옷을 입은 무사의 가족들임이 분명하였다.

—이 검은 관복을 입은 사람은 도대체 누구일까.

나는 신라명신의 발 아래에 앉아서 명신에게 최대의 예의를 표하고 있는 그 검은 무사를 바라보면서 강한 호기심을 느꼈다.

문득 내 머릿속으로 지난 가을 우연히 신라선신당 앞에서 발견했던 안내판의 문구가 기억되어 떠올랐다.

'신라선신당.

본당은 삼칸사방의 맞배지붕을 가진 건물이다. 지붕은 노송나무 껍질로 이루어진 아름다운 건물로서 국보로 지정되어 있다. 역응 3년(1339) 아시카가 다카시 씨가 재건축하였다……'

안내판에 적혀 있던 내용이 사실이라면 신라선신당은 1339년 재건축되었다. 신라선신당을 재건한 사람은 아시카가 다카시, 그는 1305년에 태어나 1358년에 죽은 막부시대 때의 유명한 장군인 것이다.

"이 그림이 그려진 것이 언제쯤 됩니까."

나는 그림을 쳐다보면서 순묘 스님에게 물어보았다. 그러자 순묘는 대답하였다.

"정확하게 알려진 바는 없습니다만, 대충 가마쿠라 후기의 작품으로 사료되고 있습니다만."

가마쿠라 막부시대를 연 사람은 신라사부로의 아버지였던 요리요시의 후예인 미나모토 요리토모, 이른바 무사가 정권을 쥠으로써 중세의 봉건사회를 연 것이다.

이 막부시대는 4백여 년 간 계속되었는데 순묘 스님의 말대로 이 '신라명신상'이 그려진 것이 막부의 후기시대로 추측된다면 발 아래 앉아서 신라명신을 경배하고 있는 그 무사의 초상은 어쩌면 신라선신당을 재건한 아시카가 장군인지도 모른다.

"이것 역시 정확한 사실은 아닙니다만 이 신라명신상을 그린 화가는 막부 말기의 레이제이 타메치카(冷泉爲恭)라고 알려져 있습니다. 그가 그린 모본(模本) 하나가 지금도 교토에 있는 성호원(聖護院)에 남아 있다는 말을 전해 듣기는 하였습니다만."

순묘 스님의 말을 듣자 나는 궁금증이 더해졌다. 그래서 나는 손을 들어 신라명신상의 발 아래 앉아 있는 검은 무사를 가리키면서 물어 말하였다.

"그렇다면 스님께서는 이 검은 옷을 입은 무사가 가마쿠라 시대의 유명한 장수 아시카가라고 생각하십니까. 아시카가는 신라선신당을 재건하였습니다. 때문에 화가는 신라명신상을 그리고 있는 이 화상 속에 아시카가 다카시의 초상을 일부러 그려 넣었다고 생각하십니까."

"아, 아닙니다."

순묘는 손을 흔들면서 단호하게 대답하였다.

"이 검은 옷을 입은 무사의 초상은 신라선신당을 재건한 아시카가의 초상은 아닙니다. 물론 아시카가 장군이 선신당을 재건한 것이 1339년이었고, 이 그림이 그려진 것이 그보다 수십 년 후인 15세기의 막부 후기였다면 당연히 그 당시 최고의 세력가였던 아시카가 장군의 초상을 일부러 새겨 넣었을지도 모른다고 추측하는 것은 당연한 일일 것입니다. 하지만 나는 그렇게 생각하지 않습니다."

순묘는 잠시 말을 끊고 차를 한 잔 들이켰다. 그리고 나서 잠깐 동안 후원에 가득 핀 벚꽃을 물끄러미 바라본 후 다시 말을 이었다.

"나는 이 검은 옷을 입은 무사가 아시카가가 아닌 다른 사람임에 틀림이 없다고 생각하고 있습니다."

"그 사람이 누구입니까."

내가 묻자 순묘는 간단하게 대답하였다.

"그 사람은 신라사부로입니다."

순묘 스님의 입에서 흘러나온 낯익은 이름 신라사부로. 나는 가슴이 뛰었다. 순묘는 말을 이어 내려갔다.

"아시다시피 신라사부로의 아버지 요리요시는 1051년 '전 9년의 전쟁'에 출진하기 앞서 이곳 선신당에 와서 신라명신에게 전승을 기원히고 승리를 얻게 헤주신디먼 지신의 이들 히니를 신에게 비치겠다고 맹세하였습니다.

그리고 마침내 기원한 대로 승리를 거둔 후 자신의 셋째 아들 요시미쓰를 데리고 이곳에 와서 성인식을 올린 후 아들의 이름을 신라사부로로 개명하였던 것입니다. 그 이후 신라사부로의 장남 각의(覺義)는 출가하여 스님이 되었습니다.

그는 신라선신당 남서쪽에 절을 짓고 그 이름을 금광원(金光院)이라고 하였습니다. 또한 이 절에서 자신의 딸이 안질에 걸리자 쾌유를 비는 제사를 올렸다는 기록이 남아 있을 정도입니다. 따라서 이 신라명신의 발 아래 앉아 있는 무사는 신라사부로임에 틀림이 없을 것이고 또한 맞은쪽에 앉아 있는 두 명의 여인은 신라사부로의 아내와 딸임에 틀림이 없을 것입니다."

순묘 스님의 설명은 군더더기가 하나도 없이 명쾌하였다.

"지금도 신라선신당 뒤쪽에 신라사부로의 무덤이 남아 있고, 그의 아들이 건립했던 절의 사적(寺跡)이 아직도 남아 있습니다. 신라사부로는 이처럼 자신이 죽은 후에도 자신의 무덤을 선신당 근처에 자리 잡을 만큼 신라명신을 숭상하고 있었던 것입니다."

이로써 모든 것이 밝혀진 것이다. 나는 가슴이 무섭게 뛰는 것을 느꼈다.

이로써 미데라가 있는 이곳 오미 지방은 신라사부로의 고향임이 밝혀진 것이며, 또한 그가 죽어 이곳에 묻힘으로써 다케다 신겐의 시조인 신라사부로는 한반도에서 건너간 도래인이라는 명백한 사실이 밝혀진 것이었다.

또한 미데라에서 소중하게 보관하고 있던 '신라명신상'의 아랫부분에 자신의 모습을 남김으로써 신라사부로는 자신의 수호신이 신라명신임을 또한 명확하게 밝히고 있는 것이다.

"사진을 촬영해도 되겠습니까."

내가 묻자 슌묘는 밝게 대답했다.

"물론입니다."

나는 사진을 찍기 시작하였다. 답장에 쓰여 있던 조건대로 보도용 사진이나 방송용 촬영이 아닌 개인적인 용무였으므로 그들은 얼마든지 내가 사진 찍는 것을 허락해주었다.

사진촬영이 끝나자 슌묘는 다른 승려에게 다시 눈짓을 하였다. 그러자 승려는 조심스럽게 신라명신상을 들고 어디론가 사라졌다.

나는 슌묘가 조금 전 내게 이 절에서 소장하고 있는 두 점의 신라명신상을 보여주겠다고 약속했던 말을 기억하고 있었으므로 다른 명신상을 보여줄 것을 기대하면서 침묵을 지키며 앉아 있었다. 그러나 내 기대감은 깨어졌다. 신라명신상을 들고 사라졌던 승려는 되돌아왔지만 그의 손은 아무것도 들고 있지 않은 빈손이었다.

그러한 내 속마음을 눈치 챘는지 슌묘는 내 잔에 차를 따라주면서 말을 꺼냈다.

"두 번째 신라명신상을 보여드리기 위해서는 자리를 옮겨야 합니다. 이곳에서는 보여드릴 수가 없기 때문입니다. 왜냐하면 그 신라명신상은 국보 중의 국보이므로 안치되어 있는 자리에서 함부로 옮기거나 움직일 수 있는 물건이 아니기 때문입니다."

나는 묵묵히 그가 따라준 녹차를 들이켰다. 후원의 연못 위로 벚꽃이 어지럽게 흩날리고 있었다.

"첫 번째 보여드린 신라명신상은 막부 후기에 그려진 그림이니까 기껏해야 5백 년 정도밖에 되지 않은 상상 속의 화상입니다.

하지만 이번에 보여드릴 신라명신상은 1천 2백 년이 된 조상(彫像)인 것입니다. 우리 절의 개조인 엔친 스님이 폭풍이 몰아치는 바다 위에서 신라명신의 가호를 받아 무사하게 돌아오신 이후 명신이 점지해주신 이곳 미데라에 주석하셨습니다.

그리고 나서 제일 먼저 하셨던 것은 화공을 불러 자신이 바다 위에서 보았던 신라명신의 모습을 그대로 새길 것을 명령하셨던 것입니다. 마침내 자신이 본 그대로의 모습이 완성되자 엔친 스님은 이렇게 친히 명명하셨습니다. '신라명신좌상(新羅明神坐像).'

그리고 선신당을 짓고 이 신상을 주불로 안치하셨던 것입니다. 그러니까 지금 보실 신라명신상이야말로 엔친 스님이 폭풍의 바다 위에서 만났던 바로 그 수호신의 실제 모습 그대로인 것입니다."

슌묘의 말은 합당하였다.

'신라명신좌상'이 1천 2백 년 된 국보 중의 국보라면 안치되어 있는 자리에서 함부로 옮기거나 움직일 수 없다는 설명은 당연한 것이었다.

"그러면."

나는 조심스럽게 물었다.

"그 신라명신좌상이 안치되어 있는 곳이 어디입니까."

"원래 신라명신좌상이 봉안되어 있던 곳은 지난 가을 선생님이 가보셨던 신라선신당이었습니다. 그러나 그곳은 너무나 외곽지대이고, 따라서 보안 상태가 허술해서 오래전에 금당 안에 모셔두고 있습니다."

미데라 금당은 건물 자체가 국보인 경내 최대의 불당으로 우리나라의 사찰에 비하면 대웅전이라고 말할 수 있는 곳이다. 1590년 도요토미의 기진(寄進)으로 건설된 건물은 이곳 일대에서 손꼽히는 대걸작의 건축물인 것이다.

"자, 그럼 함께 가실까요."

슌묘는 성큼 자리에서 일어섰다. 우리는 서둘러 객전을 나섰다. 작은 자갈밭으로 이루어진 마당을 슌묘는 앞장서서 가로질렀다. 80세의 노인이라고는 믿어지지 않는 빠른 걸음이었다. 형식이나 절차 같은 것을 따지지 않는 대자연인의 풍모를 갖고 있었다.

몇 명의 참배객들이 슌묘를 보자 황급히 합장을 하면서 허리를 굽혔다. 우리는 계단을 올라 금당 안으로 들어섰다.

지난 가을 나는 이미 금당 안을 관람했었다. 우리나라의 대웅전과는 달리 미데라의 중심 건물인 금당에는 이상하게도 주불이 모셔져 있지 않았다.

다만 수미단(須彌壇)이라고 불리는 부처를 안치한 작은 불단만이 있을 뿐이었다. 이 불단은 주자(廚子)라고 불리는데 이런 형식의 불전은 주로 선종 계통의 사찰에서 사용하는 형식이었던 것이었다.

그런 의미에서 금당은 본존인 석가모니를 모신 불당이라기보다는 미데라에서 소장하고 있는 각종 귀중한 유물들을 안치하고 전시하는 박물관의 성격을 갖고 있는 건물이기도 한 것이었다.

순묘는 그 불단 앞에서 간단한 예식을 올리기 시작하였다. 순묘의 말대로 이 미데라가 소장하고 있는 국보 중의 국보요, 비불인 '신라명신좌상'을 외부인에게 보여드리기 앞서 수호신인 명신에게 이를 먼저 고하고 온갖 나쁜 악신을 물리치기 위해 신불에게 제례를 올리는 모양이었다. 나는 요령을 흔들면서 염송을 하는 순묘 뒤에 합장을 하고 서서 마음속으로 간절히 빌었다.

858년 6월.

난파당하기 직전의 배 위에서 지증대사 앞에 나타난 명신이여, '내 이름은 신라명신이다. 나는 이제부터 그대의 불법을 호지해줄 것이다'라고 말하였던 신라명신이여, 이제는 내 앞에 나타나시라. 나타나 현신하시라.

간단한 예불은 곧 끝이 났다. 독경이 끝난 후 나는 분향을 하였다. 그리고 우리는 금당 안 내진(內陣)으로 들어가기 시작했다. 내진으로 들어가는 공간에는 미데라에서 보관하고 있는 각종 유물들이 전시되어 있었다.

미데라의 개조인 지증대사의 좌상에서부터 천수관음입상, 11면관음입상, 부동명왕입상, 호법선신입상(護法善神立像), 길상천입상(吉祥天立像) 등 많은 불상들이 안치되어 있었다. 그 유물들은 어두운 금당 안을 비추는 희미한 조명 아래에서 한결같이 기괴하고, 그로테스크한 분위기를 연출해내고 있었다.

줄곧 앞서 걷던 슌묘가 잠시 걸음을 멈췄다.

"이게 뭔지 아십니까."

걸음을 멈춘 슌묘는 손을 들어 한 곳을 가리키면서 말하였다. 나는 그가 가리킨 곳을 바라보았다. 그곳에는 종 하나가 놓여 있었다. 높이는 1미터가 채 안 되어 80센티미터쯤 되어 보이는 크지도 작지도 않은 동종이었다. 그 순간 종 머리에 장식된 용의 모습이 눈에 들어왔다. 용두머리를 한 종이라면 이건 분명 우리나라 형식의 종이 아닐 것인가.

"이건 한국종이 아닙니까."

내가 혼잣말로 중얼거리자 슌묘는 웃으면서 말하였다.

"그렇습니다. 이 종은 한국종입니다. 우리는 이 종을 '조선종(朝鮮鐘)'이라고 부르고 있습니다."

슌묘의 말처럼 그 종은 분명히 조선종이었다. 종 머리에 새겨진 용의 모습도 그러하지만 몸체에 새겨진 비천상(飛天像)의 모습은 그 종이 한국에서 만들어진 종임을 분명하게 드러내 보이고 있었던 것이다.

하늘을 날아가는 선녀의 모습을 조각해놓은 비천상과 용두의 모습은 우리나라의 종만이 갖고 있는 특징인 것이다.

그 순간 나는 당좌(撞座)라고 불리는 종을 치는 부분 옆에 명문(銘文)이 조각되어 있는 것을 보았다.

나는 다가가 유심히 그 명문을 살펴보았다. 비교적 선명하게 주조된 명문의 내용은 다음과 같다.

大平十二年 壬申十二月日 青鳧大寺

鍾百七斤大匠位 金慶門棟……

명문을 살피고 있는 내게 슌묘가 말하였다.

"대평(大平)이라면 중국의 요(遼)나라의 연호이지요. 대평 12년
은 고려(高麗)의 덕종(德宗) 원년에 해당하는 해입니다. 서력으로
는 1032년인 셈이지요. 그러니까 이 종은 지금으로부터 1천 년 전에
만들어진 범종입니다.

이 1천 년이나 된 조선종이 어떻게 해서 우리 미데라에 건너오게
된 것인지 그 연유에 대해서 아는 사람은 없습니다. 다만 여기에 새
겨 있는 '청부대사(青鳧大寺)'란 명칭이 오늘날 한국의 경상북도 청
송군(青松郡)을 가리키는 옛 지명이라는 학설이 있는 것을 보면 아
마도 청송군에 있던 어떤 절에서 사용되던 종이 우여곡절 끝에 이
곳까지 건너온 것이라고 추정하고 있습니다만."

슌묘는 종의 겉면을 손으로 쓰다듬고는 말을 맺었다.

"이 범종은 오랫동안 미데라의 금당 내에 비장되어 있었습니다.
예부터 수많은 문인들과 묵객들이 이 종을 보고 수많은 시들을 지
었습니다. 그들이 남긴 수많은 시화들은 지금도 문화관에 진열되어
있을 만큼 이 조선종은 사랑을 받고 있었던 것입니다."

— 나는 안다.

나는 비록 입을 열어 말을 하지는 않았지만 마음속으로 생각하였다.

이 종이 어떻게 해서 일본으로 건너오게 된 것일까, 그 연유를 알
고 있다. 이 종이 슌묘의 말대로 1032년 김경문(金慶門)에 의해서

104

주조되었고, 경상북도 청송군에 있는 어느 절에서 사용되고 있었던 범종이라면 이 종은 그로부터 5백 년 뒤에 일어났던 임진왜란 때 약탈되어 강제로 일본으로 건너가게 된 것이다.

공교롭게도 이 범종을 보관하고 있는 금당은 1598년 천하를 통일한 도요토미 히데요시에 의해서 건설된 것이 사실이 아닌가.

그렇다면 도요토미 히데요시는 왜군이 노획한 조선종을 자신이 건설한 금당 안에 안치해두도록 명령을 내린 것이다. 그러므로 이 종은 마땅히 우리가 되돌려 받아야 할 귀중한 문화재인 것이다.

—그러나 알고 있을까.

나는 마음이 착잡하였다.

—이 조선종이 마땅히 한국으로 되돌려 주어야 할 약탈된 문화재임을 슌묘는 알고 있을 것인가.

슌묘는 사람들이 들어설 수 없는 '출입금지'의 팻말이 붙여져 있는 구역으로 내려섰다. 그곳은 지하계단으로 연결되어 있었다. 여기서부터가 타인의 출입을 금지하는 금단구역인 모양이었다.

우리는 지하계단을 밟고 천천히 내려갔다. 서늘하게 느껴질 만큼 냉기가 감돌고 있었다.

금당 안 지하에 따로 수장고가 마련되어 있었고, 그 안에는 언제나 동일한 기온을 유지할 수 있도록 특수한 장치까지 설비되어 있는 모양이었다.

그것은 일본의 독특한 전통이었다. '신라명신좌상'만큼 예술적 가치나 국보로서의 역사적 가치가 없는 물건이라 할지라도 일본인들은 신체(神體)들을 신성시 여기고 소중하게 보호하고 있는 것이다. 실제로 나는 일본에서 '쥐'를 모시는 신사에서 그들이 신성시하는 어신체를 몰래 훔쳐본 일이 있었다.

그들이 모시고 있는 어신체의 뚜껑을 벗기자 그 안에서 나온 것은 놀랍게도 쥐의 형상을 본따 만든 돌조각에 불과하였던 것이었다. 그 쥐 모양의 돌조각을 그들은 신성시하여 신사까지 짓고 그 속에 봉안하고 있는 것이다.

앞장서 걷던 승려가 주머니에서 무엇인가를 꺼냈다. 쩔렁이는 소리를 보아 열쇠였다. 계단이 끝나는 곳에 두터운 문이 가로막고 있었다. 마치 무슨 은행 금고를 연상시킬 만큼 육중한 철문이었다. 승려가 서너개의 열쇠를 사용하여 이어서 번호를 누르는 버튼식 잠금장치를 해제한 후에야 마침내 덜커덩 ― 문이 열렸다.

먼저 문을 열고 들어간 승려가 스위치를 켰다. 그러자 몇 번 껌벅이다가 불이 켜졌다.

"들어가시지요."

슌묘가 내게 손을 내밀어 말하였다. 나는 방 안으로 들어섰다. 수장고 안은 몇 개의 진열장으로 나누어져 있었다. 박물관을 연상케 하는 진열장들이 벽면에 설치되어 있었고, 그 진열장 속에는 미데라에서 소장하고 있는 국보급 유물들이 안치되어 있었다.

우선 내 눈에 들어온 것은 미데라의 개조인 지증대사의 좌상이었다. 미데라에서 이미 나는 몇 개의 지증대사 좌상을 본 적이 있었다. 내가 간단하게 예불을 올렸던 수미단의 불단 속에도 지증대사의 좌상이 안치되어 있었던 것이었다.

"우리는 이 좌상을 어골대사(御骨大師)라고 부르고 있습니다."

내 속마음을 눈치 챈 듯 순묘가 입을 열어 말하였다.

"왜냐하면 이 좌상의 얼굴 중앙에는 대사의 유골과 사리가 안치되어 있기 때문입니다. 우리가 이 좌상을 '어골대사'라고 부르고 있는 것은 이 좌상 속에 대사의 사리가 들어 있기 때문입니다."

밀교에서는 살아 있는 부처라고 불리던 고승이 죽으면 죽은 모습 그대로 불상을 만든다고 한다던가. 비록 죽은 지증대사의 데드마스크 그대로를 불상으로 만든 것은 아니라고 할지라도 죽은 지증대사의 유골이 안치되어 '어골대사'라고 불린다는 지증대사의 좌상은 그런 이유 때문일까, 마치 살아 있는 사람처럼 보이고 있었다. 또한 죽은 지증대사가 마치 살아 있는 사람처럼 보였던 것은 그의 모습이 사람의 키와 거의 같은 등신불(等身佛)이었기 때문이다.

지증대사 좌상 앞에서 잠시 합장하였던 순묘가 몇 걸음을 옮기면서 나를 쳐다보았다.

"마침내 선생님께서는 이제 신라명신의 좌상을 보시게 되었습니다."

순묘는 손을 들어 다음 진열장을 가리켰다. 진열장 안에는 또 하나의 좌상이 안치되어 있었다. 나는 순묘가 가리키는 그 진열장 앞으로 다가가 보았다.

순간 나는 오싹하는 전율을 느꼈다.

지증대사의 유골이 안치되어 어골대사라고 불리는 좌상에서의 느낌보다 더욱 생생한 사실감을 느꼈기 때문이다. 진열장 안에는 살아 있는 사람 하나가 앉아 있었다. 머리에는 삼각형의 검은 모자를 쓰고 있었고, 가슴까지 내려오는 흰 수염을 기른 노인은 엷은 미소를 띠고 있었다. 미소를 띠고 있는 입술은 연지를 칠한 듯 붉었으며, 살아 있어 당장 이제라도 입을 열어 무슨 말을 토해낼 듯 움직이고 있었다.

무엇보다 충격적이었던 것은 두개의 눈동자였다. 비현실적으로 길게 찢어지고, 눈 꼬리가 극단적으로 믿으로 처진 두 눈동자는 입술처럼 붉게 충혈되어 있었는데, 그러나 그 두 개의 눈동자는 마치 살아 있는 사람의 그것처럼 생명력을 갖고 또릿또릿하게 빛나고 있었던 것이었다.

조금 전에 보았던 신라명신상이 그림으로 그려진 화상이었다면 지금 보고 있는 명신상은 나무를 새겨 만든 조각상이었으므로 입체감이 있어 인물의 사실감을 한층 더 돋보이게 하고 있는 것이다. 또한 1천 2백 년의 세월이 흘러가버렸음에도 불구하고 조상 위에 채색되었던 색채가 아직 그대로 선명하게 남아 있었다.

얼굴 전체에 칠해진 백색의 빛깔과 날카로운 눈썹과 주름살, 미소 짓는 입술의 굴곡 진 주름살과 오똑한 콧날, 온몸을 뒤덮고 있는 도포, 그 도포 위에 새겨진 선명한 무늬의 문양. 오른손은 무엇인가를 들고 있었던 듯 손바닥을 펼치고 있고, 왼손은 무언가를 쥐고 있는 듯 손바닥을 오므리고 있다.

그 손가락의 형태로 보아 오른 손바닥 위에는 신라명신상처럼 경전을 쥐고 있었던 것이 분명하고 왼손으로는 석장을 들고 있었던 것이 분명한 것이다.

그러나 그 신라명신의 모습이 무엇보다 내게 충격적이었던 것은 살아 있는 사람에게서 느낄 수 있는 생생한 생동감이었던 것이다. 그렇다. 그는 살아 있었다. 그것은 분명 살아 있는 사람의 모습이었다.

나는 마침내.

나는 미데라가 소장하고 있는 최고의 비불, '신라명신좌상'을 보면서 생각하였다.

엔친의 수호신이며, 신라사부로의 수호신인 신라명신을 내 눈으로 직접 친견하게 된 것이다. 요시미쓰는 바로 이 신라명신에 의해서 신라사부로로 이름까지 바꾸었던 것이다.

엔친 역시 폭풍우가 몰아치는 배 위에서 만난 신라명신의 모습을 사실 그대로 묘사하여 이곳에 봉안해놓았던 것이다. 그러나 그것은 다만 조각에 불과하지는 않았다. 1천 2백 년이 흐른 지금에도 여전히 살아 있는 생신(生神)이었던 것이다.

높이는 70센티미터 정도일까, 실물대보다는 약간 작아 보이는 명신좌상은 그러나 여전히 강력한 카리스마를 갖고 있었고 여전히 기적을 일으킬 수 있는 주술적인 초능력을 갖고 있는 모습이었다. 일본에서 수많은 신상(神像)들의 모습을 보았지만 이처럼 이국적이고, 특이한 신상은 처음이었던 것이었다.

이 신라명신에 대해 미데라 측에서 편찬한 책은 다음과 같이 자세히 설명하고 있다.

"목조신라명신좌상(높이 70.8센티미터).

미데라 북원(北院)의 중심불당 '신라선신당'의 본존으로 비불로 불리며, 우리나라 신상조각의 대표적인 걸작이다. 신상의 모습은 색다른 것으로서 이국적인 신상으로 전해지고 있으며, 이것은 그 신격의 유래에 의한 것이기도 하다. 머리에는 산형(山形)의 관을 쓰고, 도포를 걸치고, 바지를 입고 결가부좌하고 있다.

손에 들고 있는 지물(持物)은 없어져 현존하고 있지 않지만 오른손은 미데라에서 전해오는 화상으로 미루어볼 때 경전을 들고 있는 모양이며, 왼손은 종전 직후까지 석장을 들고 있었다고 전해지고 있다.

손에 쥔 모양새를 볼 때 매우 공포스럽게 쥐고 있었던 것으로 보인다. 신상의 구조는 노송(檜)을 깎아 만들었으며, 머리와 신체 모두 하나의 나무로 만든 작품이다.

그리고 신상 전체를 채색하였는데, 산형의 관은 검은색으로, 육신은 얼굴부터 손발까지 백색으로, 눈썹과 눈의 윤곽은 검게 묘사하였지만 눈은 흰자위에 해당하는 부분은 붉게 하여 그 가운데에 새카만 동자를 그렸으며, 동자의 주위를 하얗게 하였고, 입술은 붉게 채색하였다. 수염은 머리카락과 똑같이 하얀색 밑바탕에 군청색으로 모근을 묘사하고 있다.

도포 빛깔은 다갈색으로 그 위에 검게 보상화문(寶相華紋 : 불교에서 이상화한 꽃으로 당초무늬의 일종)을 묘사하고 있으며 부분부분 은니색(銀泥色)의 국화모습 문양이 새겨져 있다. 안쪽 소매 속에는 붉은색의 속옷이 슬쩍 비치고 있다.

허리에는 흰색 바탕의 녹청으로 색채된 띠를 맸고, 바지는 흰색의 검은 싸라기눈의 산문(霰文)과 국화의 문양이 새겨져 있다.

그러나 이러한 옷들의 기복은 전혀 없고 간결하게 처리되어 있으므로 착의(着衣)의 자연스러운 모습을 절묘하게 표출해내고 있는 것이다.

하지만 얼굴 부분은 신라명신 설화, 즉 지증대사가 배 위에서 만났을 때 "나는 신라명신이다. 나는 이제부터 너의 불법을 호지해줄 것이다"라고 말하였다는 이국신(異國神)으로서의 호법신격(護法神格)만으로는 이해되지 않을 만큼 독특한 모습으로 조각되어 있고, 강렬한 인상을 주고 있는 것이다.

또한 앉은 모습에 비해 몸통이 상당히 길며, 손끝의 기묘한 모습도 이 신상의 강렬한 인상을 돋보이게 하고 있는 것이다.…… (중략)…… 이 명신은 단순히 호법신 이외에 외적을 조복(調伏)시키는 신격이 있고, 그리하여 이러한 다른 것에서는 찾아볼 수 없는 이형(異形)의 신상으로 형상화된 것이다.

바로 그러한 점이 우리나라의 많은 호법신 중에서도 가장 이색적인 신상으로 취급되고 있는 중요한 이유일 것이다……."

비교적 상세하게 설명하고 있는 미데라 측의 해설이 아닐지라도 내가 직접 본 신라명신의 모습은 일본 그 어디에도 찾아볼 수 없는 이색적인 인상이었으며 또한 이국적인 모습이었던 것이다.

그렇다.

그 신상의 모습은 이름 그대로 신라인의 모습을 취하고 있는 것이다. 신라인, 즉 한국인의 대표적인 모습이었던 것이다.

그날 오후.

나는 미데라를 떠났다.

미데라가 소장하고 있는 비불 '신라명신좌상'의 모습을 내 눈으로 직접 보았으며, 그것으로 찾아온 소기의 목적은 달성한 셈이었다.

슈묘는 내게 미데라가 소장하고 있는 다른 유물을 한 점 보여주었다.

그것은 도현(道玄)이 쓴 시였다. 엔친이 당나라에서 귀국할 때 신라승 도현이 엔친을 위해 써준 송별시(送別詩)였던 것이었다. 도현은 당시 신라승으로 일본의 다자이후(大宰府)에 거주하고 있었으므로 자연 일본어에 능통하였다.

따라서 견당선에 승선해서 당나라로 유학 가는 일본 승려들과 견당사들의 모든 편의와 순례, 귀국, 재당 신라인들과의 연계 등 온갖 어려운 일들을 수행했던 유명한 스님이었던 것이었다.

그리고 나서 나는 슌묘와 헤어졌다. 슌묘는 내게 점심공양을 하고 떠나라고 간곡히 말하였으나 나는 이를 사양하였다. 그 어디에도 한 번도 공개된 적이 없었던 신라명신상을 내게 직접 친견시켜준 것만으로도 나는 후의를 입은 셈이었던 것이었다. 더구나 슌묘는 내게 그 신라명신의 모습을 사진촬영 할 수 있는 특혜까지 허락하지 않았던가.

그보다도.

내가 서둘러 슌묘와 헤어진 데는 나름대로의 이유가 있었다. 그것은 슌묘가 말하였던 신라사부로의 무덤을 참배하기 위함이었다. 슌묘는 지나가는 말로 이렇게 얘기하지 않았던가.

"…… 지금도 신라선신당 뒤쪽에 신라사부로의 무덤이 남아 있고, 그의 아들 각의가 건립하였던 금광원의 절터가 아직 남아 있습니다. 신라사부로는 이처럼 자신이 죽은 후에도 자신의 무덤을 선신당 근처에 자리 잡을 만큼 신라명신을 숭상하고 있었던 것입니다."

기왕 이곳에 온 이상 신라사부로의 무덤에 참배하고 돌아가리라 마음을 굳혔던 것이었다. 그래서 나는 슌묘에게 물어보았다.

"스님께서 말씀하신 신라사부로의 무덤이 어디에 있습니까."

그러자 슌묘는 대답 대신 미데라에서 관람객에게 주는 팸플릿 하나를 건네주었다. 그가 내어준 팸플릿에는 미데라의 경내가 알기 쉽게 그림으로 그려져 있었다. 나는 경내 오른쪽에 내가 찾는 신라사부로의 무덤이 다음과 같이 표기돼 있는 것을 보았다.

新羅三郎義光墓

위치를 확인한 나는 놀랄 수밖에 없었다. 그것은 지난 가을 내가 찾아갔던 오토모 왕자, 그러니까 홍문천황의 무덤과 가까운 위치에 신라사부로의 무덤이 자리잡고 있었기 때문이었다. 그뿐인가. 오토모 왕자의 무덤에 들렀다가 우연히 발견했던 신라선신당, 바로 신라 명신이 안치돼 있던 불당과는 더욱 가까운 곳에 있었던 것이었다.

지난 가을 한 번 답사했던 그 길이라 나는 슌묘와 헤어지자마자 망설이지 않고 인왕문을 나서서 왼쪽 방향으로 꺾어 걷기 시작하였다.

이미 점심시간이 지나 있었지만 나는 끼니를 때우고 싶은 생각이 없었다. 인왕문 앞 주차장에는 벚꽃 구경을 온 관광객들을 태운 버스들이 가득 차 있었고 식당가도 오후가 되자 더 많은 사람들로 들끓고 있었다.

나는 빠르게 좁은 행길을 따라 걸었다. 낮은 경사를 따라 형성된 수로 속을 맑은 물이 흘러내리고 있었다. 맑은 물 위로 떨어져 산화(散花)된 죽은 벚꽃의 꽃잎들이 점점이 박혀서 함께 흐르고 있었다. 흘러내리다가 소용돌이치는 공간에는 흰 꽃잎들이 하얗게 쌓여 있었다.

경내를 벗어나 지난 가을 한 번 가본 적이 있는 똑같은 길을 걸어면서 나는 문득 생각하였다.

내가 이처럼 슌묘와 헤어져서 점심까지 굶으며 서둘러 신라사부로의 무덤을 찾아가는 이유가 있는 것이다.

신라명신상을 보았을 때부터 내 머릿속은 헝클어진 서랍처럼 정리되어지지 않은 상념들이 뒤엉켜 흔들리고 있었다.

'뭔가 있다'고 나는 생각했다. 그러나 그 생각을 정리하는 데 나는 감정의 혼란을 느끼고 있었던 것이다. 그 생각의 연(鳶)줄이 끊어져 내 의식 속에서 완전히 사라지기 전에 확실하게 정리해두어야 한다는 강박관념 때문에 나는 이처럼 서둘러 도망치듯 신라사부로의 무덤을 찾아가고 있는 것이다.

뭔가 있다.

나는 한적한 행길을 따라 빠르게 걸어가면서 생각하였다.

사상 최초로 외부인에게 공개된 비불. 신라명신의 모습에는 분명히 무슨 비밀이 숨어 있는 것이다.

그것이 무엇일까.

그리고 또한 신라명신은 도대체 누구를 가리키고 있는 것일까.

858년 6월. 폭풍우가 몰아치는 난파당하기 직전의 배 위에서 나타난 신라명신은 도대체 누구인가. 엔친이 만났던 신라명신은 바다의 신, 즉 해신인 것이다.

그러나 무릇 모든 신화 속에 나오는 신들은 살아 있던 사람들이 화신(化神)이 되어 나타나는 법. 그러므로 스스로를 "나는 신라명신이다. 나는 이제부터 그대의 불법을 호지해줄 것이다"라고 말하였던 신라명신의 실제 모델은 분명히 존재하고 있는 것이다. 만약 신라명신의 실제 모델이 없다면 엔친이 만난 신라명신은 한갓 유령에 지나지 않는 것이다.

그 순간.

깊은 상념에 빠져 길을 걷는 내 머릿속에 문득 몇 년 전 교토 시에서 가까운 고산사(高山寺)에서 본 아름다운 여신(女神)의 모습을 떠올렸다.

중세 가마쿠라 초기의 작품으로 알려진 이 아름다운 여인의 모습은 정밀한 학술조사 결과 신라의 여신상으로 판별되었고, 그 이름이 마침내 선묘(善妙)로 밝혀지게 된 것이다.

목각으로 빚어진 그 여신상은 발견되자마자 일본의 국보로 지정되었으며 그 이후부터 화엄불교(華嚴佛教)를 수호하는 여신으로 숭배되고 있었는데, 신라의 여인 선묘가 이처럼 일본에서 화엄불교의 수호신으로 자리매김한 데에는 숨겨진 사연이 있는 것이다.

송나라의 초기 찬녕(贊寧)이라는 사람이 지은 《송고승전(宋高僧傳)》에는 '의상전(義湘傳)'이 나오고 있다. 의상은 진평왕 47년(625)에 태어나 성덕왕 원년인 702년에 죽은 대표적인 신라 고승으로 우리나라 화엄종의 개조인 것이다.

일찍이 원효(元曉)와 함께 당나라에 가려 했다가 고구려 군사들에게 첩자로 몰려 수난까지 당하였던 의상은 마침내 661년 귀국하는 당나라 사신의 배를 타고 중국으로 들어가는 데 성공하는 것이다.

그런데 중국에 들어가 등주에 머무르고 있을 때 아침저녁 탁발에 나선 의상의 모습을 보고 첫눈에 반한 소녀가 있었던 것이다. 이 소녀의 이름은 선묘.

의상이 나타날 때마다 선묘는 정성을 다해 의상을 섬겼으며, 사랑을 고백했던 것이다. 그러나 젊은 의상의 마음은 전혀 흔들리지 않았다. 이러한 의상에 대한 선묘의 사랑을 찬영은 《송고승전》에서 다음과 같이 묘사하고 있다.

"……드디어 선묘는 의상이 발 아래 무릎을 꿇고 생생세세(生生世世) 불법에 귀명(歸命)할 것을 눈물로 맹세했던 것이었다."

마침내 의상은 장안의 종남산(終南山)에서 지엄삼장(智儼三蔣)을 만나 8년 동안 화엄사상을 전수받고는 669년 신라로 돌아오게 된다.

이때 선묘는 언젠가는 의상이 돌아오리라 일심전념으로 부처님께 빌고 있었는데, 의상이 신라로 돌아가는 배를 타기 위해 선창가로 갔다는 말을 들은 선묘는 미친 듯이 부두로 달려간다.

그러나 의상이 탄 배는 이미 바다 멀리 사라져가고, 이때 선묘는 들고 있던 상자를 바닷속으로 내던졌다던가. 상자 속엔 언젠가 반드시 돌아올 의상을 위해 정성을 다해 만들어놓았던 법복이 들어 있었다고 전해오고 있다. 그리고 또한 풍랑이 이는 바닷속을 향해 선묘도 몸을 함께 던졌다고 전해오고 있는 것이다.

이로써 선묘의 어린 넋은 바다의 용(龍)이 되었다. 서해의 거친 파도로부터 이 바다의 용은 의상의 안전을 지킨 수호신이 될 수 있었으며, 의상이 신라로 돌아와 화엄불교를 펼 때에도 많은 무리들이 이를 방해하자 선묘의 넋은 사방십리의 큰 대반석이 되어 공중에 떠서 소승(小乘)의 무리들을 쫓고 의상의 수호신이 되었던 것이었다.

선묘의 이러한 설화는 '공중에 뜬 돌'이라는 이름의 부석사(浮石

寺)에 오늘도 남아 있는 '선묘정(善妙井)'이라는 우물에서 찾아볼 수 있으며, 또한 일본의 고산사에 남아 있는 국보인 목조상에서도 찾아볼 수 있는 것이다.

그렇다면 선묘는 어떻게 해서 일본에서 여신으로 숭상받고 있는 것일까. 고산사는 일본에서 화엄종으로 널리 알려진 대표적 사찰로, 따라서 그들은 의상을 수호하였던 바다의 신, 선묘를 자신들의 불법을 보호하는 수호여신으로 함께 숭상하고 있는 것이다.

669년.

당나라에서 돌아온 의상에게 선묘가 바다의 용이 되어 나타나 화엄사상을 수호하는 수호신이 되었다면.

그로부터 거의 200년 뒤 858년 6월.

똑같이 당나라에서 돌아온 엔친에게 바다의 신인 신라명신이 나타나 이번에는 법화사상을 수호하는 수호신이 된 것이다.

신라사부로의 무덤을 찾아가는 미데라의 외곽지대에는 공립학교, 소방서, 경찰서와 같은 공공건물이 밀집되어 있었다. 한적한 거리를 따라 빠르게 걸어가면서 나는 생각하였다.

그렇다면 신라명신은 누구인가.

의상의 화엄사상을 수호해준 바다의 신이 선묘의 화신이라면 엔친의 법화사상을 수호해준 바다의 신 '신라명신'은 도대체 누구의 현신이란 말인가.

그 순간.

나는 하마터면 넘어질 뻔하였다. 돌부리에 챈 것이 아니었다. 뭔가 번뜩이는 영감을 느꼈기 때문이었다.

문득 내 머릿속으로 신라명신을 친견하고 돌아올 때 슌묘 스님이
보여준 다른 한 점의 유물이 번뜩이며 떠올랐다.

"이것 또한 저희 미데라에서 보관하고 있는 소중한 유물입니다.
이 유물도 국보로 지정되어 있습니다만."

슌묘는 헤어질 무렵 수장고 안에 따로 보관되어 있던 서책 하나
를 꺼내 내게 보여주면서 말하였다.

"이 유물은 우리 미데라의 개조이신 지증대사께오서 858년 당나
라에서 일본으로 돌아올 때 당시 당나라에 머물고 있던 신라승 도
현이 이별을 아쉬워하면서 쓴 송별시입니다."

슌묘의 말처럼 종이 위에 쓰여진 송별시의 제목은 다음과 같았다.

"謹呈 珍內供奉上人 從秦歸東送別詩"

그 제목을 풀이하면 다음과 같다.

"내봉공상인이신 원진 스님이 중국에서 동쪽나라(일본)로 돌아가
실 때 이별을 아쉬워하면서 삼가 송별시를 드립니다."

제목 다음에는 다음과 같이 시를 지은 사람의 이름이 적혀 있었다.

"鎭西老釋道玄 上"

한때 일본에서는 오늘날 규슈(九州)에 있는 다자이후를 진서부
(鎭西府)라고 불렀었다. 743년에서 745년까지 규슈의 별칭으로 쓰
인 이 지명을 통해 신라승 도현은 자신이 한때 일본 다자이후에 머
물러 있었던 승려였음을 분명히 나타내 보이고 있는 것이다.

따라서 도현은 이렇게 자신의 이름을 부르고 있는 것이다.

"다자이후의 늙은 중 도현이 올립니다."

나는 걸음을 멈췄다. 다행스럽게도 행길에는 버스를 기다리는 사

람들을 위해 작은 벤치가 마련되어 있었다. 벤치 뒤에는 자판기가 놓여 있었다. 나는 주머니를 뒤져 동전을 꺼내 캔커피를 뽑아들었다. 그리고 벤치에 앉아서 주머니를 뒤져 수첩을 꺼내들었다. 수첩에는 미데라의 금당 안에서 슌묘가 보여준 송별시를 적어놓은 내용이 들어 있었다.

나는 천천히 커피를 마시면서 그 송별시를 읽어보았다. 난해하기 짝이 없는 한시였다. 하마터면 대충 훑어보고 지나칠 뻔했지만 수첩과 볼펜을 꺼내 꼼꼼하게 송별시의 문장들을 하나하나 베껴놓은 것은 그나마 다행스러운 일이었다. 만약 내가 그때 베껴놓지 않고 그냥 간과해버렸다면 신라명신의 실체는 밝혀지지 않고 영원히 미궁 속에 빠져버렸을지도 모르는 일이었을 것이다.

그렇다.

신라명신의 비밀이 밝혀진 것은 바로 신라승 도현이 엔친을 위해 쓴 송별시 때문인 것이다. 그런 의미에서 그 송별시는 내게 있어 비밀의 문을 여는 중요한 열쇠였던 것이다.

나는 캔의 뚜껑을 따고 찬 커피를 마시면서 시의 내용을 한 자 한 자 읽어보기 시작하였다.

일시경개은여구(一時傾蓋恩如舊)
기감정론백발신(豈敢情論白髮新)
이악지종습옥조(貳嶽知蹤拾玉早)
해장미로조현진(海藏迷路阻玄津)
용궁입자수다객(龍宮入者雖多客)
독득여주보계진(獨得驪珠寶髻珍)

약우선근분부료(若遇善根分付了)

태산유실대○○(台山有室待○○)

이른바 7언율시(七言律詩)였다. 그러므로 자연히 글자가 오래되어
판독 불가능한 맨 나중의 글자는 자연 두 자임이 밝혀진 것이었다.

나는 대충 그 송별시의 내용을 헤아려 보았다. 그 내용은 다음과
같다.

"한때 수레의 덮개를 가까이했던 주고받던 온정은 옛날처럼 여전
하고

어찌 나날이 백발이 새로워지는데 새삼 정 따위를 논할 것인가

두 산(오대산과 천태산을 가리키는 말. 오대산은 화엄종의 본산이고, 천태
산은 법화종의 본산이 되었다)에는 이미 고승들의 발자취가 있음을 알아
일찍이 구슬을 주웠도다

바다는 미로를 감추고 있고 또한 불교의 문을 가로막고 있어

비록 용궁으로 들어가려는 사람들이 많이 있다고는 하지만

여의주를 얻고 머리에 꽂는 귀한 장식을 얻은 사람은 그대 혼자뿐
이네

만약에 선근(善根 : 불교에서 좋은 과보를 초래하는 착한 일)을 만나서
나눠주는 일이 끝나면

태산에 방이 있으면 ○○을 기다리겠노라.

참으로 난해한 한시였다.

한 자 한 자 뜻을 새겨나가면서 대의를 헤아리는 동안 나는 문득

신라승 도현에 대한 새로운 의문에 사로잡히게 되었다.

신라승 도현.

그는 누구인가.

그는 한때 자신이 진서부에 살고 있었다는 사실을 '진서노석도현(鎭西老釋道玄)'이란 이름으로 분명히 밝히고 있는 것이다. 진서부는 일본 규슈 지방의 무역 전진기지가 있던 다자이후를 가리키는 별칭.

그러므로 도현은 한때 일본에 머물고 있었던 신라승인 것이다. 따라서 그는 일본말과 신라말에 함께 능통하였던 사람으로 한때는 통역관 노릇까지 겸했던 사람이었던 것이다.

도현이 통역관이었다는 사실은 세계 3대 여행기 중의 하나인, 엔닌(圓仁)이 쓴《입당구법순례행기(入唐求法巡禮行記)》에 자세히 기록되어 있는 것이다.

훗날 상세히 밝히겠지만 838년 엔친보다는 15년 앞서 당나라에 들어간 엔닌은 신라승 도현의 도움을 많이 받아 그가 쓴 여행기에 도현의 이름이 7번 이상이나 나오고 있는 것이다.

여행기에 도현의 이름이 제일 먼저 보이는 것은 839년 4월 19일로 그날의 일을 엔닌은 다음과 같이 기록하고 있는 것이다.

"……아직도 역시 서풍이 분다. 오후 2시쯤에 판관 요시미네(良岑)가 해룡왕묘를 나와 배를 탔다. 우리들도 그를 따라 배에 승선하였다. 가이묘(戒明) 법사와 도현 등과 서로 만났다. 녹사 아와다(粟田)와 통역관 기(紀)는 달리 맡은 일이 있었기 때문에 아직 배를 타지 못하였다."

엔닌이 쓴 여행기에 나오는 도현과 미데라에서 본 엔친을 위해 쓴 송별시에 나오는 도현이 동일 인물이라면, 신라승 도현은 적어도 839년과 858년 사이에는 분명히 실존하였던 역사상의 인물임에 틀림이 없는 것이다.

비록 신라승 도현이 언제 태어났고 언제 죽었는지 그 생몰연도가 분명치 않고, 그 행적이 전무하다 하더라도 적어도 839년과 858년 사이에는 실존하였으며 일본과 당나라, 신라를 자유롭게 드나들었고 삼국의 언어를 자유롭게 구사할 수 있어 통역관 노릇까지 하였을 뿐 아니라 일본의 불교사상 가장 뛰어난 고승이었던 엔닌과 엔친 두 대사와 우정을 맺고 있던 유일한 산증인인 것이다.

그렇다면 신라승 도현이 실존하였던 839년에서부터 858년 사이에는 도대체 어떤 역사적 사건이 일어났었던가.

생각이 여기까지 미친 순간 나는 벌떡 앉은 자리에서 일어섰다.

장보고.

순간적으로 내 머릿속에 떠오른 인물은 장보고였다.

장보고, 그가 태어난 것은 불분명하지만 그가 죽은 것은 신라의 문성왕 3년이었던 841년이었다. 그러므로 장보고는 신라승 도현이 실존하였던 839년부터 858년 사이에 실재하였던 뛰어난 역사적 인물인 것이다.

특히 장보고는 당나라와 신라 그리고 일본을 잇는 바다를 지배하였던 해상왕(海上王)이었을 뿐 아니라 강력한 신라선단(新羅船團)을 이끌던 맹주(盟主)였던 것이다.

그러므로 장보고가 지휘한 신라선단을 이용하지 않고는 일본의 견당사뿐 아니라 당나라로 구법여행을 떠나는 그 어떤 스님들도 당나라에 입국조차 할 수 없었던 것이었다. 오죽하면 그 당시 일본인들은 장보고가 이끄는 '신라선단'을 '견당선(遣唐船)'이라고까지 불렀을 것인가.

그뿐인가.

당나라와 일본어에 함께 능통한 통역관 역시 신라선단에 승선한 장보고 휘하의 신라인들이었으며 이들은 통역뿐 아니라 견당사 일행의 온갖 편의, 즉 선박의 구매와 수리, 관공소와의 교섭, 재당 신라인과의 연계, 학문승들의 수학, 순례, 귀국 등 말할 수 없이 어려운 일을 수행하던 첨병들이었던 것이다.

특히 장보고가 생존하였던 시기에 당나라에 입국하였던 엔닌의 일기에는 장보고의 이름이 서너 차례 나오고 있다.

마르코 폴로(Marco Polo)의 《동방견문록(東方見聞錄)》, 현장(玄奘)의 《대당서역기(大唐西域記)》와 더불어 '세계3대 여행기' 중의 하나인 엔닌이 쓴 일기 《입당구법순례행기》에 나오는 장보고에 관한 내용을 추려보면 다음과 같다.

서기 839년 4월 2일.

바람이 서남쪽으로 불었다. 대사는 여러 배의 관리들을 불러 떠날 문제들을 의논하면서 각자의 의견들을 말해보도록 하였다. 두 번째 배의 나가미네 노스쿠네가 말하였다.

"생각컨대 대주산은 신라의 정서쪽에 있는데 만약 우리가 그곳에 이르렀다가 일본으로 돌아가다가는 그 재난이 이루 말할 수 없을 것입니다. 더구나 신라는 지금 장보고가 난을 일으켜 내란에 빠져 있는데, 서풍이나 서북풍을 만나는 날이면 우리는 반드시 적의 땅 신라에 닿을 것입니다 ······(후략)······."

서기 839년 4월 20일.

이른 아침에 신라인이 작은 배를 타고 와서 전하는데, 장보고가 신라의 왕사와 공모하여 반란을 일으켰으며, 그 왕자가 왕위에 올랐다고 한다. 남풍이 강하게 불고, 조류마저 역류하여 배를 타지 못하고 동서로 왔다갔다 하니 흔들림이 아주 심하다.

서기 839년 6월 7일.

정오쯤에 북서풍이 불기에 돛을 올리고 나아갔다. 오후 2, 3시 무렵에 적산의 동쪽 해변에 배를 대니 북서풍이 몹시 분다. 적산은 순전히 바위로 되어 있으며, 매우 높다. 이곳은 문등현(文登縣), 청녕향(淸寧鄕), 적산촌(赤山村)이다.

산속에 절이 있는데 그 이름은 적산 법화원(法華院)이다. 이는 장보고가 처음 세운 절이다. 그는 이곳에 토지를 갖고 있어서 양식을 충당할 수 있었다.

그 토지에서는 1년에 5백 섬의 쌀을 소출하고 있다 ······(중략)······ 절의 남쪽에는 깎아지른 듯한 바위가 있고, 물이 정원을 관통하여 서쪽에서 동쪽으로 흐른다. 동쪽으로는 바다가 멀리 열려 있고, 남서쪽으로는 산봉우리가 겹쳐 이루어져 있는데 다만 남서쪽으로만 비탈이 있을 뿐이다······.

서기 839년 6월 27일.

들자니 장보고 대사의 교관선(交關船) 두 척이 적산포(赤山浦)에 도착했다고 한다.

이처럼 엔닌이 쓴 일기에는 그 당시 바다의 영웅이었던 장보고에 대한 자세한 기록이 나오고 있는 것이다.

장보고가 민애왕(閔哀王)을 죽이고 신무왕(神武王)을 즉위시킨 정변에서부터 중국의 적산촌에 1년에 5백 섬을 소출할 수 있는 법화원이라는 큰 절을 세운 것, 중국과 교역활동을 활발히 벌여 견당매물사(遣唐買物使)란 교역사절을 중국에 파견하였는데 그 무역선을 교관선이라고 불렀던 것을 보면 그 당시 장보고의 위용을 엔닌의 일기를 통해 간접적으로나마 미뤄 짐작할 수 있는 것이다.

그뿐 아니라 엔닌의 일기에는 그 당시 해상왕 장보고의 위엄을 알 수 있는 결정적인 기록도 나오고 있는 것이다.

840년 2월 17일.

엔닌은 당시 장보고의 총본부가 있던 청해진(淸海鎭)을 거쳐 일본으로 돌아가기 위해서 장보고의 부하였고, 훗날 청해진에서 병마사(兵馬使)를 지낸 최훈(崔暈)에게 편지를 전한다. 엔닌이 전한 편지는 장보고에게 쓴 편지로 이를 최훈을 통해 장보고에게까지 직접 전해지기를 원했던 것이었다.

그 당시 장보고의 위상을 알 수 있는 소중한 자료인, 엔닌이 장보고 대사에게 보낸 편지의 내용은 다음과 같다.

태어나서 지금까지 삼가 만나뵈옵지는 못하였지만 오랫동안 높으신 이름을 들어왔기에 흠모의 정은 더해만 갑니다. 봄은 한창이어서 이미 따사롭습니다. 엎드려 바라옵건대 대사님의 존체거동에 만복하시기를 비옵니다. 이 엔닌은 멀리서 인덕을 입사옵고 우러러 받드는 마음 끝이 없습니다. 엔닌은 소원을 이루기 위해서 당나라에 체류하고 있습니다. 미천한 몸 다행스럽게도 대사님의 본원의 땅(장보고가 세운 절 적산 법화원)에 머무르고 있습니다. 감사하고 즐겁다는 말 이외에 달리 드릴 만한 말이 없습니다. 엔닌이 고향을 떠나올 때 엎드려 지쿠젠(筑前)의 태수(太守)의 서신 한 통을 부탁받아 대사께 전해올리려 하였습니다. 그러나 배가 얕아 갑자기 바닷속으로 가라앉아 물건들은 다 떠내려가고 그때 대사께 바칠 편지도 물결 따라 흘러가 버리고 말았습니다. 한 맺힌 마음 하루도 잊혀지지 않습니다. 엎드려 바라옵건대 기이하게 생각하셔서 책망하지 마시옵소서. 언제 만나뵈올는지 기약할 수 없습니다만, 다만 대사를 경모하는 마음 날로 깊어갈 뿐입니다. 삼가 글을 올려 안부를 여쭈옵니다. 이만 줄이옵니다. 삼가 올립니다.

엔닌은 이 편지에서 자신을 '일본국 구법승 전등법사위원인(日本國求法僧傳燈法師位圓仁)'이라고 표현하고 있는데 이는 760년 일본에서 제정된 승위 중 제4위에 해당하는 계위로서 엔닌이 일본의 불교에서 차지하고 있는 비중을 미뤄 짐작할 수 있는 것이다.

엔닌은 이 편지를 보내는 당사자인 장보고에 대해서 이렇게 표기하고 있다.

"청해진 장대사 휘하근공(淸海鎭張大使麾下謹空)"

'청해진 장대사'는 장보고를 가리키는 존칭으로 그 편지의 내용을 통해 엔닌이 장보고를 어려워하고 존경하였음을 명백하게 보여주고 있는 것이다.

또한 편지의 내용을 보면 엔닌이 고향을 떠날 때에 당시 지쿠젠의 태수가 장보고에게 편지를 보냈던 것이 사실인 것 같다. 그 당시에 태수의 이름은 오노(小野)로서 이를 통해 일본에서 당나라를 건너가기 위해서는 반드시 청해진 대사였던 장보고의 영해를 건너지 않고서는 불가능하였음을 미뤄 짐작할 수 있는 것이다.

그렇다.

나는 떨리는 손으로 담배를 피워 물었다. 다 마신 캔커피를 쓰레기통에 던져넣고 가쁜 숨을 가라앉히기 위해서 심호흡을 하며 생각했다.

그 당시 장보고는 바다의 영웅이었다. 바다를 지배하던 바다의 신이었다.

그렇다면.

나는 확신에 가득 차서 소리내어 중얼거렸다.

폭풍우를 만나 기도를 하던 엔친 앞에 나타난 신라명신의 실체가 누구인가는 자명해진 것이다.

물론 장보고는 841년에 비참하게 죽었다. 엔친이 당나라에서 돌아올 때는 858년 6월. 17년의 시차가 있지만 이미 장보고는 죽음으로써 해신이 되어 바다의 신으로 부활할 수 있었던 것이다. 마치 선묘가 죽어서 해룡이 되어 여신으로 부활할 수 있었듯이.

—그렇다.

장보고야말로 신라명신, 바로 그 사람인 것이다. 엔친 앞에 나타나서 '나는 신라명신이다. 앞으로 나는 너의 불법을 호지해줄 것이다'라고 말하였던 신라명신은 바로 장보고의 현신인 것이다. 그러므로 내가 방금 미데라의 금당에서 외부인으로서는 사상 최초로 친견하였던 그 신라명신의 모습은 바로 1천 2백 년 전에 죽은 장보고의 초상인 것이다.

시간과 공간을 뛰어넘어 타임머신을 타고 1천 2백 년 전의 3차원 세계로 들어가 장보고의 얼굴을 직접 내 눈으로 확인한 것이다.

나는 마음의 안정을 찾을 수가 없었다. 흥분상태가 좀처럼 가라앉고 있지 않았다.

나는 심호흡을 하면서 천천히 다시 행길을 따라 걸어가기 시작하였다.

'홍문천황어릉'

거리의 갈림길 어귀에는 작은 표석 하나가 세워져 있었다. 지난 가을 오토모 왕자의 무덤을 찾아가기 위해서 왔을 때 발견했던 이정표였다.

지난 가을에는 신라사부로의 붉은 갑옷을 발견하기 위해서 미데라를 찾아왔다가 우연히 홍문천황의 무덤을 찾아갔었다.

그러나 그 참배에서 나는 뜻밖의 소득을 얻게 되었던 것이었다.

무덤을 참배하고 돌아가던 도중에 신라선신당을 발견할 수 있었으며, 신라사부로가 바로 그 선신당 앞에서 성인식을 올릴 때 개명하였음을 알게 된 나는 그 이후부터 선신당 안에 모셔져 있는 신라명신에 대해 강렬한 호기심을 느끼게 되지 않았던가.

마찬가지로.

나는 지난 가을 내가 찾아갔었던 언덕길을 따라 오르면서 생각하였다.

신라사부로의 무덤을 참배하러 가는 그 도중에 나는 뜻밖에도 전혀 생각지 않았던 장보고의 초상을 만나게 된 것이다. 신라명신의 실제 모델이 바로 장보고임을 발견해낸 것이다.

엔닌.

일본 불교사상 가장 뛰어났던 고승. 속성이 미부(壬生) 씨로 서기 794년 일본의 시모쓰케(下野)에서 태어나 15세에 출가하여 일본 천태종의 창시자인 사이초(最澄) 밑에서 수행을 시작했던 고승. 이미 일본 천태종의 제1인자가 되었음에도 불구하고 45세가 되던 838년, 견당선을 타고 당으로 들어가는 것이다.

그는 연력사(延曆寺)에 완질(完帙)이 갖추어지지 않은《천태교의(天台敎義)》를 수집하고, 양주(揚州) 오대산, 장안 등에서 고승을 찾아 불법과 범어, 한문 등을 배우고 성지를 순례한다. 결국 당 무종(武宗)의 회창(會昌) 연간의 숱한 법난, 온갖 고초와 가난을 겪으면서도 마침내 불교 장소(長疏), 만다라(曼茶羅) 등 5백 89부, 7백 94권의 자료를 모아 847년 귀국하는 것이다.

돌아온 엔닌은 오대산에서 가져온 불경을 깊이 연구하여 법화총지원(法華總持院)을 지어 전교하다가 서기 864년 정월 14일에 71세의 나이로 입적하는 것이다. 이때 천황 세이와(淸和)는 그에게 자각대사(慈覺大師)라는 시호를 내렸는데, 이는 일본 불교에서 대사의 칭호가 처음으로 쓰여진 일이었다.

자각대사 엔닌.

그는 10년 동안 당나라에 있으면서 유형무형으로 신라인들 특히 당시 신라인들의 맹주였던 장보고의 도움을 많이 받았던 것이었다.

엔닌의 일기에 기록한 것처럼 '장보고가 세운 적산 법화원'이라는 신라 절에서 오랫동안 머무르는 은덕을 입었을 뿐 아니라 본국으로 돌아가기 위해서 직접 장보고에게 다음과 같은 편지를 쓰지 않았던가.

"…… 태어나서 지금까지 삼가 만나뵙지는 못하였지만 오랫동안 높으신 이름을 들어왔기에 흠모의 정은 더해만 갑니다. 봄은 한창이어서 이미 따사롭습니다.

엎드려 바라옵건대 대사님의 존체거동에 만복하시기를 비옵니다. 이 엔닌은 멀리서 인덕을 입사옵고 우러러 받드는 마음 끝이 없습니다."

이 이상의 존칭이 또 어디 있겠는가. 이 이상의 존댓말이 또 어디 있겠는가. 일본 최고의 고승 자각대사로부터 최고의 경어를 받은 대사 장보고.

언덕길은 점점 좁아지고 있었다. 처음에는 연이어 지어진 작은 주택들이 언덕길 한쪽에 자리 잡고 있었으나 오를수록 인가는 사라지고 차 한 대가 겨우 빠져나갈 만큼의 좁은 숲길이 이어지고 있었다.

숲은 한낮에도 봄의 햇살이 스며들지 않을 만큼 울창하고 어두웠다. 그 숲속에 있는 신라사부로의 무덤을 찾아가면서 나는 문득 생각했다.

그렇다.

미나모토 요시미쓰는 신라명신 앞에서 성인식을 올림으로써 장보고의 후예로 거듭나게 된 것이다. 그러므로 그는 장보고의 양아들인 것이다.

비록 요시미쓰는 아버지 요리요시에서 태어났으나 요리요시는 육체의 아버지일 뿐 신라명신 앞에서 성인식을 올리고 신라사부로로 개명하였으므로 신라명신은 요시미쓰의 실제 아버지이며, 신라명신의 실제 모델인 장보고의 후손인 셈인 것이다.

그러므로 일본이 낳은 최고의 무사 다케다 신겐의 시조는 신라사부로지만 그 혼백의 시조는 바로 장보고인 것이다.

신라사부로.

1045년에 태어나 1127년에 죽은 전설적인 무사.

이 무사에 대해서 학자 미요시 다메야스(三善爲康)는 다음과 같이 기록하고 있다.

"…… 신라사부로, 즉 요시미쓰는 말년에 신라선신당 부근에 있는 금광원에 주거하면서 염불삼매에 빠져 있었다. 그는 이전에 아들 각의를 출가시켰으며 그를 금광원의 초조(初祖)로 삼았다.

신라사부로는 이 절에 머물면서 지난날 전쟁 때 자신이 죽인 적과 아군들의 명복을 추도하는 것에 전념하였으며, 조용히 극락왕생을 비는 것으로 여생을 보냈다……"

학자 다메야스는 신라사부로와 거의 동시대를 살았던 사람이었다. 신라사부로가 죽은 지 12여 년 후인 1139년 죽었으므로 신라사부로의 말년을 묘사한 그의 저서는 비교적 정확한 기록이라고 말할 수 있을 것이다.

특히 수학에 관심을 가져 산박사(算博士)로 평생을 보낸 그는 인생 후년에는 문장가로, 정토(淨土) 신앙자로 유명했는데, 그가 남긴 최후의 유작《후습유왕생전(後拾遺往生傳)》에는 신라사부로에 관한 일화가 많이 나오고 있다.

자신이 정토 신앙자로 '이승을 떠나 극락세계에서 다시 태어나는 왕생'을 꿈꿔왔던 다메야스는 말년에 아들이 머물고 있는 절에 기탁하며 염불삼매에 빠져 극락왕생을 꿈꾸고 있는 신라사부로를 옆에서 지켜보며 마음속으로 깊은 감동을 느끼고 있었을 것이다. 다메야스는 다시 이렇게 기록하고 있다.

"…… 신라사부로의 아버지 요리요시도 말년에는 행관승정(行觀僧正)의 주방(住房) 가까이에 초암(草庵)을 짓고 유거하였다. 그는 생전에 이렇게 말을 하곤 하였다.

'미데라를 우리 가족의 절로 하고 우리들의 자손이 반드시 승정(僧正)의 법통(法統)을 잇도록 하라.'

그렇게 보면 미데라와 미나모토 요리요시 부자 3대에 걸친 깊은 인연을 미뤄 짐작할 수 있을 것이다."

다메야스가 쓴 신라사부로의 최후는 의미심장하다. 일종의 비장미마저 느끼게 하는 신라사부로의 최후는 이렇게 묘사되고 있다.

…… 신라사부로는 절에 머물며 염불삼매에 빠져 극락왕생을 비는 기도생활에 전념하는 한편 시간이 있을 때마다 생(笙)을 연주하였다. 신라사부로는 당대 제일의 생 연주 명인이었다. 그가 생을 연주하면 하늘을 나는 기러기도 날개를 멈추고 음악에 귀를 기울였다.

밤하늘에 덮인 먹구름도 그가 생을 연주하면 슬며시 사라지고, 달은 그 밝은 얼굴을 드러내곤 하였다. 신라사부로는 생을 연주하다가 어느날 금광원에서 적멸에 들었다. 그의 시신은 화장되어 절 뒤편에 묻혀 있다 …….

신라사부로가 전설적인 무사였으면서도 당대 최고의 생 연주가라는 다메야스의 기록은 비장미를 느끼게 한다.

형 요시이에를 도와 붉은 갑옷을 입고 풍림화산의 깃발을 들고 '후 3년의 전쟁'에서 기요하라의 반란군을 평정하였던 신라사부로는 그의 후손에서 전설적인 무사 명문인 다케다 가문이 탄생한다.

그런 신화적인 무사가 당대 제일의 뛰어난 연주가였단 말인가.

신라사부로가 생을 연주하면 '하늘을 나는 기러기도 날개를 멈추고 밤하늘에 덮인 먹구름도 슬며시 사라지고, 달은 그 밝은 얼굴을 드러낸다'는 다메야스의 표현은 문인 특유의 과장이라고 할지라도 어쨌든 평생을 전쟁터에서 보냈던 전설적인 무사가 말년에는 머리를 깎고 가사를 입은 승려가 되어 자신이 죽인 적들의 영혼을 위해 염불삼매에 빠져 있었고, 칼 대신 악기 생을 들고 연주했다는 다메야스의 표현은 한마디로 인생무상의 덧없음을 알리는 극치라 아니 할 수 없을 것이다.

생(笙).

이는 궁중음악에서 쓰이던 대표적인 아악기(雅樂器) 중의 하나로 우리나라에서는 이를 생황(笙簧)이라고 부른다. 조정에서 의식 때 혹은 우리나라의 전통제례 음악을 연주할 때 쓰이던 이 악기는 몸통에 꽂힌 죽관(竹管)에 의해서 독특한 소리를 내는 공명악기(空鳴樂器)인 것이다.

중국에서는 이를 '셍'이라고 부르고, 일본에서는 이를 '쇼'라고 부르는데, 서양에서는 이를 '입으로 부는 오르간(Mouth Organ)'으로 알려져 있는 동양악기인 것이다.

특히 《당서(唐書)》에 의하면 생황은 주로 고구려와 백제 음악에서 사용되었다 하였으며, 통일신라시대에도 중요한 악기 중의 하나라고 알려져 있다. 그 증거로는 지금도 남아 있는 상원사(上院寺)의 동종에서 찾아볼 수 있는 것이다.

국보 36호인 상원사 동종은 우리나라에서 가장 오래된 신라시대 때 주조된 종인데, 특히 종신에 새겨져 있는 비천상이 유명하다.

서로 마주보이는 구름 위 두 곳에 서서 한 여인은 현악기인 공후를 들고, 한 여인은 생을 들고 연주하는 비천상의 모습을 통해 생이야말로 삼국시대 때부터 내려온 우리나라의 대표적 악기임을 드러내 보이고 있는 것이다.

몸통은 원래 바가지로 제조되었고, 몸통 위의 가느다란 죽관이 꽂혀 몸통의 취구에 숨을 내쉬거나 들이마실 때마다 맑고 부드러운 소리를 내는 생.

신라사부로가 말년에 이르러 생 연주의 당대 명인이었다고 기록한 학자 다메야스는 과연 정확한 역사적 사실을 알고 있었을까.

신라사부로가 말년에 연주했던 아악기 생이 고구려와 백제의 대표적 악기였다는 《수서(隨書)》와 《당서》의 역사적 기록을. 또한 통일신라시대 때도 중요한 악기로 상원사의 동종에 남아 있는 비천상의 모습에도 보이고 있음을 알고 있었을까.

갑자기 길이 끊겼다.

간신히 숲속을 따라 희미하게 연결되었던 길이 우거진 잡초들로 끊겨 있었다. 길을 잃은 나는 슌묘 스님이 준 작은 팸플릿을 주머니에서 꺼내 다시 한 번 확인해보았다.

분명히 신라선신당과 광정원 사이에 신라사부로의 무덤이 있다는, 그림으로 그려진 약도가 있었지만 길이 사라져 어디가 어딘지 방향감각을 잃어버린 것이었다.

오가는 사람도 없어 인적은 완전히 끊긴 셈이었다. 인근에 주택도 없어 물어볼 사람조차 없었다. 틀림없이 이 부근이었으므로 나는 무릎까지 올라오는 잡초들을 헤치면서 숲속을 이리저리 헤매보았다.

그러다 문득 비교적 평평한 평지가 나타났는데 한눈에 보아도 무슨 건물이 서 있던 자리임이 분명하였다. 그 순간 나는 슌묘의 목소리를 떠올렸다.

"……지금도 신라선신당 뒤쪽에 신라사부로의 무덤이 남아 있고, 그의 가족들이 건립했던 절의 사적(寺跡)이 아직도 남아 있습니다."

슌묘의 말이 정확하다면 이곳은 신라사부로의 아들 각의가 지었던 금광원의 절터가 분명한 것이다. 나는 대충 무성한 잡초를 헤치면서 주위를 살펴보았다. 과연 잡초 속에 드문드문 초석(礎石)들이 남아 있었다.

그 주춧돌의 크기로 보아 큰 절은 아니었던 듯 싶으나 어쨌든 이곳에서 신라사부로는 말년을 기탁하고 극락왕생을 빌면서 자신이 죽인 적들의 넋을 달랬던 것이다. 그리고 특히 생을 연주하면서 인생의 덧없음을 노래하다가 이곳에서 마침내 숨을 거둔 것이다.

그렇다면.

나는 주위를 살펴보면서 생각하였다.

이곳이 신라사부로가 세운 절터가 분명하다면 이곳에서 가까우

곳에 신라사부로의 무덤이 자리잡고 있을 것이다.

내 예상은 적중하였다.

절터가 있는 평지를 벗어나 다시 경사진 언덕길이 시작된 입구에 표석 하나가 세워져 있는 것을 나는 보았다. 그 표석은 잡초에 묻혀 잘 보이지 않았다. 나는 다가가 잡초를 헤치고 표석에 씌인 글자를 읽어 보았다.

"新羅三郎 義光墓"

찾았다.

나는 이마에 맺힌 땀을 손등으로 닦으며 중얼거렸다.

마침내 신라사부로의 무덤을 찾아낸 것이다.

돌계단을 따라 깊은 숲속으로 올라가자 갑자기 트인 공간이 드러났다.

석축을 쌓아 만든 작은 무덤 하나가 누워 있었다.

돌로 만든 석등 두 개가 무덤 양옆에 놓여 있었고, 주위로 석주들이 둘러가며 방책을 이루고 있었다. 함부로 무덤 안에 들어갈 수 없도록 철문이 설치되어 있었으나 문은 활짝 열려 있었다. 무덤 주위는 울창한 나무들이 없어 봄날의 양광이 눈부시게 빛나고 있었다. 무덤 앞에는 당간(幢竿)처럼 보이는 기둥 하나가 꽂혀 있었다.

막연히 1천 년의 세월이 지나 돌보는 사람이 없어 황폐되어 있으리라 생각하고 있었지만 무덤은 제법 단정하게 정리되어 있었다. 무덤 앞에는 작은 제단이 만들어져 있었는데 그 위 제병 속에는 한 묶음의 꽃마저 꽂혀 있었다.

나는 다가가 그 꽃의 정도를 살펴보았다. 꽃은 오래되어 시들어

있지 않았다. 갓 따다 꽂은 생화(生花)는 아니었지만 아직도 생기가
남아 있을 정도로 싱싱하였다. 더구나 돌로 만들어 놓은 제병 속에
는 꽂아놓은 꽃들이 쉽게 시들지 말라고 물이 가득 들어 있었다. 물
이 마르지 않은 것으로 보아 누군가 2, 3일 전에 찾아와 꽃을 바치
고 화병 속에 물을 가득 부어놓은 모양이었다.

그렇다면.

나는 꽃다발을 바라보면서 생각하였다.

누군가 정기적으로 이 무덤에 들러 성묘를 하고 그럴 때마다 헌
화한다는 이야기가 아닐 것인가. 그렇다면 이 근처 어딘가에 신라
사부로의 후손들이 아직도 살아가고 있다는 것이 아닌가.

아무도 찾지 않는 황폐한 숲속, 인적마저 완전히 끊긴 신라사부
로의 무덤이 이처럼 잘 단장되어 있고, 제단 위에 시들지 않은 꽃들
이 헌화되어 있는 것을 보면 1천 년이 지난 지금에도 신라사부로를
추모하는 후예들이 이 근처 어딘가에 살아가고 있다는 증거가 아닐
것인가.

무덤 주위로 벚꽃들이 흐드러지게 피어 있었다. 벚꽃가지 위 어
딘가에 산새라도 앉아 있는 듯 한쪽에서 삐찌삐찌 노래하면 맞은쪽
에서 삐찌삐찌 하고 화답하였다. 너무나 만개하였기 때문이었을까.
경미한 새소리에도 화들짝 놀란 꽃잎들이 제풀에 떨어져 흩날리고
있었다. 떨어진 꽃잎들이 신라사부로의 무덤 위를 새하얗게 뒤덮고
있었다. 무덤 위에는 커다란 나무 하나가 뿌리를 내리고 우뚝 서 있
었다. 앵두나무였다. 무덤 위에 나무를 심는 것은 죽은 사람의 넋을
달래는 옛 몽골민족의 풍습이라 하였던가.

나는 묵묵히 고개를 숙인 채 신라사부로의 무덤을 쳐다보면서 생각하였다.

나는 이곳에 무엇 때문에 왔는가. 신라사부로의 넋을 기리기 위해 왔는가. 아니면 신라사부로가 입고 다니던 붉은 갑옷을 찾기 위해서 이곳에 왔는가. 신라사부로의 가문과 미데라와의 인연을 알게 된 이후부터 나는 정말 생각지도 않게 신라명신이라는 존재를 알게 되지 않았던가.

신라명신.

그러나 나는 놀랍게도 신라명신의 실제 모델이 장보고임을 깨닫게 된 것이다. 이 모든 것이 우연이었을까.

그 신라명신이 바로 부활하여 나타난 장보고의 현신임이 밝혀진 이 모든 과정이 한갓 우연인 것일까.

아니다.

나는 머리를 흔들며 부정했다.

이것은 우연이 아니라 필연인 것이다. 다케다 신겐의 무적 기마군단이 들고 다니던 깃발과 입고 다니던 붉은 갑옷은 낚싯줄에 매달린 부표(浮標)에 지나지 않은 것이다. 저 부표에 꿰어 달린 미끼는 나를 역사의 심연 속으로 끌어들이기 위한 낚싯밥인 것이다.

나를 미끼로 유혹해서 저 역사의 심연 속으로 끌어들인 저 정체 모를 사람은 누구인가. 교묘한 방법으로 나를 역사의 바닷속으로 침몰시킨 수수께끼의 인물은 누구인가.

장보고.

신라의 귀족들은 그를 섬사람이라 멸시하여 해도인(海島人)이라고 불렀으니, 나를 역사의 바닷속으로 끌어들인 사람은 바로 섬사람, 장보고인 것이다.

그러므로.

나는 향로 속에 꽂힌 타다 남은 향을 뽑아 올리면서 생각하였다.

나를 이곳까지 오게 만든 사람은 신라사부로가 아니라 바로 장보고인 것이다. 그는 교묘한 방법으로 나를 이곳까지 유혹하여 끌어당긴 것이다. 내가 이곳에서 발견한 것은 신라사부로의 붉은 갑옷이 아니라 신라사부로의 수호신이었던 바다의 신, 장보고인 것이다.

나는 주머니에서 라이터를 꺼내 향에 불을 붙였다. 금세 향기로운 향냄새가 피어올랐다. 나는 그 향을 다시 향로 속에 꽂아 찔러 넣었다.

이것으로 됐다고 나는 생각하였다.

이것으로 신라사부로의 넋을 추모하는 분향은 끝이 났다고 나는 생각하였다. 더 이상 그곳에 머무를 이유가 없었으므로 나는 미련 없이 신라사부로의 무덤을 떠났다.

울창한 숲속을 걸어 내려오면서 나는 시장기를 느꼈다. 이미 오후 3시가 넘어 있었다. 점심시간이 한참 넘어 있었지만 뭔가를 먹고 싶은 생각은 없었다.

내 가슴은 역사 추적의 새로운 대상을 발견해낸 흥분으로 계속 뛰고 있었다.

문득 내 머릿속으로 신라승 도현이 엔친에게 보내준 송별시의 한 구절이 떠올랐다.

…… 바다는 미로를 감추고 있고 또한 불교의 문을 가로막고 있어

비록 용궁으로 들어가려는 사람들이 많이 있다고는 하지만 여의주를
얻고 머리에 꽂는 귀한 장식을 얻은 사람은 그대 혼자뿐이네…….

그중 첫 번째 구절의 원문이 내 머릿속에 떠올랐다.

　해장미로조헌진(海藏迷路阻玄津)
　용궁입자수다객(龍宮入者雖多客)

그렇다.

나는 소리를 내어 중얼거렸다.

바다는 아직도 수많은 미로를 갖고 있다. 바닷속 용궁으로 들어
가려는 사람은 많이 있어도 바다는 아직도 수많은 미궁 속에 빠져
있는 것이다. 그 바닷속에서 섬사람 장보고는 나를 미로 속으로 유
인하여 부르고 있는 것이다.

장보고는 어떻게 해서 그 바다의 미로 속에서 바다의 신으로 부
활할 수 있었던가. 문성왕 3년, 841년. 자신의 부하 염장(閻長)에 의
해서 암살당해 비참하게 죽은 장보고는 어떻게 해서 바닷속의 미로
를 헤치고 현진(玄津)을 뛰어넘어 해신으로 부활할 수 있었던가.

나는 숲길을 지나 좁은 언덕길을 빠르게 걸어 내려왔다. 행길에
서서 어떻게 할 것인가를 잠시 망설였다.

이대로 오쓰 시로 걸어서 갈 것인가, 아니면 택시를 탈 것인가 생
각하다가 문득 길 건너편에 작은 간이역 하나가 있는 것을 보았다.

교토의 외곽지대로 들어가는 교외선 역이었다. 옛날 서울의 시내
를 달리던 전차와도 같은 협궤(狹軌)열차인 모양이었다. 협궤열차를

140

타고 교토로 돌아가는 것도 운치가 있을 것이라는 생각이 들었다.

나는 망설이지 않고 표를 사고, 역사 안으로 들어섰다. 보통 열차들처럼 지하에 마련된 역사가 아니었고, 간이역이었으므로 지붕이 없는 개방된 역사였다. 역사에는 작은 벤치만이 마련되어 있을 뿐이었다.

어딘가에 운행을 알리는 시간표가 붙어 있겠지만 나는 기다리면 언젠가는 오겠지, 하는 편한 마음으로 교토 방향으로 가는 자리에 앉아서 담배를 피워 물었다. 간이역 구내 역시 온통 벚꽃들로 가득 차 있어서 꽃대궐을 이루고 있었다. 그래서 대낮에 하얀 초롱등불을 밝혀든 느낌이었다.

이제 모두 끝났다.

나는 벤치에 앉아 두 손을 벌려 기지개를 펴면서 생각하였다.

이제 신라사부로에 대한 추적은 모두 끝이 난 것이다. 이제 다시 미데라를 찾을 기회는 없을 것이다. 꽃이 피면 같이 웃고, 꽃이 지면 같이 울던 봄날이 가듯 저처럼 찬란하고 저처럼 황홀한 벚꽃이 피는 봄날도 이제 다시는 만날 기회가 없을 것이다.

우왕―.

벚꽃터널을 뚫고 교외열차가 들어서고 있었다. 나는 열차를 타기 위해 앉은 자리에서 일어났다.

―이렇게 해서 내 역사 추적은 새로운 국면에 접어들게 된 것이다. 장보고에 대한 추적은 이렇게 시작되었던 것이다.

제 3 장

청해진 대사 淸海鎭大使

1

신라의 제42대 왕인 흥덕대왕(興德大王) 3년. 그러니까 서력으로 828년 4월.

이 무렵 흥덕대왕을 배알하기 위해서 왕도 서라벌로 올라오는 사람이 있었으니 그의 이름은 장보고(張保皐)라 하였다. 그의 원 이름은 궁복(弓福), 또는 궁파(弓巴)라 불렸는데 이는 '활보', 즉 '활을 잘 쏘는 사람'이란 뜻이었다.

장보고는 일찍이 당나라에 들어가 서주(徐州) 무령군(武寧軍)에 입대하여 장교가 되었으며 당나라 조정으로 보면 반란군을 진압한 큰 무공을 세워 군중 소장(小將)으로까지 오른 입지전적 인물이었던 것이었다.

처음에 장보고가 경주에 입성하여 흥덕대왕을 진알(進謁)하겠다는 전갈을 보내왔을 때 모든 신하들은 이를 극구 반대하였다. 특히 시중(侍中)이었던 김우징(金祐徵)은 극간하여 이를 만류하였다.

"대왕마마, 장보고는 원래 미천한 천민 출신으로, 또한 섬사람 즉 해도인이나이다. 그런고로 그를 입조히여 대왕마마를 배알케 히는 것은 도리에 어긋나는 일이 아닐 수 없나이다."

하지만 대왕 흥덕의 고집 또한 만만치 않았다. 대왕의 원 이름은 수종(秀宗) 또는 경휘(景暉)라 하였는데, 비교적 늦은 나이인 50세에 왕위에 오른 고령이었으므로 모든 신하들은 대왕보다 나이가 어렸던 것이었다.

"허지만."

대왕은 말하였다.

"장보고가 해도인으로 천민 출신이라는 것은 알고 있지만 일찍이 입당하여 나라에 큰 공을 세워 군중 소장에까지 오른 공신이 아니더냐. 당나라의 공신이라면 마땅히 우리 신라에게도 공신이 아닐 것이냐."

"하오나."

김우징이 다시 말하였다.

"그가 태어난 곳은 청해(淸海)라 하옵는데 이는 옛날 백제의 땅이나이다. 따라서 장보고는 백제인으로 그를 왕도에 입성케 하옵는 것은 반적의 후예를 맞아들이는 것과 마찬가지나이다."

그러자 흥덕대왕은 껄껄 웃으면서 말하였다.

"장보고가 백제인이라서 입조할 수 없다니, 이는 벌써 수백 년 전의 일이 아닐 것이냐. 수백 년 전 과거의 일을 연유로 삼다니. 이제 신라국 중 어느 곳에 백제가 따로 있고, 고구려가 따로 있겠느냐."

흥덕대왕의 말은 사실이었다.

신라 30대 왕인 문무대왕이 삼국통일의 위업을 완성한 것은 676년의 일로 이미 12대가 앞서 있던 선대의 일이었으며 또한 정확한 횟수로 1백 52년 전의 일이었던 것이었다.

거의 2백 년 전 과거의 일을 연유로 삼아 백제인이 어디에 있고, 고구려인이 어디 있겠느냐는 흥덕대왕의 의지는 바로 그가 가진 강력한 개혁정신 때문이었다. 흥덕대왕은 이미 쇠퇴기로 접어들기 시작하였던 신라의 말기에 홀연히 나타난 정치개혁자였다.

사학계에서는 신라 1천 년의 역사를 상·중·하의 3대로 나눴는데 상대를 654년 김춘추(金春秋)가 진덕여왕의 뒤를 이어 태종 무열왕(太宗 武烈王)으로 즉위함으로써 끝나고, 중대가 시작되었다는 것을 정설로 하고 있으며, 또한 780년 진골귀족들의 반란으로 선덕왕(宣德王)이 즉위함으로써 하대가 시작되었는데, 이 하대에 있어 썩어가고 부패에 빠진 신라왕조를 어떻게든 개혁해보려고 노력했던 중심인물이 바로 흥덕대왕이었던 것이었다.

이는 신라국왕의 능비문(陵碑文)으로는 유일하게 남아 있는 흥덕대왕 능비의 단석(斷石)을 통해서도 알 수 있는 것이다.

1930년대 중반께 경주의 북쪽 안강읍(安康邑) 현지에서 6점이 발견된 이래 1977년 8월 경주국립박물관의 발굴조사단에 의해 60점이 발견되어, 지금까지 총 90여 점이 발견된 단석에는 흥덕대왕의 개혁 의지를 나타내는 다음과 같은 글이 있다

"신모결단(神謀決斷)"

'신과 같은 지혜와 결단을 가진 사람'이라는 예찬답게 흥덕대왕은 강력한 개혁 의지를 가진 인물이었던 것이었다. 만일 그의 결단이 아니었더라면 해상왕 장보고 역시 탄생되지 못하였을 것이다.

이러한 흥덕대왕의 개혁 의지는 지금도 《삼국사기》에 남아 있는 그의 교서를 보면 정확히 알 수 있다.

극도로 부패하고 극도로 사치하였던 문란한 사회를 바로잡기 위해서 흥덕대왕은 다음과 같은 교서를 내린 것이다.

……사람은 상하가 있고, 지위는 존비(尊卑)가 있어 명칭과 법식이 같지 않고 의복 또한 다르다. 그런데 풍속이 점점 각박해지고, 백성들이 서로 다투어 사치와 호화를 서로 일삼고 다만 외래품(外來品)의 진귀한 것들만 숭상하고 도리어 국산품의 조악한 것을 싫어하니 예절이 참람하려는 데 빠지고 풍속이 파괴하려는 데 이르렀다. 이에 옛 법에 따라 엄명을 베푸는 것이니 그래도 만일 일부러 범하는 자가 있으면 국법을 시행할 것이다.

사치와 문란에 빠진 신라 사회를 개혁해보려는 흥덕대왕 자신 역시 도덕적이었다. 무릇 사회를 개혁하려는 사람들 대부분이 자기 자신에 대해서는 무절제하고, 비도덕적인 이중성을 갖고 있는 면에 반해 흥덕대왕은 자신에게 준엄하고 엄격하였던 것이었다.

그 대표적 예로 그는 왕위에 오르자마자 아내를 잃었다. 그의 왕비는 장화(章和)부인이었으나 아내가 죽자 이름을 정목왕후(定穆王后)라 하였다. 이때의 장면을 《삼국사기》는 다음과 같이 묘사하고 있다.

"왕은 사모에 싸여서 죽은 망비(亡妃)를 잊지 못하여 장연불락 (悵然不樂)하였다."

그뿐이 아니었다.

여러 군신들이 상표하여 왕비를 새로이 맞아들일 것을 간청하였으나 왕은 오직 다음과 같이 답하였을 뿐이라고 《삼국사기》는 기록하고 있다.

"외짝새에게도 짝을 잃은 슬픔이 있거늘 하물며 좋은 배필을 잃고서야 오죽하겠느냐. 어찌 차마 무정하게 곧 재취를 하여 왕비를 맞아들일 수 있겠느냐."

그리하여 주위에는 시녀(侍女)까지도 가까이하지 못하였을 정도로 자신에게 엄격하였던 흥덕대왕이 말한 '외짝새'에는 다음과 같은 사연이 있다.

《삼국유사》에 의하면 흥덕대왕이 왕위에 오른 지 얼마 안 되어 당나라의 사신으로 다녀온 사람이 앵무새 한 쌍을 가져왔다. 오래지 않아 암놈이 죽고, 수놈이 슬피 우는지라 이를 보다 못한 왕이 수놈 앞에 거울을 걸어두도록 하였다.

수놈은 거울 속의 그림자를 짝으로 생각하여 거울을 쪼았는데 그것이 마침내 그림자임을 알고 슬피 울다가 죽었다. 이에 흥덕대왕은 노래를 한 수 지었다고는 하지만 지금은 남아 전하지 않는다는 설화를 통해 아내를 지극히 사랑하였던 흥덕대왕의 심중을 헤아려 볼 수 있는 것이다.

'거울 속의 그림자(鏡中影)'

차라리 거울 속의 그림자인 암놈을 그리워하다가 죽어간 앵무새처럼 자신도 죽은 아내를 그리워 할지언정 어떻게 새 왕비를 구할 수 있겠냐던 흥덕대왕은 자신의 결심대로 평생을 홀로 지냈으며, 마침내 소원대로 죽은 후 아내와 합장되어 묻혔다. 이 왕릉이 지금도 경주시 강서면 육통리에 남아 있는 장화부인과 합장된 흥덕왕릉인 것이다.

이렇듯 밖으로는 개혁정치를 주장하고, 안으로는 자신에게 엄격하였던 흥덕대왕은 물론 장보고의 입궐을 모든 신하들이 반대할 것을 제 손바닥 보듯 훤히 알고 있었다.

그러나 흥덕대왕은 그의 단석에 나와 있는 대로 '신모결단'의 의지로 이를 추진해 나갔다. 만약에 흥덕대왕의 강력한 의지가 없었더라면 장보고는 당나라와 신라 그리고 일본을 잇는 바다를 떠돌아다니던 대상인으로만 생애를, 끝내 역사 속에 그 이름을 남기지 못하였을지도 모르는 일이다.

장보고는 흥덕대왕이 선택한 단 하나의 개혁인물이었던 것이다. 김우징을 비롯하여 여러 귀족들이 반대하였던 이유, 즉 장보고가 미천한 해도인 출신이며, 또 장보고가 태어난 곳이 옛 백제의 영토이므로 장보고는 백제인으로 믿을 수가 없다는 이유야말로 오히려 흥덕대왕은 장보고를 맞아들이는 중요한 이유가 될 수 있었던 것이었다.

장보고.

그는 혁신과 개혁을 꿈꿔왔던 흥덕대왕이 선택한 단 한 사람의 인물이자 비장의 카드였던 것이었다.

해도인이자 백제인이었던 장보고를 입성시키려던 흥덕대왕에게
모든 신하들이 극간하여 반대하였으나 단 한 사람 찬성한 사람이
있었으니 이는 김충공(金忠恭)이었다.

충공은 이 무렵 상대등(上大等)으로 최고 높은 자리에 있던 대신
이었다.

충공은 대왕의 아우로 왕비를 비롯하여 슬하에 자식마저 없었던
대왕에게는 믿고 의지하여 정사를 논할 수 있던 단 한 사람이었다.

원래 흥덕대왕은 신라 제38대 임금이었던 원성왕(元聖王)의 손자
로 그의 아버지는 김인겸(金仁謙)이었다.

김인겸에게는 4명의 아들이 있었는데, 그 첫째 아들은 준옹(俊
邕)으로 제39대 임금인 소성왕(昭聖王)이 되었고, 그 둘째 아들은
언승(彦昇)으로 제41대 임금인 헌덕왕(憲德王)이 되었다. 흥덕대왕
은 셋째 아들로 충공은 하나밖에 없는 동생이었던 것이다.

흥덕대왕처럼 충공 또한 강력한 개혁 의지를 가진 사람이었다.
신하로서는 최고 지위인 상대등에 있었던 것으로 보면 알 수 있듯
이 후사가 없었던 흥덕대왕은 자신이 죽으면 다음 왕으로 동생 충
공을 점찍어놓을 만큼 두 사람은 의기투합하고 있었던 것이다.

썩어빠진 신라의 왕조를 정비하고, 집권체제를 혁신하려는 흥덕
대왕과 그의 아우 충공의 의지를 엿보게 하는 증거가 지금도 남아
있어 전하고 있다.

신라 말기의 대학자 최치원(崔致遠)은 지증대사비문(智大師碑
文)을 찬(撰)하면서 다음과 같이 기록하고 있는 것이다.

홍덕대왕이 대업(大業)을 계승하고, 선강태자(宣康太子)가 감무(監撫)를 하게 됨에 사도(邪道)를 제거하고 나라를 구제하며 선을 좋아하며 집안을 살찌게 하였다.

서강태자는 충공을 가리키는 말로 그가 죽은 후 충공은 그의 아들 민애왕에 의해서 선강대왕(宣康大王)으로 추봉되었던 것이었다.

이렇듯 홍덕대왕과 그의 아우 충공의 개혁 의지는 최치원의 기록처럼 '나라의 사도를 제거하고 대업을 계승하여 나라를 구제하는데' 총력을 기울이고 있었던 것이다.

만약에 신하 중 최고 지위에 있었던 충공마저 장보고의 입궐을 반대하였더라면 홍덕대왕은 아마도 장보고를 맞아들일 수 없었을 것이다.

"상대등은 이를 어찌 생각하고 있는가."

시중 김우징을 비롯하여 모든 신하들이 강력하게 반대하고 나서자 홍덕대왕은 마침내 상대등 김충공을 쳐다보면서 물어 말하였다. 그 순간 모든 신하들의 이목이 상대등의 입에 쏠렸다. 만약 상대등마저 이를 불가하다고 못 박으면 대왕마마가 아무리 '신모결단'의 의지를 가졌다 하더라도 독단적으로 이를 추진해 나갈 수 없음을 잘 알고 있었기 때문이었다.

그러자 충공은 이렇게 말하였다.

"대왕마마, 신은 이 자리에서 감히 장보고를 입조케 하는 것을 옳다 그르다 말할 수 없나이다. 다만 신의 뜻을 적어 바치오니 이를 참조하여 주시기 바라나이다."

그리고 충공은 어전에서 무릎을 꿇고 앉아 붓을 들고 먹을 묻혀 종이 위에 무엇인가를 쓰기 시작하였다. 먹물이 마르기를 기다려 두 손으로 대왕마마께 받쳐 올리자 대왕은 이를 조심스레 펼쳐보았다.

그 순간 흥덕대왕의 얼굴에는 미소가 떠오르기 시작하였다.

"옳거니."

손을 들어 자신의 무릎을 내리치면서 흥덕대왕이 소리내어 웃으며 말하였다.

"상대등의 마음과 내 뜻은 이미 상통하여 다르지가 않소. 그러니 조속히 장보고를 입궐토록 하시오. 만약에 더 이상 왈가왈부하는 사람이 있다면 국법으로 이를 엄중히 다스려 참하도록 하겠으니 그리 아시오."

추상과 같은 대왕마마의 엄명이었다. 그러므로 더 이상 아무도 나서서 간하는 자가 없었다고 기록은 전하고 있다.

그날 밤.

흥덕대왕은 사람을 보내어 은밀히 동생 충공을 자신의 침전으로 불러들였다. 오랜만에 군주와 신하가 아닌 형제 사이로 돌아와 함께 술을 마시면서 흥덕대왕은 지난 낮 조정에서 받았던 종이를 다시 펼쳐 보이며 물어 말하였다.

"이 문장의 뜻을 이 자리에서 설명해줄 수 있겠는가."

흥덕대왕이 펼쳐 보인 종이에는 다음과 같은 글자가 쓰여 있었다.

"원수능구근화(遠水能救近火)"

도합 6자의 짧은 문장이었다. 해도인 장보고를 입궐케 하는 것이 가하냐 불가하느냐는 대왕마마의 질문에 대답하여 올린 김충공의 짧은 문장. 그 짧은 문장의 무슨 뜻이 흥덕대왕의 마음을 움직여 결단케 할 수 있음이었을까.

그러자 충공은 껄껄 웃으면서 대답하였다.

"대왕마마께오서는 이미 그 문장의 뜻을 알고 계시지 않으시나이까. 그런데 어찌 신에게 그 뜻을 물으시나이까."

흥덕대왕은 머리를 흔들어 말하였다.

"아니다. 옛말에 이르기를 '멀리 있는 물로는 가까이 있는 곳의 불은 끄지 못한다(遠水不救近火)'라고 하였느니라. 그러나 그대가 써 올린 말은 그 뜻의 정반대가 아닐 것인가. '원수능구근화'라 하였으니 '멀리 있는 물도 가까운 불을 능히 끌 수 있다'라는 뜻이 아니겠느냐. 그러니 내가 그 뜻을 어찌 알겠느냐."

흥덕대왕의 말은 사실이었다.

일찍이 춘추시대 때 노나라의 목공(穆公)은 아들들을 진(晉)나라와 형(荊)나라에 보내어 높은 벼슬을 살게 하였다. 당시 노나라는 이웃 제나라의 위협을 받고 있었으므로 위급할 때 진나라와 형나라와 같은 강국의 도움을 받으려는 속셈이었던 것이다. 그러나 그의 생각은 너무나 안이한 계산이었다. 이 점을 신하였던 이서가 지적하여 간하였다.

"어떤 사람이 물에 빠졌습니다. 그때 먼 월나라에서 사람을 청해다가 구하려면 월나라 사람이 아무리 헤엄을 잘 친다 하더라도 때는 이미 늦습니다. 또한 집에 불이 났다고 할 때 먼 바다에서 물을 끌어다가 불을 끄려 한다면 바닷물이 아무리 많다고 하더라도 역시 때는 늦습니다. 이처럼 '멀리 있는 물은 가까운 곳에서 일어난 불을 끄지 못한다'고 했듯이 노나라가 이웃 제나라의 공격을 받는다면 머나먼 진나라와 형나라가 비록 강국이긴 하지만 노나라의 위난을 구하지는 못할 것입니다."

충공은 옛 고사의 말을 정반대로 표현하여 나타내 보인 것이었다. 즉 '멀리 있는 물이라 할지라도 가까운 불을 능히 끌 수 있다'라고 역설적으로 표현하였던 것이었다.

여기서 잠깐.

흥덕대왕과 충공이 그토록 끄려 했던 '가까운 곳의 불(近火)'에 대해서 살펴보기로 하자. 흥덕대왕과 충공의 개혁 의지는 바로 신라의 왕국을 혼란에 빠뜨리고 있는 가까운 불을 끄려는 의지에서 비롯되었던 것이다.

신라를 어지럽히는 가까운 불.

그것은 바로 신라 귀족세력들의 농간이었다. 김춘추와 김유신의 연합세력에 의해서 상대등 비담(毗曇)의 난이 평정된 이후부터 신라는 바로 김춘추의 후예들인 진골(眞骨)세력들에 의해서 좌지우지되고 있었던 것이다. 이들 진골 귀족세력은 심지어 국왕들에게까지도 동등권을 향유하고 있을 정도로 위세당당하였던 것이다.

이들 진골 귀족세력의 사치와 허영은 《신당서(新唐書)》〈신라전〉에 나오고 있는 다음과 같은 기사를 통해 미뤄 짐작할 수 있을 정도인 것이다.

재상가에는 녹(祿)이 그치지 않고, 노동(奴僮)이 3천 명이나 되고 갑병(甲兵)과 우마, 돼지 등도 이에 맞먹는다. 가축은 바닷속의 산에

방목을 하였다가 필요할 때는 활을 쏘아서 잡아먹는다.

뿌리 깊은 기득권 세력이었던 진골들을 개혁하지 않고서는 나라가 바로설 수 없다는 것이 바로 홍덕대왕과 충공의 역사관이었던 것이었다.

이들 귀족세력이야말로 나라를 어지럽히고 태우는 가까운 불이었던 것이었다. 이 가까운 불을 어떻게든 꺼야만 낡은 시대가 사라지고, 새로운 시대가 올 수 있다고 홍덕대왕은 굳게 믿고 있었던 것이었다.

실제로 선왕이었던 헌덕왕 때에는 피비린내 나는 골육상쟁이 있었던 것이었다. 이른바 김헌창(金憲昌)의 반란이 일어난 것이다.

그것이 불과 6년 전의 일.

김헌창은 원래 태종무열왕의 7대손으로 그의 아버지 김주원(金周元)은 제37대 임금인 선덕왕이 죽었을 때 왕위 계승의 제1후보자였었다. 그런데 마땅히 선덕왕의 다음 왕으로 추대되었어야 할 김주원 대신 상대등 김경신(金敬信)이 왕위에 오르니 이가 곧 38대 임금인 원성왕, 즉 홍덕대왕의 할아버지였던 것이다.

이로써 김춘추로부터 계승되어 온 무열왕계의 왕위세습은 단절되었으며, 이후부터는 자신들을 신라 내물왕(奈勿王)의 후손이라고 자부하고 있는 원성왕계의 일가에 의해서 왕위가 독점계승되고 있었던 것이다.

여기에 1백 년 이상 신라의 통일 귀족을 자부하면서 온갖 특권과 영화를 누려오던 무열왕계의 진골세력들이 마침내 반발하여 반란을 일으켰으니 바로 이것이 김헌창의 난이었던 것이다.

김헌창은 자신의 아버지 김주원이 선덕왕의 뒤를 이어 왕위에 올라야 했는데 이 왕위를 불법으로 원성왕이 찬탈하였으니 마땅히 이를 뒤집어 국기를 바로잡아야 한다고 주장하였던 것이었다.

실제로 《삼국사기》에는 이때의 장면을 다음과 같이 기록하고 있다.

…… 선덕이 돌아가고 아들이 없으므로 군신들은 곧 후사를 논의하였다. 왕의 족자(族子)인 김주원을 세우려 하였다. 주원은 그 집이 경의 북쪽 20리에 있었는데 그 때 마침 큰비가 와서 알천(閼天)의 물이 불어 주원이 즉시 오지 못하니 혹자는 말하되 '인군의 큰 자리는 본래 사람의 계략으로는 되지 않는 것이다. 오늘의 폭우는 하늘이 혹시 주원을 세우지 못하게 하려함이 아닌가. 지금 상대등 경신은 제왕의 아우로 덕망이 본래 높고 인군의 자격이 있다'고 하였다. 이에 중신들은 만장일치하여 그를 세워 왕위를 계승케 하니 얼마 아니하여 비가 그치고 국인들은 다 만세를 불렀다.

이 기록을 보면 마땅히 선덕의 왕위를 계승받아야 할 사람은 김주원이고, 폭우를 빗대어 하늘의 도리를 핑계 삼아 왕위에 오른 김경신은 이른바 친위 쿠데타로 왕권을 빼앗은 것으로 보인다. 어쨌든 김주원의 아들 김헌창은 이후 무열왕계를 대표하는 인물로 계속 무진(武珍), 청주(菁州), 웅주(熊州) 등 지방의 장관을 돌아다니며 중앙권력에서 소외되어 홀대를 받고 있었던 것이었다.

그러다가 마침내 822년 지금의 공주인 웅주에서 반란을 일으켜 국호를 장안(長安)이라 하였고, 연호를 경운(慶雲)이라 하는 등 새로운 국가를 건설하려 하였던 것이었다.

반란세력은 삽시간에 무진, 완산, 사벌 등 4개 주를 장악하였고, 전국으로 들풀처럼 번져 나가고 있었던 것이다.

바람 앞의 등불과도 같았던 국가의 운명을 바로잡기 위해서 김충공은 실제로 말을 타고 전쟁에 뛰어들어 문화관문(門火關門)을 지키기도 했었다.

결국 김헌창의 난은 그의 중요 거점인 웅진성이 함락됨으로써 자신의 종자들에게 머리와 몸을 잘라 각각 다른 곳에 파묻어 달라고 말한 다음 자살해 죽는 것으로 끝이 난 것이다.

그것이 불과 6년 전.

그후 3년 만에 그의 아들 범문(梵文)이 고달산(高達山)의 산적 수신(壽神)과 함께 다시 반란을 일으켰다가 곧 진압된 것까지 합친다면 불과 어제까지만 해도 온 나라는 바로 이러한 귀족세력들이 저지른 불길과 일으킨 반란으로 어지럽기 짝이 없었던 것이었다.

실제로 처참한 비극의 현장을 직접 눈으로 보고 몸으로 겪은 흥덕대왕과 김충공은 무엇보다 낡은 세력들인 중앙귀족들을 개혁하지 않고는 국가의 장래가 어둡다는 생각을 뼈저리게 느끼고 있었던 것이다.

"대왕마마."

흥덕대왕이 술잔을 내리면서 계속 그 뜻을 묻자 마지못해 김충공이 웃으면서 말하였다.

"대왕마마의 속마음을 신이 어찌 모르겠사옵나이까. 이제 대왕마마께오서 장보고를 왕경으로 불러들이는 것은 '멀리 있는 물(遠

水)'을 끌어들이기 위함이 아니시나이까. 가까이 있는 불을 끄기 위해서라면 마땅히 물(水)이 있어야 함인데 가까이에는 그 어디에도 물이 없고 오직 타오르는 불만이 있사오니 먼 곳에 있는 물이라도 끌어들여 불을 끄시려 함이 아니시나이까."

김충공의 표현은 정확하였다.

썩어빠진 신라의 조정을 바로잡기 위해서는 어떻게든 물이 필요함인데 김충공의 표현대로 중앙의 귀족세력 그 어디에도 그 불을 끌만한 물이 없었던 것이었다. 그런 의미에서 장보고는 타오른 불을 끌 수 있는 유일한 물이었던 것이다.

그렇다.

장보고는 흥덕대왕과 김충공이 선택한 '멀리 있는 물', 즉 방화수(防火水)였던 것이다.

그로부터 며칠 뒤.

장보고를 비롯하여 그의 부하인 장건영(張建榮), 이순행(李順行) 등 일행들은 왕도 서라벌에 입성하였다.

때는 춘4월. 꽃들이 다투어 만발하게 피어 있었다. 서라벌의 주산 남산(南山)에는 어느덧 신록이 싹트고 있어 푸릇푸릇 생기가 감돌고 있었다.

개국한 지 8백여 년이 지난 거의 1천 년의 왕도 서라벌.

초기에는 시조인 박혁거세가 남산 서록 고허촌(高墟村)에 궁궐을 만든 것으로부터 시작된 왕도의 역사는 그러나 삼국을 통일한 이후부터는 더욱 융성 발전하여 서라벌은 완전히 통일왕도로서의 면모를 갖추고 있었다.

《삼국사기》에 나와 있듯이 674년 문무대왕은 '궁내에 못을 파고, 조산(造山)하여 화초를 심고, 진귀한 짐승을 길렀다'는 안압지(雁鴨池)에 관한 기사에서 볼 수 있듯이 삼국을 통일한 신라는 왕도 서라벌을 당나라의 왕도인 장안을 본따서 새롭게 도시계획을 정비하고 신도시를 건설했던 것이다

훗날 일본에서도 왕경인 나라를 건설할 때 신라의 왕도인 경주를 표본으로 삼았다는 기록을 보면 알 수 있듯이 이 무렵의 서라벌은 바둑판과 같이 잘 정비된 도시계획과 즐비한 번화가로 번영을 누리고 있었던 것이었다.

장보고는 궁궐로 들어가는 주작대로를 따라 천천히 말을 타고 가고 있었다. 그의 부하들은 장보고를 뒤따라 걷고 있었고, 흥덕대왕에게 진상할 진귀한 선물들을 가득 실은 수레를 끄는 일꾼들은 그보다 더 뒤처져 따라가고 있었다.

선두에 앞장선 장보고는 신장이 6척이 넘는 거구에 한눈에 보아도 기골이 장대한 체구를 갖고 있었다.

기록에 의하면 장보고는 "그의 나이 15, 16세 때 이미 신장이 6척이 넘고, 기골이 괴위(魁偉)하였으며, 성품 또한 정의감에 불타고 강직하여 사람들이 장수감이라고 불렀다"고 전해오고 있었던 것이었다.

서라벌 사람들은 모두 나와서 장보고 일행을 구경하고 있었다.

"저게 누구야."

사람들은 손가락질하면서 말을 타고 앞장서 가고 있는 장보고를 가리키며 수군거렸다.

"중국에서 큰 공을 세워 군중 소장의 지위에까지 오른 장보고라

지 아마."

당시 서라벌은 18만 호가 살고 있었던 대도시였다. 《삼국유사》에 의하면 이 무렵 서라벌의 크기를 다음과 같이 기록하고 있을 정도였다.

신라 전성시대에는 서울에 17만 8천 9백 36호가 살고 있었으며, 1천 3백 60만 방(坊)에 55리(里)를 가지고 있었다. 또한 35개의 금입택을 가지고 있었으니……

금입택(金入宅). 이는 부유한 큰 집들을 말하며 《삼국유사》에 기록되어 있는 남택, 북택을 비롯하여 35대택(大宅)들의 이름을 보아도 이 무렵 서라벌이 얼마나 화려하고 웅장한 도시였는가를 짐작할 수 있음인 것이다. 줄잡아 한 호에 5명의 인구가 살고 있다고 어림잡아도 18만 호가 살고 있었다면 거의 1백만 명에 가까운 인구가 살고 있을 만큼 신라의 서울이었던 서라벌은 대도시였던 것이다.

더구나 왕경에 사는 성민들은 두품(頭品) 이상의 귀족들이 대부분으로 평민들은 감히 성 안으로 출입도 할 수 없었던 특별지역이었던 것이다.

이처럼 거대한 도시의 주작대로를 가고 있는 장보고의 일행을 보기 위해 나온 성민들은 따라서 대부분 중앙귀족들이었던 것이다.

"장보고라면 해도인이 아닌가."

위풍당당한 장보고의 행렬을 보고 있던 한 사람이 갑자기 큰 소리로 말하였다.

"게다가 백제인이 아닌가. 그런 장보고가 아무리 중국에 들어가 공을 세워 군중 소장이 되었다고 하지만 어찌하여 감히 왕경에 입성하여 저처럼 당당하게 대왕마마를 배알하기 위해서 입궐하고 있단 말인가."

그는 주위사람들이 듣거니 말거니 큰 소리로 말하고 있었다.

구름처럼 모인 군중 속에 끼어서 장보고를 바라보며 소리쳐 말하였던 사람의 이름은 김양(金陽)이었다.

그는 태종 무열왕의 9대손인 진골 중의 진골이었으나 6년 전에 일어났던 김헌창의 반란으로 하루아침에 멸문이 되어버린 비운의 인물이었다.

김헌창이 태종 무열왕의 7대손으로 아버지 김주원이 억울하게 왕위에 오르지 못함을 이유로 반란을 일으켰다면 김주원은 바로 김양의 증조 할아버지였던 것이다. 그러니까 김양의 할아버지였던 김종기(金宗基)와 김헌창이 형제간이었던 것이다.

김헌창과는 달리 그의 집안은 간신히 명문만 유지하던 진골귀족으로 그의 할아버지는 소판(蘇判), 그의 부친은 파진찬(波珍飡)의 벼슬이 고작이었던 것이다.

그러나 그것이 전화위복이 되었으니 김헌창의 난에도 그의 집안이 무사하게 살아남을 수 있었던 것은 바로 그런 이유 때문이었던 것이다.

이때 김양은 고성군(固城郡)의 태수, 그것도 김헌창의 난을 진압한 흥덕대왕이 살아남은 태종 무열왕계의 불만을 위무하기 위해서 내린 직책이었던 것이다.

"봐라."

변방의 고성에서 서라벌의 관부에 볼일이 있어 잠시 상경한 김양은 이제 갓 20세의 열혈청년으로 구름처럼 모인 사람들에 끼어서 말을 타고 입조하는 장보고의 모습을 본 순간 갑자기 마음속에 무엇인가 끓어오르는 것이 있었다.

"봐라, 저자는 백제인이 아닌가. 그럼에도 불구하고 저처럼 당당하게 말을 타고 대왕마마를 배알하기 위해서 입궐하고 있다. 그에 비하면 나는 무엇인가."

김양은 이를 악물면서 중얼거렸다.

"내 핏속에는 바로 삼국을 통일하여 위업을 이룬 태종 무열대왕의 피가 흐르고 있지 아니한가. 태종 무열왕의 9대손인 나는 이처럼 한갓 변방의 태수로서 한가로운 나날을 보내고 있는데 장보고란 저자는 위풍당당하게 군복을 입고 대왕마마를 배알하러 가고 있지 아니한가."

장보고에게 있어 평생을 통한 숙적이었던 운명의 인물, 장보고와 김양과의 만남은 이처럼 우연하게 시작되었던 것이다.

어쨌든 김양이 무례하게 생각하고 있었던 것처럼 장보고는 특이한 복장을 하고 있었다. 그것은 장보고가 한때 복무하였던 무령군 소장으로서의 중국 군복이었던 것이다.

장보고가 입고 있는 투구와 갑옷은 유난히 밝은 봄 햇살을 반사하여 눈부시게 반짝이고 있었으며, 마상에 앉아 있는 6척 장신의 늠름한 모습은 마치 장보고를 전쟁에서 이겨 큰 무공을 세우고 돌아오는 개선장군을 연상케까지 하고 있었던 것이었다.

장보고를 쳐다보면서 투덜대던 김양은 어디론가 사라졌고, 장보고의 일행은 인화문(仁化門)에서 멎어섰다. 문을 지키는 위병들이 막아 세우고 장보고는 말에서 내렸다. 차고 있던 칼들을 모두 풀고, 장보고의 부하들은 장보고가 대왕마마가 머무르고 있는 궁궐 안으로 다녀오는 동안 인화문 앞에서 기다리고 있어야 했기 때문이었다.

장보고는 인화문을 지나 마침내 궁궐 안으로 들어섰다.

신라의 궁궐은 통일 이전까지만 해도 대궁(大宮), 양궁(梁宮), 사양궁(沙梁宮) 등 삼궁으로 나누어져 있을 뿐이었다. 그러던 것이 통일 이후에는 수많은 궁궐들이 신축되어 그 위엄을 뽐내고 있었다. 임해전(臨海殿), 강무전(講武殿), 숭례전(崇禮殿), 영창궁(永昌宮), 평의전(平議殿)그리고 최근에는 월지궁(月池宮)이 신축되었던 것이다.

그중 장보고가 흥덕대왕을 배알한 장소는 조원전(朝元殿)이었다. 조원전은 대왕이 백관들과 정사를 논하는 정청(政廳)은 아니고 주로 외국의 사신들을 접견하는 장소거나 특별한 날을 기하여 왕이 백관들의 하례를 받는 대외적인 행사를 하는 공식 장소였던 것이었다.

장보고가 조원전으로 입조하였을 때에는 흥덕대왕을 비롯하여 상대등 김충공, 시중 김우징 등 모든 백관들이 나와 장보고를 지켜보고 있었다.

그들은 모두 대왕마마의 심중을 미루어 짐작하고 있었다. 상대등 김충공은 과연 해도인 장보고가 중앙 귀족세력들인 근신들이 태우는 가까운 불을 꺼줄 수 있는 먼 곳의 물 역할을 할 만한 정도의 출중한 인물인가를 헤아려 보기 위해서 날카롭게 장보고를 지켜보고 있었고, 그의 아들 대아찬(大阿飡) 김명(金明) 또한 아버지 곁에서 장보고를 살펴보고 있었다.

이들 부자는 대체로 흥덕대왕과 같은 개혁파로 장보고에 대해서는 호의적이었으나 시중 김우징과 그의 아버지였던 아찬(阿飡) 김균정 등은 장보고에 대해서 마음속으로 반감을 갖고 있었던 것이었다.

그러나 사람은 한치 앞도 헤아려 볼 수 없는 것. 훗날 장보고에 대해서 호의적이었던 김충공의 아들 김명이 왕위에 올라 민애왕이 되었을 때 그가 장보고의 3천 군사에 의해서 시해를 당해 죽고, 오히려 장보고에 대해서 반감을 갖고 있었던 김우징이 장보고의 지원에 힘입어 왕위에 올라 신무왕(神武王)이 될 수 있었음은 역사의 아이러니가 아닐 수 없는 일이다.

그렇다.

무릇 권력이란 이처럼 그 유리함에 따라 오늘의 적이 내일의 아군이 될 수 있으며, 오늘의 아군이 내일은 내 가슴에 비수를 꽂는 적이 될 수 있는 정체를 알 수 없는 구름이자 안개인 것이다.

"대왕마마, 신 장보고 문안인사 드리옵니다."

장보고가 무릎을 꿇고 예를 올리자 어좌에 앉은 흥덕대왕이 웃으면서 말하였다.

"고개를 들라. 짐은 이미 경의 이름을 익히 들어 알고 있었노라."

그리고 나서 흥덕대왕은 말하였다.

"궁복이라 함은 활보라는 뜻이 아닐 것인가. 활보라면 활을 잘 쏘는 자란 뜻인데."

강한 호기심을 보이며 흥덕대왕이 말하였다.

"과연 경은 어떠한가. 이름만큼 활을 잘 쏘는가."

"어느 정도는 쏠 줄 알고 있나이다."

허리를 굽혀 조아리면서 장보고가 대답하여 말하였다.

"짐은 그대의 활솜씨를 한번 보고 싶구나. 이 자리에서 한번 보여
줄 수 없겠는가."

이 무렵 신라에서는 활쏘기가 대유행하고 있었다. 실제로 흥덕대
왕의 할아버지 원성왕 때에는 궁술로서 인재를 선발하기도 했던 것
이었다.

원성왕은 독서삼품과(讀書三品科)를 정하여 문무를 구별하였으나
그 이전까지만 해도 오직 활쏘기로만 인물을 발탁하였던 것이었다.

《수서(隋書)》에 이르기를 "신라에서는 매년 8월 15일에 잔치를
베풀고 관인들로 하여금 활을 쏘게 하여 마(馬)와 포(布)를 상으로
준다" 하였는데 이를 보면 알 수 있듯이 8월 한가위에는 왕의 주재
아래 궁술대회를 개최하여 여러 신하들이 모인 가운데 친목을 도모
하는 활쏘기를 하였고, 이것이 궁중풍습이 되었던 것이었다.

뿐만 아니라 궁술대회를 통해 활을 잘 쏘는 선사자(善射者)를 발
탁하여 적소에 배치함으로써 투철한 무예정신을 길러나갈 수 있었
던 것이었다.

실제로 흥덕대왕은 존례문(尊禮門) 앞에 활터를 만들고 왕이 친
히 임어(臨御)하여 군사들의 활솜씨를 관람하는 것을 즐겨 하였던
것이었다. 대왕은 즉시 신하들에게 각궁(角弓)을 가져오도록 명령
하였다.

각궁은 맥궁(貊弓)이라고 불리던 전통적인 우리나라의 활로 가장

강한 활 중의 하나였다.

마침 조원전 앞 뜨락에는 매화꽃이 흐드러지게 피어 있었다. 그 꽃나뭇가지 위에서 새 한 마리가 앉아 노래를 부르고 있었다.

"화살로 매화나무 위에서 앉아 울고 있는 새를 쏘아 떨어뜨릴 수 있겠느냐."

상대등 김충공이 장보고에게 활을 건네주면서 말하였다. 장보고는 대답 대신 활을 들어 시위에 밀피로 꿀벌의 밀을 발랐다. 그렇게 하면 활의 시위가 부드러워지고 유연해져서 착력이 훨씬 강해지기 때문이었다. 장보고가 있는 자리에서 매화나무까지는 대충 어림잡아 1백 보 정도 떨어진 거리였다.

장보고는 천천히 엄지손가락 아랫마디에 뿔로 만든 각지(角指)를 끼었다. 그리고 천천히 화살을 절피에 밀어 넣었다.

활을 들어 거궁하여 매화나무 위에 앉아 울고 있는 새 한 마리를 향해 겨냥하였다. 자신을 쏘아 죽이려는 살의를 전혀 눈치 못 챈 듯 새 한 마리는 여전히 재잘거리면서 울고 있었고 숨막히는 정적이 어전을 감돌고 있었다.

핑. 어느 순간 장보고의 손에서 화살이 날아갔다. 화살은 새가 앉아 있던 지점을 정확히 꿰뚫었다. 동시에 무엇인가 툭 하고 소리를 내면서 떨어졌다. 사람들은 순간적으로 장보고가 쏜 화살이 그 새를 명중시켜 새가 떨어지고 있다고 생각하였다.

그러나 그것이 아니었다. 소리를 내며 떨어진 것은 새가 아니라 새가 앉아 있던 매화나무의 가지였다. 그 순간 놀란 새는 잠시 정신을 잃은 듯 땅 위에 곤두박질치며 떨어졌다가 곧 황급히 날갯짓을 하며 사라져버렸다.

장보고의 화살은 빗나간 셈이었다. 그러나 완전히 빗나갔다고는 말할 수 없음이었다. 왜냐하면 화살을 쏘아 새를 맞춰서 떨어뜨리지는 못하였다지만 어쨌든 순간적으로 새를 떨어뜨리는 데에는 성공했기 때문이었다.

"황공하나이다, 대왕마마."

장보고가 활을 거두면서 말하였다.

"신의 활솜씨가 신통하지 못하여 새를 맞춰 떨어뜨리지 못하였나이다."

이에 흥덕대왕이 큰 소리로 껄껄 웃으면서 말하였다.

"아니다. 경이야말로 신궁이다. 옛 중국에는 감승(甘蠅)이란 활의 성인이 있었느니라. 제자가 궁도(弓道)에 대해 묻자 감승은 이렇게 대답했느니라.

'나는 새를 떨어뜨리기 위해서 굳이 화살을 쏠 필요는 없다. 그대가 진심으로 궁도를 이루었다면 화살을 쏘지 않고서도 나는 새를 떨어뜨려야 한다.'

경이 화살을 쏘아 새를 맞추지는 못하였으나 새를 떨어뜨려 날아가게 한 것은 결국 활궁(活弓)이 아니겠느냐. 새를 떨어뜨리면 되지, 굳이 화살을 쏘아서 새를 죽일 필요는 없지 않겠느냐."

흥덕대왕은 장보고가 새를 명중시키지 못한 것이 아니라 일부러 새가 앉았던 나뭇가지를 부러뜨리면서 새를 죽이지 않고서도 떨어뜨렸음을 꿰뚫어 보았던 것이었다.

흥덕대왕의 말은 정확한 것이었다. 장보고는 일부러 새를 쏘아 명중시키지 않았던 것이었다. 홍덕대왕의 말은 《열자(列子)》에 나오는 유명한 고사였다.

'어찌 하면 화살을 쏘지 않고 새를 떨어뜨릴 수 있겠습니까' 하고 제자가 묻자 감승은 다음과 같은 행동으로 이를 직접 보여주었다고 《열자》는 기록하고 있다.

감승은 화살이 없는 빈 활을 들고 하늘을 나는 새를 겨냥하였다. 감승은 새를 향하여 말하였다.

"내려와라."

그러자 새들이 날갯짓을 멈추고 내려와 앉았다.

다시 감승이 빈 활을 들고 짐승을 향해 말하였다.

"엎드려라."

그러자 짐승들은 엎드려서 숨을 죽였다. 그리고 나서 감승은 말하였다.

"화살을 쏘아 새를 맞추는 것을 궁술이라 하지 않고, 또한 여기에는 화살이 남는다. 그러나 화살을 쏘지 않고서도 새를 떨어뜨리는 것은 궁도라 하고 여기에는 화살조차 남아 있지 않다. 또한 나는 새를 떨어뜨리는데 굳이 화살을 쏘아서 새를 죽일 필요가 어디에 있겠느냐. 만약 화살을 쏘지 않고서도 새를 내려오게 할 수 있다면 새를 죽인 것은 아니니 이는 활궁이라 할 것이다. 훌륭한 활의 도인이라면 마땅히 활과 화살을 함께 잊어야 하는 것이다."

'쏘지 않은 화살(不射的神箭)'

전설적인 신궁, 감승의 '쏘지 않는 화살'이라는 용어는 바로 여기서 태어난 말.

홍덕대왕은 굳이 새를 쏘아 명중시켜 살생하지 않고서도 새를 떨어뜨린 장보고의 속마음을 순간 꿰뚫어 보았던 것이었다.

그날 오후.

홍덕대왕은 장보고가 진상한 물건들을 직접 친견하였다. 그것들은 지금까지 신라에서는 전혀 볼 수 없었던 새롭고 진귀한 물건들이었다. 장보고가 홍덕대왕에게 진상하였던 외래품의 목록은 대충 다음과 같았다.

"타슈켄트 지방 아랄해 동안에서 나오는 에메랄드 보석, 캄보디아산 모직물인 비취모(翡翠毛), 보르네오 자바산 거북의 등껍질인 대모(玳瑁), 자바 수마트라산 유향목재인 자단(紫檀), 베트남 남쪽 나라에서 나오는 향료인 침향(沈香), 페르시아산 좌구용 모직물 등……."

한 번도 본 적이 없던 진귀한 물건들을 본 홍덕대왕은 놀라면서 장보고에게 물어 말하였다.

"이 모든 물건들은 도대체 어디서부터 온 것들인가."

그러자 장보고가 대답하였다.

"대왕마마, 이 물건들은 모두 당나라의 양주(揚州)에서 구한 물건들이나이다."

"그러하면 당나라에서 만든 물건들이란 말이냐."

양주는 당시 당나라의 수도였던 장안, 그리고 오랫동안 전조의 왕조였던 낙양(洛陽)에 이은 제3의 대도시로 회남절도사(淮南節度使)의 본영이 있던 곳이었다. 그러나 그보다도 양주는 페르시아 내지 아라비아 방면 혹은 베트남의 남쪽에 있던 참파(站婆) 등지의 상인들까지 와서 교류하고 있던 오늘날의 국제무역항의 중심기지와 같은 곳으로 소위 남해무역의 북쪽 한계점이었던 것이었다.

"아니나이다, 대왕마마."

장보고는 대답하였다.

"이것들은 모두 당에서 만든 물건들이 아니나이다."

"그러하면 당 이외에 다른 나라들이 이 세상 위에 또 있단 말이냐."

"그렇사옵니다, 대왕마마. 바다를 건너가면 당나라가 있사옵는데, 그것이 전부가 아니나이다. 그곳에서 더 바다를 가면 참파라는 나라도 나오고, 거기에서는 이와 같은 향료가 나오고 있나이다. 그러나 더 바다를 나아가면 대식이란 나라가 있나이다.

대왕마마, 하늘 아래 이 땅 위에는 우리가 알지 못하는 사람들과 수많은 나라들이 이와 같은 진귀한 물건들을 끊임없이 만들어내고 있나이다. 지금도 당나라의 양주에 가면 우리가 알지 못하는 상인들이 끊임없이 배를 타고 건너와서 이러한 물건들을 팔고 또한 당나라의 물건들을 사서 돌아가고 있나이다."

장보고의 말은 청천벽력과 같은 말이었다. 오직 당나라만이 하늘 아래 제일의 상국으로 믿고 있던 신라로서는 바다와 바다를 건너면 우리가 알지 못하는 사람들과 수많은 나라가 있어 이처럼 진귀한 물건들을 끊임없이 만들어내 그것을 배로 싣고 와서 팔고 산다는 장보고의 말은 상상도 할 수 없었던 환상이었기 때문이었다.

그러나 장보고의 말은 그대로 사실이 아닌가. 눈앞에 보여지는 진귀한 물건들이야말로 장보고의 말을 입증하는 살아 있는 증거품이 아닐 것인가.

그뿐인가.

장보고가 흥덕대왕에게 공상한 물건은 그것이 전부가 아니었다.

장보고가 주지(周紙)로 된 화첩 하나를 두 손으로 받쳐 올렸다.

"이것은 무엇인가."

흥덕대왕이 물어 말하였다.

"펼쳐보시면 아실 것이나이다."

장보고는 대답 대신 웃으며 말하였다. 흥덕대왕은 가로로 길게 이어서 둥글게 만 화첩을 펼쳐보았다. 그러자 종이 위에 쓰여진 시문 하나가 드러났다.

흥덕대왕은 그 시문을 읽어보았다.

'좌우명(座右銘)

천리시족하(千里始足下)

고산기미진(高山起微塵)

오도역여차(吾道亦如此)

행지귀일신(行之貴日新)'

그 문장의 뜻은 다음과 같았다.

"천리 길도 발밑에서 시작되고

높은 산도 작은 먼지에서 시작된다.

나의 길도 역시 이와 같다.

이를 실천함에 날로 새로움을 귀하게 여기네."

시문을 읽은 흥덕대왕은 이를 옆에 서 있는 아우 김충공에게 전해주면서 말하였다.

"상대등은 이 시가 누구의 시인 줄 알겠는가."

172

그러자 김충공은 대왕이 건네준 시를 일별하고 나서 대답하였다.

"알고 있나이다."

"누구의 시인가."

"바로 백거이의 시이나이다."

백거이(白居易, 772~846). 중국 중당기 최고의 시인. 자는 낙천 (樂天), 호는 취음선생(醉吟先生)이었다. 이백(李白)이 죽은 지 10 년, 두보(杜甫)가 죽은 지 2년 후에 태어난 그는 같은 시대인 한유 (韓愈)와 더불어 '이두한백(李杜韓白)'으로 불렸던 당대 최고의 시 인이었다.

29세 때 진사에 급제하였고, 32세 때 황제의 친시(親試)를 거쳐 왕실의 계관시인이 되었다. 811년 40세 때 어머니를 여의고, 이듬해 에 어린 딸마저 잃자 인생에 있어 죽음의 문제를 깊이 생각하게 되 었고, 불교에 대해 깊은 관심을 갖게 되었던 시인이었다.

백거이의 평판은 바다를 건너 신라에서도 유명하였다. 이 무렵 백거이는 56세의 나이로 항주자사(抗州刺史)로 머물고 있었는데, 항주의 아름다운 풍광에 자극을 받아 수많은 시들을 창작하였고, 일찍부터 문학적 지기로서 알고 지냈던 원진(元稹)과 더불어 《백씨 장경집(白氏長慶集)》을 간행하여 시인으로서 절정기에 있었다.

바로 이 《백씨장경집》은 전 50권으로 장보고가 홍덕대왕을 배알 하기 4년 전인 824년에 편집되었는데, 이 서문에는 다음과 같은 의 미심장한 구절이 나온다.

…… 신라상인 중에는 본국 재상의 부탁이라고 하면서 백거이의 시

문이 나올 때마다 일편에 백금(白金)을 아끼지 않고 모조리 점매(占買)하여 간 일이 있을 정도였다.

《백씨장경집》에 나오는 신라상인은 그렇다면 장보고를 비롯한 신라선단을 가리키는 말이 아니었을까. 어쨌든 백거이의 《백씨장경집》은 일본에서도 지식인 사회에서 열광적인 숭배대상이었던 것이었다.

백거이의 이름이 일본에 알려진 것은 이보다 20년 뒤인 844년의 일로 이때 입당승 혜악이 소주(蘇州) 남선사(南禪寺)에 있던 문집을 필사해서 돌아온 후부터였던 것이었다.

흥덕대왕을 비롯하여 전 신하들은 이 무렵 백거이의 필명을 익히 전해 들어서 알고 있었던 것이다.특히 백거이가 44세에 쓴 〈초당중제(草堂重題)〉란 시는 신라의 귀족들이 모두 암송하고 있었던 명시 중의 명시였다.

이 무렵 백거이는 사회를 비판하는 시를 짓고 있었는데, 그의 시가 고급관료들의 반감을 사서 구강(九江)의 사마(司馬)로 좌천됐던 것이다.

여기서 그는 인생에 대한 회의에 사로잡혔고, 문학에 대한 치열한 반성 끝에 전혀 새로운 시를 창작하기 시작하였는데 바로 이 시가 백거이의 작품 중에서 백미로 꼽히는 '초당에 앉아서 거듭 쓴다'라는 제목의 〈초당중제〉였던 것이다.

백거이의 시 중에서 백미인 〈초당중제〉의 시문은 다음과 같다.

해가 높고 잠 만족하나 아직 일어나기 싫어 게으름은
작은 집에 겹이불로도 추위가 무섭지 않기 때문
유애사의 종소리는 베개를 세워 듣고 있고
향로봉의 눈경치는 발을 걷어 올리고 본다네
광려산은 이름 피할 곳으로서 괜찮으며
사마는 늙음 보낼 벼슬로서 역시 맞아
마음 편하고 몸 편한 이곳이 곧 갈 곳이지
고향이 유독 장안에만 있을 수 있겠는가.

이중에서도 특히 '향로봉의 눈경치는 발을 걷어 올리고 본다네
(香爐峰雪撥簾看)'란 문구는 절창으로 신라의 귀족들은 이 문구를
모두 암송하고 있었던 것이었다.

그 백거이의 시문을 장보고가 진상하여 올린 것이었다. 그것도
백거이의 '좌우명'을 담은 시문을. 이것은 당시로서는 상상조차 할
수 없었던 엄청난 사건이었던 것이었다.

당시 신라와 당나라는 공무역(公貿易)으로 교역품(交易品) 역시
빈약하기 이를 데가 없었다. 기록에 의하면 신라에서 당으로 수출
된 교역품으로는 금속공예품, 금과 은, 동, 동제품, 직물공예품, 직
물, 각종 약재, 향유, 말, 매, 해수피(海獸皮), 노비. 당에서 신라로
수입된 것으로는 각종 공예품, 비단을 비롯한 견직물, 차, 서적 등
의 물건이 고작이었던 것이었다.

그러니 장보고가 가져온 진품들은 지금까지는 한 번도 볼 수 없
었던 진귀한 물건들이었으며 그보다 더 흥덕대왕을 비롯하여 신라
의 귀족들을 흥분시킨 것은 바로 백기이의 시문이었던 것이었다.

이것은 당시로서는 상상할 수 없었던 문화(文化)의 교류였던 것이었다. 이를테면 바다 건너 또 그 바다 건너의 새로운 나라, 새로운 세계와의 문명교류였을 뿐 아니라 새로운 정신, 새로운 사상에 대한 문화교류였던 것이다.

이처럼 장보고가 펼쳐 보인 마법의 신세계가 흥덕대왕을 비롯하여 중앙권력들에게 준 충격은 가히 상상을 초월한 것이었다.

그뿐이 아니었다.

장보고는 흥덕대왕을 사로잡을 마지막 선물을 꺼내 보였던 것이었다. 그것은 주방(周昉)의 그림이었다.

백거이가 당대 최고의 시인이었다면 주방 역시 당대 최고의 화가였던 것이었다.

주방은 수도인 장안 출신으로 문예, 서화 일반에 모두 뛰어났으나 특히 도석인물화(道釋人物畵)에 능하여 채색유려(彩色柔麗), 의장경단(衣裝勁簞), 보살단엄(菩薩端嚴)이라는 특별한 평가를 받았던 화가였던 것이다.

특히 그가 유명해진 것은 당나라의 제9대 황제였던 덕종(德宗 : 742~805)의 명에 의해서 장경사(章敬寺)에 벽화를 그려서 절찬을 받았고, 직접 황제로부터 '신기의 예술이다' 라는 극찬을 받은 이후부터였던 것이었다.

장보고가 흥덕대왕에게 바친 마지막 선물은 바로 주방이 그린 〈수월관음상(水月觀音像)〉이었던 것이었다.

주방은 특히 〈수월관음상〉을 그리는 데 있어 새로운 화풍을 창조해낸 것으로 유명했는데 바로 그 〈수월관음상〉을 흥덕대왕 앞에서 펼쳐보였던 것이었다.

"아니."

〈수월관음상〉을 본 흥덕대왕은 경탄하여 말하였다. 뛰어난 예술적 심미안을 지녔던 흥덕대왕은 한눈에 이미 그 그림이 주방의 솜씨임을 알아보았던 것이었다.

"이 그림은 주방의 그림이 아닐 것이냐."

"그렇사옵나이다, 대왕마마."

장보고는 큰 소리로 대답하여 말하였다.

"이 그림은 경원(景元)의 그림이나이다."

경원은 주방의 호로 〈수월관음상〉 밑에는 주방의 그림을 나타내는 '경원'이라는 낙관까지 선명하게 찍혀 있지 아니한가.

이에 관한 기록이 또한 오늘날까지 남아 전한다.

북송의 곽약허(郭若虛)가 1076년에 완성한 《도화견문지(圖畵見文誌)》에 의하면 신라상인에 관한 다음과 같은 기록이 나오고 있는 것이다.

당의 정원(貞元 : 785~804) 연간에는 저명한 인물 화가 주방의 작품 수십 점을 초주(楚州)와 양주 지방에서 고가로 사가지고 귀국하는 신라상인들이 있었다고 한다.

저명한 인물 화가 주방의 작품들을 고가로 구입했던 신라상인들 역시 장보고가 이끄는 신라선단임이 분명할 것이다.

특히 흥덕대왕은 독실한 불교신자였었다. 왕비가 죽자 중신들이

상표하여 다시 왕비를 맞을 것을 간하자 "외짝새도 짝을 잃은 슬픔이 있거늘 하물며 좋은 배필을 잃고서야 어찌 차마 무정하게 곧 재취를 할까보냐" 하고 거절하고 평생을 홀로 지낸 것은 독실한 불교신자였기 때문일 것이다.

실제로 몸이 약했던 홍덕대왕은 자신이 병으로 편치 못하게 되자 다음과 같은 행위를 했다고 《삼국사기》는 기록하고 있는 것이다.

5년 4월에 왕이 병환으로 편치 못하매 기도를 하고 이내 1백 50이내 도승(度僧)을 허락하였다.

도승이라 함은 승려가 되는 것을 말하는 것이다. 그뿐인가. 즉위 직후에는 고구려 유민 출신의 승려 구덕(丘德)이 당에 갔다가 불경을 가지고 귀국하자 왕은 모든 절의 승려들을 소집하여 구덕을 출영(出迎)케 할 정도였던 것이다. 그런 홍덕대왕에게 장보고가 진상한 당대 최고의 화가 주방이 그린 〈수월관음상〉은 최상의 선물이었던 것이다.

수월관음. 서른세 형태로 나타나는 관세음보살의 모습 중 달이 비친 바다에 한 잎 연꽃 위에 선 모습을 한 관음으로, 주방이 그린 〈수월관음상〉은 바다에 면한 바위에 앉아 선재동자(善財童子)의 방문을 받고 있는 관세음보살의 모습을 그린 것이었다.

이는 화엄경(華嚴經)의 입법계품(入法界品)에 나오는 내용을 그린 것으로 특히 이 무렵 신라에서는 화엄사상을 강력하게 내세우고 있었던 것이었다.

178

삼국통일을 완성하는 데 호국불교의 정신을 활용하였던 신라의 왕들은 국가권력과 불교적 신성(神聖) 관념은 불교의 공인 아래 왕실의 성골(聖骨) 의식의 정통성을 내세우는 데 서로 긴밀한 관계를 맺으며 일관되게 발전되어 왔던 것이었다.

특히 전제왕권을 정신적으로 뒷받침해줄 수 있는 '화엄사상'은 그 당시 크게 유행하여 흥덕대왕의 형이었던 애장왕(哀莊王) 3년(802)에는 왕실에서 직접, 화엄종 사찰일 뿐 아니라 절 이름만 봐도 정치색 짙은 해인사(海印寺)를 창건하게 되는 것이다.

이러할 때 장보고는 바로 화엄의 '해인' 사상을 나타내 보이는 당대 최고의 화가 주방의 〈수월관음상〉을 대왕마마에게 진상하여 올린 것이었다.

"오호라."

한눈에 주방의 그림임을 알아본 흥덕대왕은 감탄하여 말하였다.

"이것은 사람이 그린 것이 아니로다. 이 그림이야말로 신이 그린 솜씨인 것이다."

주방이 그린 〈수월관음상〉은 그만큼 독특한 것으로 정평이 나 있었다. 바닷가 괴암 위에 반가부좌 자세로 앉아서 무릎을 꿇은 선재동자를 굽어보고 있는 관음의 곁에는 한 쌍의 청죽(靑竹)과 버들가지가 꽂힌 정병(淨甁)이 놓여 있었고, 관음의 주위를 원형의 광배가 둘러싸고 있었는데 그 치밀한 구성과 유려한 필선, 은은하면서도 화려한 색감은 보살단엄(菩薩端嚴)이라는 특별한 평가를 받았던 주방의 솜씨를 여지없이 드러내 보이고 있었던 것이었다.

"경은 정녕 하늘 아래 있는 물건이라면 그 무엇이든 구해낼 수 있는 신기의 손을 갖고 있구나."

홍덕대왕은 장보고가 바쳐 올린 〈수월관음상〉을 보고 또 보면서 감탄해 마지않았다.

홍덕대왕은 장보고가 진상했던 어떤 진귀한 물건보다도 풍문으로만 전해 듣던 백거이의 시무과 주방의 그림에 더 큰 충격을 받았던 것이었다. 장보고 또한 홍덕대왕의 신심을 알고 있었으므로 대왕마마의 마음을 사로잡으려 천금을 주고 주방의 〈수월관음상〉을 구했던 것이었다.

이미 장보고는 당나라와 일본을 잇는 국제무역으로 큰돈을 벌고 있었던 대상인이었으므로 대왕마마의 마음을 사로잡기 위해서는 뭔가 특별한 선물이 필요하다고 생각하였던 것이었다.

그리하여 장보고는 홍덕대왕에 관한 모든 정보를 수집하여 독실한 불교신자에게 가장 잘 어울리는 선물이야말로 당대 최고의 화가 주방의 〈수월관음상〉임을 깨닫고 온갖 수단 방법을 가리지 않고 구해내어 마침내 대왕마마에게 진상하여 바쳐 올린 것이었다.

실제로 오늘날에도 홍덕대왕의 불교에 관한 독실한 신심을 알아볼 수 있는 중요한 자료가 남아 전하고 있다.

최치원(崔致遠)이 찬(撰)한 《진감선사비문(眞鑑禪師碑文)》에 의하면 진감선사 즉 혜조(慧照)가 830년 당나라에서 귀국하자 홍덕대왕은 그를 맞아들여 '과인은 점차 동쪽 계림지경(鷄林之境)을 묘길상(妙吉祥)의 집으로 만들겠다'고 말하였다고 기록하고 있는 것이다.

계림지경은 곧 신라를 가리키는 대명사로 신라를 묘길상, 즉 불국토로 만들겠다는 홍덕대왕의 강력한 의지를 알아볼 수 있는 중요한 기록인 것이다.

이런 흥덕대왕에게 장보고가 바쳐 올린 주방의 〈수월관음상〉이야 말로 '묘길상'의 선물이었던 것이다.

"경이야말로 1천 개의 손을 갖고 있음이로다."

흥덕대왕이 감탄하여 말하자 장보고가 허리를 굽혀 예를 올리며 대답하였다.

"대왕마마, 마마께오서 신을 과찬하여 1천 개의 손을 갖고 있다 말씀하셨사오나 실제로 1천 개의 손을 갖고 있는 것은 신이 아니나이다."

장보고가 아뢰자 이를 지켜보고 있던 신하들이 일제히 술렁거리기 시작하였다.

"그러하면."

웃으며 흥덕대왕이 말하였다.

"경 말고도 하늘 아래 1천 개의 손을 가진 보살이 또 있다는 말이냐."

"대왕마마, 신이 열 개의 손을 가졌다면 1백 개의 손을 가진 자가 따로 있사오며, 신이 1천 개의 손을 가졌다면 1만 개의 손을 가진 자가 또 따로 있사옵니다."

"그가 누구냐."

흥덕대왕이 물어 말하였다. 대왕의 얼굴에는 미소가 사라지고 없었다.

"1만 개의 손을 가진 그것은 사람이 아니나이다."

장보고가 대답하였다.

"사람이 아니라면 신불(神佛)이란 말이냐."

"그렇사옵나이다, 대왕마마."

"1천 개의 손을 가진 신불이라면 천수관음이란 말이냐."

"천수관음이 스물일곱 개의 얼굴을 갖고, 1천 개의 눈과 1천 개의 손을 갖고 있다면, 이는 1백 개가 넘는 얼굴을 갖고, 1만 개의 눈과 1만 개 이상의 손을 갖고 있는 신불이나이다."

"그러한 신불이 도대체 어디 있다는 말이냐."

정색을 한 얼굴로 흥덕대왕이 물어 말하였다. 그러자 장보고가 입을 열어 말하였다.

"그것은 바다(海)이나이다."

대왕마마 앞에서 정론을 펼치는 장보고의 당돌함에 모든 중신들은 몸 둘 바를 몰라하였다.

"바다라니."

다소 의외의 대답이라는 듯 대왕이 이해가 가지 않는 표정으로 다시 물어 말하였다.

"바다가 어째서 1만 개 이상의 손을 갖고 있는 신불이란 말이냐."

그러자 장보고가 대답하여 말하였다.

"감히 신 장보고 대왕마마께 말씀드리겠사옵나이다. 옛날 부처님께서 녹야원(鹿野苑)에서 5백 명의 비구들과 함께 계셨을 때였습니다. 그때 부처님은 바다를 좋아한다는 젊은이를 만나자 이렇게 물으셨습니다.

'바닷속에 무슨 신기한 것이 있기에 너는 그렇게 바다를 좋아하는가.'

이에 젊은이는 대답하였습니다.

'바닷속에는 여덟 가지 처음 보는 법이 있으므로 저는 바다를 좋아합니다. 첫째로 큰 바다는 매우 깊고 넓습니다. 둘째, 바다에는 신비로운 덕이 있는데 네 개의 큰 강이 각각 5백의 작은 강을 합쳐서 바다로 들어가면 그것들은 본래의 이름을 잃어버립니다. 셋째, 바다는 모두 똑같은 한 맛의 일미(一味)입니다. 넷째, 바다는 드나드는 조수가 그 때를 어기지 않습니다. 다섯째, 바닷속에서는 여러 중생들이 살고 있습니다. 여섯째, 바다는 그 어떤 것을 받아들일지라도 비좁아지지 않습니다. 일곱째, 바다에는 진주와 같은 여러 가지 보석들이 있습니다. 여덟째, 바다에는 금모래가 있고 네 가지 보배로 된 수미산이 있습니다.'"

장보고는 흥덕대왕에게 계속하여 아뢰었다.

"말을 마치고 나서 바다를 좋아하는 젊은이는 부처님께 물었습니다.

'여래의 법에는 어떤 것이 있어 비구들이 그 안에서 즐깁니까.'

이에 부처님께서 대답하셨습니다.

'내게도 여덟 가지 처음 보는 법이 있어 비구들이 그 안에서 즐기고 있다. 첫째, 내 법안에는 계율이 갖춰져 있어 방일함이 없다. 그것은 저 바다처럼 매우 깊고 넓다.

둘째, 세상에는 네 가지의 계급이 있지만 내 법안에서 도를 배우게 되면 그들은 네 가지 계급을 떠나 한결같이 사문이라 불린다. 마치 네 개의 강이 바다에 들어오면 한 맛이 되어 그전의 이름이 없어지는 것과 같다. 셋째, 정해진 계율에 따라 차례를 어기지 않는다

넷째, 내 법은 결국 똑같은 한 맛이니 팔정도(八正道)가 바로 그것이다. 다섯째, 내 법은 갖가지 미묘한 법으로 가득 차 있다. 바닷가에 여러 중생들이 사는 것처럼 비구들은 그 법을 보고 그 법안에서 즐긴다.

여섯째, 바다에는 온갖 보배가 있듯이 내 법에도 온갖 보배가 있다. 일곱째, 내 법 안에는 온갖 중생들이 집을 떠나 머리를 깎고 법복을 입고, 도를 닦아 열반에 든다.

그러나 내 법에는 더함도 덜함도 없다. 바다에 여러 강이 들어와도 더하고 덜함이 없는 것과 같다. 여덟째, 큰 바다에는 금모래가 깔려 있듯이 내 법안에는 헤아릴 수 없는 갖가지 삼매(三昧)가 있다. 비구들은 그것을 알고 즐기는 것이다.'"

잠시 말을 끊고 장보고가 흥덕대왕을 우러러보았다. 그런 다음 말을 이었다.

"부처님께서 말씀하신 삼매라 함은 바로 해인삼매(海印三昧)를 가리킴이 아니겠습니까. 바다의 풍랑이 쉬면 삼라만상이 모든 바닷물에 비치는 것과 같이 번뇌가 끊어진 부처님의 정심(定心)이야말로 부처님의 해인정(海印定)이라 말할 수 있는 것이 아니겠나이까.

대왕마마, 부처님은 바다를 좋아하는 젊은이에게 바로 '법의 바다(法海)'에 대해 말씀해주신 것이나이다. 하오나 대왕마마, 마마께오서는 신에게 1천 개의 손을 가지고 있어 하늘 아래 원하는 것이면 무엇이든 가질 수 있다고 말씀하셨으나 실은 그 모든 물건들은 신이 가져온 것이 아니라 바로 바다가 가져온 것들이나이다.

바다는 젊은이가 말했던 것처럼 매우 크고 넓습니다. 그 바다에는 수많은 사람과 수많은 나라들이 살고 있나이다. 그 사람들은 저마다의 말을 쓰고 저마다의 진기한 물건들을 만들고 있나이다. 바닷속에 여러 가지 진귀한 보석과 금모래가 있듯이 바다 건너 저 세상에는 갖가지 진귀한 보석과 금모래가 널려 있나이다.

신은 다만 그것들을 바다를 통해 옮겨온 것에 지나지 않나이다. 따라서 바다로 나아가면 이보다 진귀한 보석들은 무진장 있을 것이며 또한 바다로 나아가면 이보다도 더 아름다운 시와 이보다 더 좋은 그림들 역시 무진장으로 있을 것이나이다."

장보고는 말을 맺었다.

장보고의 말은 초기 경전인 《증일아함(增一阿含)》〈팔난품(八難品)〉에 나오는 유명한 구절로 은근히 장보고를 미천하고 무식한 해도인이라고 깔보고 있었던 여러 중신들에게 충격을 가할 만큼 논리정연한 내용이었던 것이었다.

"경의 말이 사실이다."

잠자코 장보고의 말을 경청하고 있던 흥덕대왕은 이윽고 침묵을 깨뜨리며 말하였다.

"바다야말로 1천 개의 손을 갖고 1천 개의 눈을 가진 천수보살 그 이상인 것이다. 경의 말대로 바닷속에는 진주와 같은 보배와 수미산이 깃들어 있으며 또한 부처님의 말씀처럼 헤아릴 수 없는 해인삼매의 진리 또한 깃들어 있는 것이다. 그러하면 짐이 경에게 묻겠으니 경은 이 바다를 위해 무엇을 할 생각인가."

"대왕마마."

그러자 장보고는 기다렸다는 듯 허리를 굽혀 예를 올리며 말을 이었다.

"마마께오서 신에게 기회를 주신다면 신은 바닷속에 깃들어 있는 각종 보배와 수미산의 진귀한 보물들을 캐내어 가져오겠나이다. 하늘 아래 땅 또한 넓고 크지만 땅은 그 크기에 있어 한정이 되어 있고, 움직이기가 쉽지가 않아 하루 밤낮을 가더라도 10리도 못 간 정도이나이다. 하오나 바다는 땅보다 깊고 넓으며 그 크기가 무한정하여 움직이는 데에도 매우 빨라서 하루 밤낮을 가면 1백 리도 속히 갈 수 있을 정도이나이다. 또한 바다에는 큰 배가 있어 물건 또한 한꺼번에 나를 수가 있어 땅 위에서 물건을 나르는 말과 나귀와는 비교가 되지 않을 정도이나이다."

기회를 주신다면 바닷속에 깃들어 있는 각종 보배와 수미산의 진귀한 보물을 캐내어 가져오겠다는 장보고의 말은 가히 폭탄적인 선언이었다. 흥덕대왕을 비롯하여 전 중신들은 장보고의 말에 숨죽여 귀를 기울였다.

"하오나 대왕마마."

장보고가 허리를 공손히 구부렸다가 펴면서 두 손을 내려 읍을 하면서 말을 이었다.

"천수관음의 바다에도 마귀가 없는 것은 아니나이다."

"그 마귀가 무엇인가."

흥덕대왕이 물었다.

"폭풍우인가, 미친 바람인가."

"아니나이다."

장보고가 다시 대답하였다.

"물론 바다 위에 부는 미친 바람과 성난 파도(疾風怒濤) 역시 마귀임에는 틀림이 없사오나 그보다 더한 마라(魔羅)가 해인삼매의 바다를 더럽히고 있사옵나이다."

"질풍노도보다 더한 마군이 도대체 무엇인가. 바다를 더럽히는 마라가 무엇인가."

정색을 한 얼굴로 흥덕대왕이 물었다. 그러자 장보고가 대답하였다.

"바로 해적(海賊)이나이다."

해적. 배를 타고 다니면서 항해하는 다른 배나 해안지방을 습격하여 약탈하는 도둑을 가리키는 해적. 장보고의 입에서 흘러나온 한마디의 말이 전 군신들의 머리를 끄덕이게 하였다. 장보고의 말은 사실이었던 것이었다. 그 당시 온 조정에서는 해적이야말로 최고의 골칫덩어리였던 것이다.

그 무렵 당나라에서는 노예무역이 성행하고 있었다. 특히 영리하고 일을 잘하는 신라노(新羅奴)의 인기는 대단해서 당나라 곳곳에서 가장 비싼 값으로 매매되고 있었던 것이었다. 따라서 신라와 당나라와의 공무역 교역품 중 신라에서 수출되는 중요한 상품 중에는 노비가 어엿한 품목으로 자리 잡고 있을 정도였던 것이었다.

특히 흥덕대왕의 선왕이었던 헌덕왕 때에는 기근이 심하여 자손을 팔아서 연명하는 사람들이 있었다고 《삼국사기》에는 다음과 같이 기록하고 있다.

13년 봄(821)에 백성들이 기근으로 인하여 자손을 팔아서 자활하는 자들이 있었다.

아마도 이들은 중국의 노예상인들에게 넘겨져 중국에서 신라노로 팔려나갔을 것이다.

그러나 이렇게 신라 양민들을 사서 중국으로 노예를 팔아넘기는 중국의 무역상들의 노예무역은 그나마 다행이었다. 그보다 더 큰 문제는 장보고가 말하였던 것처럼 해적들이었던 것이었다.

이들은 주로 무장한 병력을 거느리고 해상에서 다른 배들을 약탈해서 물건을 빼앗기도 했지만 그 보다 더 큰 이익을 남기는 노예를 약매(掠賣)하는데 혈안이 되어 있었던 것이었다.

주로 신라인들을 납치해서 노예로 팔아넘기는 행위는 중국의 해적선에 의해서 자행되고 있었고, 드물게는 일본의 왜구나 심지어 한반도 서남해 연안지대나 혹은 도서지방에 기반을 둔 신라의 해상세력가들에 의해서도 은밀하게 이루어지고 있었던 것이었다.

마치 오늘날 마약이 큰 이익을 남기는 범죄조직의 중요한 자금줄인 것처럼 당시에는 노예무역이 가장 큰 이익을 남기는 해적들의 자금원이었던 것이었다.

따라서 그 무렵 당나라와 신라와 일본을 잇는 바다에는 노예무역을 주업으로 하는 해적선이 엄청나게 난무하고 있었던 것이었다.

실제로《일본후기(日本後記)》에는 "811년 신라의 양식을 운반하는 운량선인(運糧船人)들이 해적선들에게 약탈당하여 일본에 표착(漂着)하였다"는 기록도 남아 있을 정도였던 것이었다.

신라의 조정에서도 해적들에게 강제로 납치되어 불법으로 당나라의 노예로 팔려 나가는 신라노에 대해서 이 문제를 중대시하고 당나라 조정에 신라인을 노예로 사고파는 행위를 단속시켜줄 것을 정식으로 요청한 적이 있을 정도였던 것이다.

신라가 숙위왕자(宿衛王子) 김장렴(金張廉)을 통해서 이를 정식으로 요청하자 당나라의 조정에서는 816년 신라노예인 생구(生口)를 사고파는 행위에 대해서 금지령을 내린 적이 있었던 것이다.

그러나 이 무렵 지방에 대한 통제력이 약화된 당나라에서 중앙 조정으로부터 내려온 금지령이 제대로 지켜질 리 없었다.

실제로 당나라 조정에서 금지령이 나온 지 5년째 되던 821년에 평로군 절도사(平盧軍節度使) 설평은 상주문(上奏文)에서 다음과 같은 사실을 지적하고 있는 것이다.

해적들이 신라의 양민을 약탈하여 중국으로 갖고 와서는 평로군의 관할지역인 등주(登州) 및 연해제도에서 노비로 팔고 있어 그 폐단이 극심하나이다. 하오니 이런 범법행위를 금단할 수 있도록 황제께서 칙령(勅令)을 내려주시옵소서.

설평의 상주문을 받은 당나라의 황제는 821년 3월 10일자로 신라 노예의 매매를 금지하는 금칙(禁勅)을 발표하였다. 그리하여 2년 뒤 823년 정월 1일에는 중국에 끌려와 있던 신라노를 반환하라는 칙령까지 내렸던 것이었다.

이에 따라 신라사신 김주필(金柱弼)은 즉각 당 황제에게 상표문을 올려 황제의 칙령에 따라 노예에서 해방된 신라인들이 본국으로 귀환할 수 있도록 선편을 제공해줄 것을 청원함과 동시에 중국으로 떠도는 신라인들을 매매하지 않고 본국으로 반환할 수 있도록 조처해줄 것을 청원했다고 《당회요(唐會要)》는 기록하고 있는 것이다.

이것이 불과 5년 전인 823년의 일. 분명히 황제의 칙령에 의해서 신라노예의 매매가 금지되었으나 은밀하고 사사로이 이루어지는 노비의 밀무역은 여전히 기승을 부리고 있었던 것이다.

장보고는 누구보다 이들 노예상인의 폐해에 대해서 속속들이 알고 있었다. 어려서부터 고향 완도에서 수많은 사람들이 해적에 의해서 약탈되어 하룻밤 새 행방불명이 되어버리는 비극적인 현장을 누구보다 많이 봐왔던 것이다.

또한 당나라에 들어가 무령군에 복무하던 시절에도 중국 해적선에 강제로 끌려와 도처에서 매매되는 신라인들의 남녀모습을 실제로 목격하고는 이에 의분을 느끼고 있었던 것이다.

특히 장보고가 진압하여 큰 무공을 세웠던 이정기(李正己) 일가들은 고구려 유민으로 10만 명에 가까운 병력을 보유하면서 거의 소왕국적 존재로 군림하였는데, 장보고가 이들에게 분노를 느껴 이정기의 마지막 후손이었던 이사도(李師道)를 토벌하는 급선봉의 주력부대였던 무령군에 입대했던 것은 비겁하게 자국민을 사고파는 노예상인으로 큰돈을 벌고, 그 돈으로 세력을 떨치던 이정기 일가에 대한 분노 때문인 것이었다.

"대왕마마."

장보고는 말을 이어 내려갔다.

"일찍이 부처님께오서는 사람이면 반드시 지켜야 할 마흔여덟 가지의 계율에 대해서 말씀하셨습니다. 그 중의 열두 번째는 나쁜 마음으로 장사하지 말라고 가르치셨나이다. 가축을 사고팔지 말며,

관(棺)장사 같은 것을 하지 말라고 말씀하셨습니다.

그리고 사람은 절대로 사고팔아서는 아니 된다고 말씀하셨습니다. 가축까지도 사고팔지 말라고 하셨는데, 하물며 사람을 사고팔아서야 되겠습니까. 자기가 해서는 안 되고, 남을 시켜 해서도 안 되며, 자기가 팔거나 남을 시켜 팔아도 큰 죄가 된다는 인신매매야말로 인류를 거스르는 죄 중에 가장 큰 대죄인 것이나이다.

대왕마마, 신은 대왕마마께오서 기회만 주신다면 바닷속에 들어 있는 각종 보배와 수미산의 진귀한 보물을 모두 캐내오겠다고 말씀드렸사옵나이다. 하오나 바다의 해적선들이 창궐하고 노비뿐만 아니라 상선에 실린 물품마저 약탈하는 마군들, 즉 해적선들이 있는 한 해상의 무역은 안전치 못할 것이나이다."

장보고의 말은 구구절절이 옳은 말이었다.

귀 기울여 장보고의 말을 경청하고 있던 흥덕대왕을 비롯하여 전 중신들의 속마음도 똑같은 생각이었던 것이었다. 왜냐하면 신라의 노비매매와 이들을 약탈하는 해적들의 만행은 반드시 해결되어야 할 숙원사업이었기 때문이었다.

"조금 전."

마침내 흥덕대왕이 무거운 침묵을 깨뜨리면서 말을 하였다.

"경은 짐에게 기회를 달라고 말하였다. 그러하면 경은 짐에게 어떤 기회를 달라고 청원하고 있음인가. 도대체 경이 바다를 위해 할 수 있는 일은 무엇인가."

"대왕마마."

장보고는 결정적인 흥덕대왕의 질문이 나오자 기다렸다는 듯 대답하였다.

"만약에 마마께오서 신에게 진영(鎭營)을 설치할 기회를 주시고, 약간의 군사를 주신다면 신은 반드시 바다 위에 창궐하는 해적들을 멸하여 해로를 안전하게 보존하겠나이다."

장보고의 말은 가히 상상조차 할 수 없었던 폭탄적인 선언이었다. 이미 신라의 조정에서는 출몰하는 해적들의 소탕과 안전한 해상교통로의 확보를 목표로 해서 진영을 설치하고 있었던 것이었다.

선덕왕(宣德王) 3년(720)에는 황해도 금천(金川)에 패강진(浿江鎭)을 설치하고 있었고, 장보고가 흥덕대왕을 만난 1년 후에는 오늘날 남양에 당성진(唐城鎭)를 설치하였던 것이다.

이는 모두 신라와 당나라와 공무역을 위해 안전한 해상로를 확보하기 위함이었으나 당나라와 신라 그리고 일본을 잇는 남해바다에 대해서는 속수무책이었던 것이다. 훗날 844년 오늘날의 강화에는 혈구진(穴口鎭)이란 진영을 설치하였던 것도 모두 공무역을 위해 서해의 해상로를 확보해두려는 신라 조정의 비상책이었던 것이다.

이러한 신라조정의 부단한 노력에도 불구하고 해적들은 여전히 기승을 부리고 있었는데 감히 장보고는 자신의 입으로 해적들을 반드시 멸하겠다고 장담하고 있는 것이 아닌가.

"그러하면 경은 어디에 진영을 설치하겠다는 것인가."

흥덕대왕이 강한 호기심을 발하며 물었다. 그러자 장보고가 대답하였다.

"청해(清海)이나이다."

"청해라면."

"완도(莞島)라는 섬이나이다."

"어째서 경은 진영을 서남에 있는 섬 중에 설치하려 함인가."

흥덕대왕의 의문은 당연한 것이었다.

그 무렵까지만 해도 신라와 당을 잇는 중요한 해상로는 주로 당진과 산동반도를 잇는 황해의 지름길이 고작이었던 것이었다. 그러나 장보고가 말한 장소는 전혀 생각지 않았던 서남쪽의 낯선 변방이 아닐 것인가. 그러자 장보고는 대답하였다.

"대왕마마, 청해는 신의 고향으로 그곳의 지리와 물길에 대해서 누구보다 잘 알고 있나이다. 또한 청해는 당나라와 일본을 잇는 해상교통로의 요충지에 자리잡은 천혜의 요새이나이다. 그 누구도 청해를 거치지 않고서는 일본에 갈 수 없으며, 또한 청해를 거치지 않고서는 당나라로 갈 수 없나이다. 그러나 무엇보다 청해에 진영을 설치하려 하는 것은 해적 때문이나이다. 당나라의 해적선들과 일본의 왜구 그리고 해안지방에 출몰하는 해상도적들을 소탕하기 위해서는 반드시 남해의 청해에 진영이 필요하기 때문인 것이나이다."

그로부터 거의 1백 년 후의 일이지만 고려사(高麗史)에 보면 왕건(王建)이 궁예의 막장으로 있을 때 견훤의 부하 능창(能昌)을 압해에서 격파하고 그를 '물에 익숙한 수달이며 해적'이라고 표현하고 있는 것이 보인다. 뿐만 아니라 인근 도서의 견훤 세력하에 있던 해도인들도 모두 해적이나 해상도적으로 기술하고 있는 것이다.

따라서 당시 다도해 연안의 도서 사람들은 자신들을 방어하기 위해서 무장하였고, 이들 해상 무력집단들은 유능한 해도인에 의해서 보다 큰 해적으로까지 성장하기도 했던 것이었다.

장보고의 말은 이러한 중국의 해적들과 군소 해상세력들을 통제하기 위해서는 오직 남해의 호랑이 굴로 들어가야 함을 역설하고 있었던 것이었다.

또한 장보고는 깊은 야망을 갖고 있었던 것이었다. 장보고는 이미 중국산동성 적산포(赤山浦)와 일본 하가다(博多, 오늘날의 후쿠오카)에 무역 근거지를 두고 있었던 대 무역상인이었던 것이었다.

따라서 만약 남해의 요충지인 청해에까지 진영을 설치하여 당나라와 일본을 잇는 해상로 그 중간에 기착지를 확보할 수 있다면 안전한 남해 항로를 확보할 수 있으며, 또한 중국에서 왕도 경주에 이르는 해상관문인 울산, 포항으로 연결되는 신라인들의 해로 또한 자신의 통제하에 둘 수 있다는 일석이조의 이유 때문인 것이었다.

그러나 흥덕대왕 역시 마찬가지였다. 장보고가 청해에 진영을 설치하는 것은 흥덕대왕 역시 마음속으로 바라던 일이었다.

즉 선대에 있었던 김헌창의 난은 주로 변방의 토호세력들을 규합하여 중앙 귀족세력에게 도전해온 대반란이었던 것이었다. 이때 김헌창에게 동조하여 반란을 일으킨 지방세력들이 바로 지금의 전주인 완주(完州) 사람들과 광주인 무진(武珍) 사람들이었던 것이다.

따라서 흥덕대왕은 장보고의 진영을 옛 백제인들의 본거지인 청해에 설치한다면 이들 토호세력들의 불만을 사전에 진압할 수 있는 일거양득의 효과를 거둘 수 있기 때문인 것이다.

바로 이것이 김충공이 꿰뚫어 보았던 흥덕대왕의 '멀리 있는 물로도 가까운 불을 능히 끌 수 있다'는 비책이며, 개혁을 꿈꿔왔던 흥덕대왕이 선택한 비장의 카드였던 것이었다.

어쨌든 장보고가 흥덕대왕에게 간한 내용은《삼국사기》에 다음과 같이 기록되어 있다.

"중국의 어디를 가보나 우리 사람들을 노비로 삼고 있습니다. 따라서 청해에 진영을 설치할 수 있다면 해적들이 사람들을 약취(掠取)하여 서쪽으로 가지 못하게 할 수 있겠나이다."

《삼국사기》에 기록된 장보고의 말로 짐작할 수 있듯이 장보고는 사람들을 강제로 약탈, 인신매매하여 노예로 만드는 행위에 대해서 극도의 증오심을 갖고 있었던 휴머니스트였던 것이다. 그런 의미에서 그는 우리나라 역사상 드물게 해적을 소탕하여 노예해방을 꿈꿔왔던 인본주의자(人本主義者)였던 것이다.

장보고가 왜 이토록 인간을 노예로 삼는 해적에 대해서 뿌리 깊은 증오심을 갖고 있었는가 하는 그 개인적인 이유는 훗날 밝혀질 것이고, 어쨌든《삼국사기》는 그후의 결과에 대해서 다음과 같이 간단하게 기록하고 있는 것이다.

대왕이 장보고에게 군사 1만 명을 주어 청해에 설진(設鎭)하게 하니, 그후로 해상에서는 국인(國人)을 사고파는 자가 없었다.

이 기록을 봐서 알 수 있듯이 흥덕대왕은 흔쾌히 장보고의 제안을 받아들였던 것이다. 장보고의 고향인 청해에 진영을 설치하였을 뿐 아니라 1만 명의 군사까지 주어서 그에게 유례 없는 병권(兵權)까지 주었던 것이다.

이로써 장보고는 대상인으로서의 상권(商權)뿐 아니라 병권까지 장악한 당대 제일의 실력자가 될 수 있었던 것이다.

그러나 실제로 '1만 명의 병졸을 주어 청해를 진수케 하였다' 는 《삼국사기》의 기록에 대해서 많은 의문점이 있다.

그 무렵 신라의 조정에는 장보고에게 1만 명의 군사를 줄 만한 여력이 없었기 때문이었다. 왜냐하면 긴헌창의 난이 일어나 피비린내가 나는 골육상쟁의 내전이 있었던 것이 불과 6년 전의 일이었던 것이다.

그러므로 기록에 나와 있는 것처럼 신라의 조정에서는 장보고에게 1만 명의 병졸은 주지 못하였을 것이며, 그 대신 장보고에게 1만 명에 해당하는 민병(民兵)을 징발할 수 있는 권력을 부여했을 것이 틀림없는 것이다.

어쨌든 아무리 중국에 들어가 군중 소장이 되었다고는 하지만 일개 백제인이자 해도인이었던 장보고에게 이처럼 특권을 부여한 흥덕대왕의 개혁 의지는 실로 놀라운 일이 아닐 수 없는 것이다.

그뿐인가.

흥덕대왕은 그 어디에서도 볼 수 없었던 특별한 지위를 장보고에게 제수(除授)하였던 것이다. 상대등을 비롯하여 많은 군신들로부터 추천을 받아야만 벼슬을 내리는 것이 보통이었으나 장보고만큼은 대왕이 직접 제수하였던 것이었다.

"짐은 경에게 1만 명의 군사를 징발할 수 있는 병권을 부여한다."

마침내 장보고의 제안을 받아들인 흥덕대왕은 장보고에게 진영을 설치할 수 있는 권한과 1만 명의 군사를 징발할 수 있는 특권을 부여하는 내용이 적힌 교지(教旨)를 내리면서 다음과 같이 말하였다.

"따라서 짐은 경에게 다음과 같은 사령(辭令)을 내린다."

임금의 사령은 왕지(王旨)로 불리는 일종의 어명이었다. 흥덕대왕으로부터 교지를 받은 시중 김우징은 이를 펼쳐서 여러 백관들에게 보여 말하였다.

"대왕마마께오서는 장보고를 청해진 대사(淸海鎭大使)에 제수하시었소."

장보고는 무릎을 꿇고 두 손으로 대왕마마가 내린 교지를 받아들었다. 그 순간 전 신하들은 술렁이기 시작하였다. 왜냐하면 흥덕대왕이 장보고에게 내린 대사라는 직책은 한 번도 들은 적이 없었던 금시초문이었기 때문이었다.

흥덕대왕이 해도인 장보고에게 내린 청해진 대사.

이는 그 당시 신라에서는 전혀 찾아볼 수 없었던 특수한 직명이었다. 신라 신분제도의 원칙에 의하면 백성이나 평민은 관직에 나갈 수 없었으므로 백성도 아닌 천민이었던 장보고에게 내린 대사란 직책은 신라 역사상 장보고 한 사람에게만 주어진 매우 독특한 관직명이었던 것이었다.

대사라는 관명은 주로 중국에서 사용된 직함으로 《당회요》에는 절도 대사(節度大使), 관찰 대사(觀察大使), 진수 대사(鎭守大使) 등 대사란 직함이 수없이 보인다. 여기에서 대사는 절도사나 관찰사의 별칭으로 그 지역을 관장하는 장관의 뜻으로 쓰이고 있는 것이다. 따라서 '청해진 대사' 라는 관명은 청해진을 다스리는 장관을 가리키는 것이 분명한 것이다.

원래 대사는 국왕의 명령을 대행하는 자를 가리키며 일본에 있어서도 주로 당에 보내던 '견당사'의 최고 책임자를 대사라고 호칭하고 있었던 것이었다. 이처럼 당나라와 일본에서도 대사라는 직명을 사용한 예를 바탕으로 당과의 관계를 고려해서 '청해진 대사'라는 특수한 관직명을 일부러 장보고에게 내린 것은 어쩌면 흥덕대왕 자신만의 독창적인 아이디어였을 것이다.

그러나 어쨌든 신라의 귀족인 진골만이 진(鎭)의 장관을 할 수 있었던 당시의 귀족사회에서 미천한 장보고에게 대사라는 특수 관직명까지 일부러 만들어 교지를 내린 것은 흥덕대왕의 개혁 의지가 얼마만큼 강력하였던가를 여실히 드러내고 있는 것이다.

그뿐이 아니었다.

흥덕대왕은 장보고에게 신표(信標)까지 내린 것이었다.

"짐은 경을 청해진 대사로 제수한다."

무릎을 꿇고 앉은 장보고에게 흥덕대왕은 검을 하사하였던 것이었다. 환두도(環頭刀)라고 불리는 고리칼이었다. 고리 안에 잎사귀 세개를 장식한 삼엽환두도(三葉環頭刀)였는데, 대왕들이 보통 용이나 봉황을 장식한 용봉환두도(龍鳳環頭刀)를 상징적으로 갖고 다닌다면 환두대도는 귀족들이 갖고 다닐 수 있었던 최고의 장식 칼이었던 것이었다.

특히 대왕마마가 신하에게 환두도를 하사하는 일은 극히 드문 일이었던 것이다. 그것은 장보고에게 청해진 대사로서의 절대 권력을 부여하는 것을 만천하에 고함과 동시에 대왕의 어명을 대리하여 집행한다는 권한의 힘을 실어주기 위함인 것이다.

이에 장보고는 흥덕대왕으로부터 환두대도를 받아들고 이렇게 말하였다.

"신 장보고 반드시 신명을 다하여 대왕마마의 어명을 받들어 이루겠나이다."

이에 관한 역사적 사실은 《삼국사기》에 다음과 같이 간략하게 기록되어 있을 뿐이다.

흥덕대왕 3년 4월.

청해 대사 궁복(弓福), 성은 장씨이니 일찍이 당나라의 서주에 건너가 군중 소장이 되었다가 후에 귀국하여 이때 왕을 진알(進謁)하고 병졸 1만 인으로써 청해를 진수케 하였다.

이로써 장보고는 흥덕대왕으로부터 청해진 대사를 제수받고 궁궐을 나와 인덕문을 나섰다. 그는 문 앞에서 다시 말을 타고 기다리고 있었던 부하들과 함께 주작대로를 거슬러 올라갔다.

이제 그는 대왕마마로부터 제수받은 청해진의 대사였다. 이제는 아무도 그를 해도인이라고 빈정대지 못하였고, 그 누구도 그를 측미하다고 경멸할 수는 없음이었다.

장보고의 허리에는 임금으로부터 하사받은 어검이 지는 노을의 석양빛을 받고 눈부시게 번쩍거리고 있었다.

그러나 인생이란 무상한 것.

흥덕대왕으로부터 절대 권한의 신표로 받은 그 환두대도의 칼이 그로부터 14년 후 자객 염장의 손에 의해서 자신을 죽이는 흉기가 될 줄은 장보고는 꿈에라도 상상이나 하였을 것인가.

그날 밤.

홍덕대왕은 상대등 김충공을 자신의 침전으로 불러들였다. 왕비도 없이 독신으로 지내고 있는 홍덕대왕에게 있어 아우 김충공은 유일한 벗이자 외로움을 달래는 말 상대이기도 한 것이다. 이때는 임금과 신하가 아닌 형과 동생의 혈육지간으로서의 만남이었다.

그날 홍덕대왕의 표정은 어느 때보다 한결 밝아보였다. 술잔을 함께 나누면서 동생 김충공이 먼저 입을 열어 말하였다.

"어떠하십니까, 대왕마마. 먼 곳의 물을 끌어들여 가까운 불을 능히 끄게 되셨으니 기분이 좋으십니까."

"물론 그러하지, 허허허."

홍덕대왕은 껄껄 웃으며 파안대소하였다.

홍덕대왕으로서는 상상도 할 수 없는 결단을 내려 감히 해도인인 장보고에게 1만 명의 군사를 주어 청해진 대사로 제수한 것이었다. 이는 1977년 8월 경주국립박물관에서 발굴 조사한 결과 60여 점이 발견된 홍덕대왕 능비문의 단석에 새겨져 있는 '신모결단', 즉 '신과 같은 지략과 과감한 결단'에서 비롯된 것이었다.

또한 홍덕대왕의 성격을 알아볼 수 있는 중요한 명문 하나가 남아 전하고 있다.

"격식시개(格式是皆)"

이 명문을 보아서도 알 수 있듯이 홍덕대왕은 모든 율령격식(律令格式)의 개혁작업을 추진하였을 뿐 아니라 일상생활에 있어서도 모든 격식과 형식을 초월하였던 다정다감한 인간미를 가지고 있던 것이었다.

바로 이러한 흥덕대왕의 다정한 인간성을 알아볼 수 있는 일화가
《삼국유사》에 남아 전하고 있다.

신라 흥덕왕대에 손순(孫順)이란 사람이 모양리(牟梁里)에 살고 있
었다. 아버지는 학산(鶴山)이라 하였는데, 그의 아버지가 죽으매 처와
더불어 남의 집에 품을 팔아 노모를 봉양하고 있었다. 노모의 이름은
운오(運烏)라 하였다. 그런데 순에게 어린 아이가 있어 매양 노모의
음식을 빼앗아 먹으므로 민망히 여겨 그 처에 이르기를 "아이는 다시
얻을 수 있으나 어머니는 다시 얻기 어렵다. 아이가 어머니의 음식을
빼앗아 먹으니 어머니에게 차마 할 수 없는 일, 차라리 이 아이를 묻어
버리고 어머니의 배를 부르게 하는 것이 좋겠다"하고 아이를 업고 취
산(醉山)의 북쪽으로 가서 땅을 파다가 홀연 기이한 석종(石鐘)을 얻
었다. 부부가 놀라고 이상히 여겨 잠깐 나무 위에 걸고 두드려 보았더
니 그 소리가 은은하고 퍽이나 청원(淸遠)하였다. 처가 "이 석종을 얻
음은 이 아이의 복과 같으니 묻지 맙시다"하였다. 아버지 또한 그렇게
생각하여 아이를 업고 종을 갖고 집으로 돌아와 종을 들보에 달고 두
드리니 그 소리가 대궐까지 들렸다. 흥덕대왕이 그 종소리를 듣고 좌
우에 이르기를 어디선가 이상한 종소리가 나는데 그 소리가 청원하기
짝이 없으니 속히 조사하라고 하였다. 왕의 사자가 그 집에 가서 조사
하고 사실을 자세히 아뢰었다. 이 말을 듣고 흥덕대왕이 말하였다.
　"옛날 곽거(郭巨)가 아들을 파묻을 때 하늘이 금솥을 내렸었다. 지
금 손순의 아들을 파묻으매 땅이 석종을 솟아냈으니, 이 두 효도는 천
지에 같은 귀감이니라."
　흥덕대왕은 손순에게 집 한 채를 주고 메벼 50석을 주어 지극한 효
심을 숭상케 하였다. 순은 옛집을 희사하여 절을 짓고 홍효사(弘孝寺)

라 하고 석종을 안치하였다…….

홍덕대왕이 말하였던 '곽거'는 옛 중국 한(韓)대의 융노인(隆盧
人)으로 아이가 어머니의 음식을 나누어 먹으므로 파묻으려 하다가
황금 솥을 주었다는 고사 속의 인물로 이를 통해 홍덕대왕은 불교
는 물론 유학(儒學)에 이르기까지 풍부한 교양을 가졌을 뿐 아니라
인간관계에 있어서 과감하게 형식을 무시하며 따뜻한 인간미를 가
졌음을 미루어 짐작할 수 있음인 것이다.

"물론 장보고에게 청해진 대사를 제수하였던 것은 멀리 있는 물
로 가까운 불을 끄려는 지략 때문인 것이다. 허지만."

껄껄 웃으면서 홍덕대왕이 말하였다.

"그러나 그뿐만이 아니라 짐이 장보고에게 청해진 대사를 제수한
것에는 국가의 국운(國運)이 걸려 있기도 한 때문이다. 신라가 홍하
느냐 망하느냐, 신라가 성하느냐 쇠하느냐는 바로 여기에 달려 있
는 것이다."

홍덕대왕의 입에서 흘러나온 수수께끼의 말.

신라의 홍망성쇠가 바로 장보고에 달려 있다는 홍덕대왕의 말은
실로 난해한 수수께끼가 아닐 수 없음이었다.

"그대는 이 말의 뜻을 알고 있는가."

느닷없이 홍덕대왕이 묻자 김충공이 빙그레 웃으며 대답하였다.

"본시 동근생(本是 同根生)인데 상전하태급(相煎何太急)하십니
까."

이 말은 '본래 한 뿌리에서 함께 태어났는데, 어찌 서로 괴롭히기

202

를 이와 같이 심하게 하십니까'라는 뜻으로 일찍이 조조의 셋째 아들 조식(曹植)이 그의 형 조비(曹丕)가 괴롭히자 '콩을 삶기 위해서 콩대를 태우나니 콩이 가마솥에서 소리 없이 우노라, 본디 같은 뿌리에서 같이 태어났거늘 어찌 이렇게 심하게 괴롭히십니까'라고 읊었던 유명한 7보시(七步詩)를 빌어왔던 것이었다.

그러니까 김충공의 말은 대왕마마와 자신은 비록 임금과 신하의 관계지만 본래 한 형제이므로 서로 속뜻을 알고 있다라는 의미를 암시하고 있었던 것이었다.

"으하하하, 그러하신가."

갑자기 유쾌하게 흥덕대왕이 웃으며 말하였다.

"그대가 내 속마음을 이미 알고 있음이란 말인가, 좋다."

흥덕대왕은 종이와 붓을 아우에게 내밀며 말하였다.

"우리가 서로 이 종이 위에 그 속마음을 각자 쓰기로 하세. 무엇이 나라의 국운을 흥망성쇠케 할 것인지 그것을 각자 써보기로 하세나. 만약 그 마음이 같다면 우리 두 사람은 그대의 말대로 한 뿌리에서 태어난 동근생일 것이며 아니면 서로를 괴롭히는 콩과 콩대일 것이네."

"좋습니다."

김충공도 선선히 대답하였다.

두 형제는 서로 안 보이도록 돌아앉은 후 각자 종이 위에 쓰기 시작하였다. 유난히 우의가 좋았던 흥덕대왕과 김충공은 어렸을 때부터 무슨 일이 있을 때마다 이런 식의 문답논리를 즐겨 해왔던 것이었다.

먼저 흥덕대왕이 글씨를 쓰고 돌아앉았다. 곧 김충공도 문자를 쓴 후 돌아앉았다. 그리고 두 형제는 서로 웃으면서 마주보았다.

"그러면 우리 두 사람이 쓴 종이를 서로 바꾸기로 하지."

두 사람은 쓴 종이를 서로 바꾸었다. 그리고 먼저 흥덕대왕이 그 종이를 펼쳐보았다. 그 종이 위에는 다음과 같은 글씨가 쓰여 있었다.

"貿易"

그러니까 동생 김충공은 형 흥덕대왕이 말하였던 신라의 흥망성쇠는 바로 '무역'에 달려 있다고 생각하였던 것이었다. 김충공도 종이를 펼쳐보았다. 그 종이 위에도 다음과 같은 글씨가 쓰여 있었다.

"貿易"

과연 그 형의 그 동생이었다. 두 사람은 마치 한 뿌리에서 함께 태어났을 뿐 아니라 그 속마음에 있어서도 일맥상통하고 있었던 것이다.

'무역(貿易)'

흥덕대왕은 신라의 국운이 바로 무역에 있음을 꿰뚫어 보았던 뛰어난 영주(英主)였던 것이다. 바야흐로 밀려오는 페르시아와 같은 서양에서 쏟아져 들어오는 문물, 엄청나게 발전되어가고 있는 당나라의 문명, 그 틈에서 쇠퇴해가고 있는 신라의 국운을 융성케 하는 유일한 길은 '무역'임을 흥덕대왕은 바로 장보고를 통해 깨닫게 된 것이었다.

흥덕대왕이 '무역'에 얼마만큼 큰 비중을 두고 있었는가는 그가 남긴 능비의 단석에 남아 있는 명문이 바로 그 증거인 것이다.

"무역지인간(貿易之人間)"

오늘날 경주국립박물관에 남아 있는 귀중한 자료인 이 단석을 통해 더 이상 국가와 국가의 공무역이 아닌 사무역을 통해 신라의 국운을 다시 부흥시키려는 흥덕대왕의 강력한 의지를 볼 수 있으며, 해신 장보고의 탄생은 바로 이런 흥덕대왕의 의지가 빚어낸 결과임을 미뤄 짐작할 수 있게 하는 것이다.

장보고를 통해 '무역지인간' 의 큰 뜻을 세우려 했던 흥덕대왕은 그러나 자신의 큰 뜻을 펴지 못하고 그로부터 8년 뒤인 836년 죽는다.

이 때의 기록이 《삼국사기》에 간단하게 나와 있다.

12월에 왕이 돌아가니 시(諡)를 흥덕이라 하고, 조정이 왕의 유언에 따라 정목왕후 능에 합장하였다.

오늘날 흥덕대왕의 능은 경주 시에 정목왕후와 합장되어 남아 있다.

2

왕도 경주를 다녀온 장보고는 영일만에서 배를 타고 고향 완도에 금의환향하였다.

장보고로서는 거의 20년 만에 찾아온 고향이었다. 20대 초반에 중국으로 건너갔던 장보고는 그러나 40세의 나이로 이제는 흥덕대왕으로부터 '청해진 대사' 라는 직함을 제수받고 돌아온 것이었다.

10년이면 강산이 변한다고 하였으나 20년이 지났으니 강산이 두 번이나 변할 듯도 싶었지만 여전히 옛 산은 옛 산 그대로였고, 바다는 바다 그대로였다.

장보고는 우선 부하들인 낙금(駱金), 장변(張弁), 장건영(張建榮), 이순행(李順行) 등을 거느리고 완도의 주산에 올랐다. 이들 부하는 장보고가 당나라에서 무령의 군중 소장으로 있을 때부터 거느리고 있었던 효장(驍將)들이었다. 생사고락을 같이하였던 그들은 장보고의 말 한마디에 당장이라도 목숨을 바칠 수 있는 장수들이었다.

완도는 우리나라에서 여섯째로 큰 섬이었고, 완도의 주산은 6백 44미터에 이르는 제법 큰 산이었으나 이 무렵에는 곧 도치봉이라고 불리웠을 뿐 아직 제대로 된 산 이름을 갖고 있지 못하였다.

장보고는 부하들과 더불어 도치봉에 올라 산 아래를 굽어보았다. 굽이굽이 뻗어내린 산 아래로 펼쳐진 바다와 점점이 떠 있는 섬들의 모습이 아득히 보이고 있었다. 한눈에 완도 앞바다의 전경이 그대로 들어오고 있었다.

장보고가 선 자리는 상여바위라고 불리는 암벽, 바로 밑이었다.

암벽 사이로 맑은 석간수까지 흘러내리고 있는 명당 중의 명당이었다.

산 아래로 바다가 펼쳐 보이고 산 뒤로는 깎아지른 암벽들이 자연적인 병풍 노릇을 하고 있어 아늑한 풍광을 연출하고 있었다.

장보고는 자신이 선 자리에 절을 세울 것을 명령하였다.

흥덕대왕으로부터 청해진 대사로 제수받고 고향 완도에 돌아와 장보고가 제일 먼저 했던 것은 주산 도치봉에 올라 절 자리를 잡은 것이었다.

장보고는 그 절 이름을 '관음사(觀音寺)'라 하였다.

이는 장보고의 독특한 불교사상 때문이었다. 그는 이미 중국의 적산촌에 법화원이란 절을 짓고 있었다.

일본의 구법승 엔닌의 일기에 나와 있는 내용처럼 이미 장보고는 당나라에 1년에 5백 섬의 쌀을 소출할 수 있는 큰 규모의 법화원을 건립하고 있었던 것이었다.

또한 기록에 의하면 법화원은 장보고 휘하의 장영과 최훈 등 세 명에 의해서 경영되고 있었고 상주승은 24명, 비구니 2명, 노파 3명 등 29명이 살고 있었던 대가람이었던 것이었다. 실제로 엔닌의 일기에 의하면 839년 11월 16일에 시작하여 다음해 1월 15일에 끝맺은 강회에는 매일 40명 안팎의 시주인들이 참예하고, 마지막 이틀간은 수백 명의 신라인들이 신라풍속과 신라말에 의해서 거행되고 있었다고 기록하고 있는 것이다.

이는 장보고 자신이 독실한 불교신자였을 뿐 아니라 당나라에 거주하고 있는 신라인들의 마음을 하나로 조직하고 묶기 위해서는 불교의 힘을 빌리는 독특한 통치술을 사용했기 때문이었다.

그러므로 장보고가 완도에서 제일 먼저 했던 일은 도치봉 상여바위 밑에 '관음사'란 절을 지을 것을 명령하였으며, 아울러 산 이름을 상황산(象皇山)이라고 명명하였던 것이었다. 장보고에 의해서 이름 지어진 산은 아직도 현지에서 상황산으로 불리고 있다.

상황산.

장보고가 관음사를 지을 것을 명령하였던 산 이름을 상황산이라고 한 것에는 유래가 있다.

장보고는 불교 중에서도 관음사상에 심취해 있던 사람이었다.

관세음보살(觀世音菩薩)에 관해 설법한 부처의 말이 나오는 것은 법화경의 제25품으로 제자인 무진의(無盡意) 보살이 부처께 "세존이시여, 관세음보살께서는 그 무슨 까닭으로 관세음이라 불리시나이까" 하고 묻자 부처가 다음과 같이 대답했다.

"선남자여, 만약 무량백천만억 중생이 있어 온갖 고뇌를 받는다 해도 이 관세음보살이 있음을 듣고 한마음으로 그 이름을 부른다면 관세음보살이 곧 그 음성을 알아들어 다 고뇌에서 풀려나게 하나니라."

그리고 나서 부처는 덧붙인다.

"…… 만약 백천만억 중생이 있어서 금은과 유리, 자서, 마노와 산호, 호박 따위의 보배를 구하러 큰 바다로 들어갔을 때 설사 태풍이 그 배에 불어닥쳐 나찰귀(羅刹鬼)의 나라에 닿게 한대도 그중의 다만 한 명이라도 관세음보살 이름을 부르는 자가 있으면 이 사람들 모두 나찰의 고난에서 벗어나게 되나니, 이러한 까닭으로 관세음이라 일컫느니라."

부처의 이 말에서 배를 타는 사람들의 수호신으로 관세음보살이 자리 잡게 되었는데, 또한 부처가 "만약 삼천세계에 도둑이 가득하다고 하더라도 한 상주(商主)가 있어 여러 상인을 거느리고, 귀한 보물을 지닌 채 험한 길을 지날 때도 관세음보살의 이름을 부르면 마땅히 도둑의 공포에서 벗어나게 되나니라"라고 말을 덧붙임으로써 관세음보살은 또한 상인들을 수호하는 보살로 자리매김하게 되었던 것이었다.

장보고는 신라선단을 거느리는 대 선인이었을 뿐 아니라 또한 대 상인이었으므로 자연 현세불인 관세음보살을 숭상할 수밖에 없었던 것이었다.

따라서 청해진에 제일 먼저 관세음보살을 기리는 '관음사'라는 절을 짓고, 그 절이 안치되는 산을 관음신앙의 본산인 중국의 보타도(普陀島)에 있는 상왕산(象王山)의 이름을 빌려 상황산이라고 명명했던 것은 청해진을 관세음보살의 가호로 현세 속의 이상국과 현실 속의 불정토로 만들려 했던 장보고의 강력한 의지를 엿보게 하는 것이다.

그러고 나서 장보고는 바닷가로 내려갔다.

20여 년 만에 보는 고향의 바다였지만 바다는 여전히 짙푸르고 눈부시게 반짝이고 있었다.

파도는 흰 포말을 뿜으면서 바닷가를 향해 돌진하고 있었고, 그 바닷가에 낯 익은 섬 하나가 보였다. 조금섬이었다.

조음도(助音島)라 불리는 그 작은 섬은 장보고가 어렸을 때부터 즐겨 놀던 곳이었다. 썰물 때는 물이 빠져서 육지처럼 자유롭게 건너갈 수 있지만 밀물 때는 물이 차서 배를 타거나 헤엄을 쳐서 건너지 않으면 안 되는 섬이었다.

그러나 장보고는 배를 타거나 헤엄을 치지 않고서도 이 섬까지 갈 수 있었던 것이다. 그대로 바닷속에 들어가 숨을 쉬지 않고 걸어갈 수 있었기 때문이었다. 실제로 장보고는 바닷속으로 50리는 능히 숨을 쉬지 않고 걸어갈 수 있을 정도로 물재주가 좋았던 것이다.

일찍이 당나라 시인 두목(杜牧)은 그가 쓴 《번천문집(樊川文集)》에서 장보고와 정년(鄭年)에 대해 다음과 같이 기록하고 있다.

"장보고와 정년은 모두 싸움을 잘하는데 특히 말을 타고 창을 다루는 데 그들의 본국에서나 서주에서 당할 자가 없었다. 특히 정년은 물재주가 좋아 숨을 쉬지 않고서도 바다 밑으로 50리를 갈 수 있었다."

두목의 기록대로 장보고 역시 바다 밑으로 50리를 갈 수 있을 만큼 잠수 능력이 뛰어났던 것이었다.

마침 썰물 때였으므로 장보고는 부하들을 거느리고 섬 안으로 걸어 들어갔다. 조음도는 3만 8천 평의 작은 섬이었지만 고금도, 조약도, 신지도, 보길도, 노화도 등 큰 섬으로 감싸여 있어 내해와 같은 느낌을 주는 바다에 위치한 요충지였던 것이었다.

장보고는 섬 안으로 들어가 성큼성큼 언덕을 오르기 시작하였다. 조음도는 울창한 삼림으로 가득 차 있었다. 장보고는 그 한복판에 서서 주위를 둘러보았다.

멀리 그가 다녀온 상황산의 주산이 보였고, 그 산에서 완만한 경사를 이루면서 해안선이 뻗어 내려와 있었다. 그 해안선을 마당으로 해서 1만 명의 군졸들이 함께 살아갈 수 있을 만큼 충분히 넓은 터전을 이루고 있었다.

돌아보면 사방이 바다였다. 왼쪽으로는 신지도가 보였으며, 오른쪽으로는 고금도가 보였다. 신지도의 앞바다로 나아가면 그대로 중국이었으며, 고금도의 앞바다를 따라가면 그대로 일본이었다. 그러므로 그가 서 있는 바로 그 자리는 바다의 꼭지점이었던 것이었다.

그 순간 장보고는 허리에 찼던 검을 뽑아 들었다. 흥덕대왕으로부터 신표로 받은 환두대도였다. 그는 부하들 앞에서 어검을 높이 세워들며 말하였다.

"그대들은 내 말을 새겨들어라. 나는 대왕마마로부터 이곳 청해진 대사로 제수받았노라. 따라서 나 청해진 대사는 대왕마마의 어명을 받들어 이곳에 진영을 세우려 하노라."

허공으로 치켜세워진 환두도는 하늘에 떠 있는 태양의 빛을 반사하면서 번뜩이고 있었다. 부하들은 모두 그 자리에서 무릎을 꿇고 장보고의 말을 새겨들었다.

"이곳 청해진은 년년세세 번영할 것이며, 관세음보살의 가피를 받아 영원무궁토록 창성할 것이노라."

장보고는 하늘높이 세워들었던 환두대도를 땅에 내리꽂았다. 칼은 그대로 땅 위에 내리꽂혔다. 그는 주위를 돌아보며 확신에 찬 목소리로 소리쳐 말하였다.

"나는 바로 이곳을 청해진의 본영으로 삼겠노라."

그러고 나서 장보고는 백마의 목을 베었다. 그 피를 부하장수와 나누어 마신 후 피를 입가에 칠해 삽혈(歃血)하였다. 남은 피는 조음도 사방에 뿌려 천지신명께 제사지냈다.

1984년 9월. 장보고가 대왕으로부터 받은 어검을 내리꽂았던 조음도는 사적 308호로 지정받아 청해진의 본영으로 인정되었다. 이때의 보고서에 따르면 장도의 36퍼센트 가량이 토석성(土石城)으로 둘러싸여져 있으며, 그 길이만 해도 760미터에 이른다고 하였다.

그러나 그처럼 많은 유적에도 불구하고 섬 안에서 수많은 군사들이 살고 있었다는 역사적인 사실은 믿겨지지 않고 있었던 것이었다. 그것은 섬 안에서 우물이 발견되지 않았기 때문이었다.

수많은 군사들이 상주하고 있었다면 반드시 그에 따른 수원(水

源)이 있어야 했던 것이다. 그런데 최근에 이 섬 안에서 우물의 유구(遺構)가 발견되었다. 지금까지 우리나라에서 발견된 우물의 유구 중 최대 규모로 직경이 150센티미터, 깊이 340센티미터 이상인 이 우물이 섬 안에서 발견됨으로써 수많은 인원이 지속적으로 살고 있었음을 보여주는 결정적인 자료가 될 수 있었던 것이다.

또한 말의 목을 베어 천지신명에게 제사를 지낸 바로 그 자리에는 장보고의 넋을 기리는 사당이 세워져 있다.

장보고의 본영이 세워진 그 이후부터 이 섬의 이름은 바뀌졌다. 장보고의 넋을 기려 현지 사람들은 이 섬을 조음도에서 장군섬으로 바꿔 부르고 있다. 현재 이 섬은 장도(將島) 혹은 장군도(將軍島)라고 불린다.

제
4
장

암
투
暗
鬪

1

홍덕대왕 5년.

서력으로는 830년 5월.

늦은 밤. 경주의 남유택(南維宅)으로 달도 없는 어둠을 틈타 남의 눈을 피해 한 사람이 찾아왔다. 남유택이라면 반향사(反香寺)라는 절의 남쪽에 있는 대택으로 경주에 있는 금입택 중의 하나였다.

《삼국유사》에 따르면 신라 전성 때에는 경주에 수많은 금입택이 있었다고 하는데, 금입택은 부유한 큰 집을 이르는 말로 이들은 모두 전통 깊은 신라의 명문귀족들이 살고 있던 저택들이었던 것이다. 삼국통일의 대업을 이룬 김유신의 후예들이 대대로 살고 있는 재매정택(財買井宅)을 비롯하여 35개의 금입택들이 경주성 안에 자리 잡고 있었던 것이다.

남유택도 대대로 명문가의 하나로 당시에는 흥덕대왕의 당제(堂弟)인 김균정(金均貞)과 그의 아들 김우징이 살고 있던 집이었다.

김균정은 왕의 사촌이었고 따라서 그의 아들 김우징은 왕의 종질(從姪), 즉 사촌형제의 아들이었으니 흥덕대왕 재위시에는 제2의 권력 서열을 갖고 있었던 막강한 세도가였던 것이다.

물론 제1의 권력 서열은 흥덕대왕의 친동생인 상대등 김충공과 그의 아들인 김명이었다. 당시 신라의 조정에서는 대부분 상대등의 직책을 맡아오고 있던 사람들이 차기 왕위를 물려받는 것이 상례였으므로 아무도 흥덕대왕의 다음으로 왕의 아우인 김충공이 왕위에 오를 것을 믿어 의심치 않았던 것이었다.

더욱이 흥덕대왕의 선왕들이었던 소성왕, 헌덕왕 등은 한 형제들이었으므로 네 형제 중 막내인 김충공이 다음번 왕위를 물려받는 것은 당연한 일이었던 것이었다.

이 무렵 김균정은 아찬의 직책을 맡아오고 있었고, 그의 아들 김우징은 시중이었다. 시중은 상대등과는 달리 실제 행정관리를 도맡아 하고 있는 실무 책임자였다.

그런데 캄캄한 한밤중에 당대 왕권세력의 제2인자였던 김균정의 금입택으로 남의 눈을 피해 한 사람이 숨어들었던 것이다.

"안녕하셨습니까, 아찬 나으리."

숨어든 그 사내는 김균정의 앞에서 무릎을 꿇고 예를 올리며 문안인사부터 하였다.

김균정의 옆에는 그의 아들 김우징이 정좌하여 앉아 있었다.

"어디서 오는 길인가."

문안인사를 받은 후 김균정이 물어 말하였다. 그러자 사내는 허리를 펴며 말하였다.

"중원(中原)에서 오는 길이나이다."

스무살이 갓 넘은 청년의 힘찬 목소리였다. 생김생김도 훤출하고, 훤한 장부의 모습을 갖고 있었다.《삼국사기》에도 그의 모습을 "태어나기를 영걸(英傑)하다"고 하였으니 사내는 출중한 용모를 갖고 있었던 것이다.

"참 자네는 중원의 대윤(大尹)으로 내려가 있었지."

깜박 잊었다는 듯 김균정이 말하였다.

"그렇습니다, 나으리. 이 모든 것은 나으리의 은덕 때문이나이다. 백골이 난망이나이다."

청년은 다시 허리를 굽혀 예를 올리며 말하였다. 사내의 말은 사실이었다. 원래 사내는 고성의 태수로 있었던 것이었다. 비록 지방 장관인 태수라 하더라도 고성은 강원도 변방의 한촌. 그 변방에서 태수 노릇을 하는 것은 말 그대로 한직이었던 것이었다.

사내의 청원을 받아들여 고성의 태수에서 오늘날 충주인 중원의 대윤으로 영전시켜준 것이 바로 김균정이었으며 그것이 벌써 2년 전의 일이었던 것이었다.

"그래 중원의 형편은 어떠하던가."

김균정은 자신이 힘써 중원의 대윤으로 보내준 것을 은근히 강조하면서 물어 말하였다.

원래 중원성은 고구려 땅으로 국원성(國原城)이라 하였다.《삼국사기》에 의하면 신라가 평정하여 진흥왕 때 소경(小京)을 설치하였고, 경덕왕 때에 이름을 고쳐 중원경으로 하였던 지방의 요새였던 것이다.

"고성에 비하면 교통의 왕래가 빈번하고 인총도 훨씬 많으나이다."

사내는 대답하였다.

"……그런데 무슨 일로 왕경에 출입하였는가."

잠자코 침묵을 지키던 아들 김우징이 물어 말하였다. 형식상으로만 사내를 고성 태수에서 중원경의 대윤으로 임명한 사람이 아버지인 김균정이었지, 실제로 그를 전임시킨 사람은 김우징이었던 것이었다.

김균정은 실제 행정을 도맡아 하고 있는 아들에게 사내의 영전을 은근히 압력을 내려 부탁하였던 것이었다. 따라서 사내에 대해 맹목적인 총애를 보이고 있는 아버지 김균정에 대해서 아들은 어느 정도 못마땅한 감정을 갖고 있었다.

"나으리."

그러자 사내는 여전히 무릎을 꿇고 앉은 자세로 말하였다.

"신이 이처럼 왕경으로 출입하여 시중 나으리를 찾아뵌 것은 또한 소청이 있어서였나이다."

"소청이라니."

김균정이 무릎을 세우며 말하였다.

"그대의 청원이라면 이미 전번에 들어주지 않았느냐. 그런데 또다시 무슨 소청이란 말이냐."

"나으리."

사내는 허리를 굽힌 자세에서 말을 이었다.

"아뢰옵기 황송하오나 신의 부임지를 다른 곳으로 옮겨주셨으면 하나이다."

"무엇이라고."

김균정이 크게 놀라며 말하였다.

"그대가 중원으로 옮긴 지 이제 겨우 2년밖에 되지 않았더냐. 그런데 어찌 다른 곳으로 전임시켜 달라는 것이냐. 더욱이 중원이라면 그대가 맡기에 과분한 곳이 아니더냐."

김균정은 물론 김우징도 잘 알고 있었다. 이 청년이 인물이 빼어날 뿐 아니라 능력 또한 탁월하여 가는 곳마다 현지 주민의 열렬한 환영을 받고 있음을. 실제로 《삼국사기》는 이 사내에 대해 "그는 가는 곳마다 정무(政務)의 명성이 있었다"라고 기록하고 있었던 것이다.

"물론 그러하나이다."

사내는 선선히 말을 받았다.

"신에게 있어 중원이야말로 소임을 맡기에 과분한 곳임을 모르지 않나이다. 하오나 신이 다른 곳으로 전임하려 하는 것은 신에게 큰 덕을 베풀어주신 두 어르신께 조금이나마 은혜를 갚고 싶기 위함이었지 개인의 사사로운 영달 때문은 아니나이다."

사내의 말은 의외로 차분하였다. 한참 침묵이 흐른 뒤 김균정이 입을 열었다.

"좋다. 일단 말이 나온 이상 그대의 말을 들어보기로 하자. 그대가 다음으로 가고 싶은 곳이 도대체 어디란 말이냐."

"무주이나이다."

망설이지 않고 사내는 단숨에 대답하였다. 사내의 입에서 무주란 말이 단숨에 나오자 김균정은 크게 놀라며 말하였다.

"무주라면 무진이란 말이냐."

"그렇사옵니다. 무진이나이다."

그 순간 잠자코 오가는 말을 경청하고 있던 김우징이 소리쳐 말하였다.

"네 이놈. 네가 지금 어느 안전이라고 그런 말을 하고 있느냐. 네 놈이 지금 정녕 제정신이란 말이냐."

김우징의 호통은 사실이었다. 사내의 입에서 감히 그런 말이 나올 수는 없음이었다. 그 당시 오늘의 광주인 무주는 '반역의 땅'으로 불리고 있었던 것이었다. 왜냐하면 6년 전 김헌창의 난이 일어났을 때 그 반란에 가담한 곳이 무진, 청주, 웅주와 같은 지방도시였기 때문이다.

그러므로 아직도 반란의 세력들이 남아 있는 무진의 도독(都督)으로 자신을 전임시켜 달라는 사내의 말은 어불성설이었다. 왜냐하면 사내는 반적 김헌창과 같은 태종 무열왕계의 후손이었기 때문이었다.

김헌창은 태종 무열왕계의 자손으로 그가 6대손이었다면 사내는 9대손이었다. 사내가 반적 김헌창과 같은 태종 무열왕계의 세손이었으면서도 용케 살아남은 것은 전적으로 김균정의 비호 때문이었다.

기록에 의하면 김헌창의 난이 평정된 후 김헌창은 참시(斬屍)되고, 그에 동조한 종족과 당여(黨與) 2백 39명은 사형에 처해졌다. 반란에 가담하지 않은 경우라도 태종 무열왕계의 귀족들은 크게 몰락하였다. 골품제에 있어 신분이 감등되거나 장원(莊園)과 같은 경제적 기반을 몰수당해 중앙 정계로부터 완전히 밀려나버린 것이다.

젊은 사내의 경우도 예외는 아니었다.

《삼국사기》에 이르기를 "그의 집은 대대로 관록(官祿)이 있는 집안으로 장수와 재상을 겸하고 있었다"라고 기록되어 있으나 그의 아버지 김정여(金貞茹)는 파진찬 직책에서 하루아침에 파직당하고, 대대로 소유하고 있던 장원을 몰수당해 버렸던 것이다.

그나마 젊은 사내가 비록 한직이었지만 고성과 충주에서 지방장관을 연임할 수 있었던 것은 오직 김균정의 총애 때문이었던 것이다.

그런데 젊은 사내가 충주에 대윤으로 영전되어 간 지 2년 만에 이번에는 반역의 소굴이었던 무진으로 전임시켜 달라고 소청하고 있는 것이 아닌가. 더구나 무진은 반적 김헌창이 도독으로 있으면서 세력을 키웠던 반향(反鄕)이 아닐 것인가.

김헌창은 자신이 도독으로 있었던 무진과 완산주 지금의 진주인 청주(菁州), 공주인 웅주 등을 주무대로 해서 반란을 일으켰으며 한때는 충청도, 전라도 거의 전 지역과 경상도의 서남부까지 장악하여 신라의 사직을 위태롭게까지 하였던 대반란을 일으킨 것이다.

따라서 태종 무열왕의 9대손인 젊은 사내가 자신을 무진의 도독으로 전임시켜 달라고 소청하는 것은 김우징의 호통대로 '제정신이라면 감히 말을 할 수 없는 어불성설'이었던 것이다.

"네놈이 지금 이곳에 온전히 살아 앉아 있는 것만 하여도 어르신의 은덕 때문인데 감히 어느 안전이라고 그런 말을 할 수 있단 말이냐"

김우징은 집안이 떠나도록 호통을 치며 말하였다. 김우징의 분노
역시 당연한 일이었다. 기록에 의하면 김헌창의 반란이 일어났을
때 아버지 김균정과 김우징은 주력부대인 삼군을 맡아 직접 원장
(員將)으로 나서서 치열한 전투를 벌였던 것이다.

이때 아버지 김균정은 반적이 쏘는 유시(流矢)를 어깨에 맞아 아
직도 왼쪽 손을 제대로 쓰지 못하는 부상까지 입고 있었던 것이다.

"시중 나으리."

김우징의 호통을 꿇어앉은 자세에서 묵묵히 받아들이던 사내는
어느 정도 흥분이 가라앉자 비로소 입을 열어 말하였다.

"신이 무진의 도독으로 전임하려 하는 것은 사사로운 영달 때문
이 아니라고 이미 말씀드렸나이다. 이는 큰 덕을 베풀어주신 두 어
르신께 조금이나마 은혜를 갖기 위해서이나이다."

그러자 아버지 김균정이 아들 김우징의 의분을 가라앉히면서 부
드럽게 말하였다.

"일단 위흔(魏昕)의 입에서 그러한 말이 나왔으니 경위는 들어보
기로 하자꾸나."

위흔은 젊은 사내의 자(字)로 사내의 이름은 김양이라 하였다. 그
는 2년 전 흥덕대왕을 진알하기 위해서 말을 타고 궁전으로 입궐하
는 장보고를 군중 사이에 끼어 보면서 "봐라, 저자는 백제인이 아닌
가. 그럼에도 불구하고 저처럼 위풍당당하게 말을 타고 대왕마마를
배알하기 위해서 입성할 수 있단 말인가" 하고 비분강개하였던 바
로 그 사내였던 것이다.

"나으리."

기다렸다는 듯 김양은 입을 열어 말하였다.

"신이 무진의 도독으로 가고 싶은 것은 바로 그곳이 반역의 땅이기 때문이나이다. 그 반역의 땅에 또다시 새로운 역모의 기운이 솟아오르고 있음을 감지하였기 때문이나이다."

"역모라니."

김균정이 크게 놀라며 물었다.

"도대체 무슨 소리냐."

"나으리, 무진에서 가까운 청해 땅에 2년 전 백제인 한 사람이 대사로 제수되어 내려가지 않았나이까."

청해에 대사로 제수되어 내려간 백제인, 그의 이름은 바로 장보고였다.

"청해진 대사로 내려간 자는 바로 장보고가 아니더냐."

김균정이 물어 말하였다.

"그렇사옵나이다, 나으리. 그자의 이름은 바로 장보고이나이다."

"그러하면 장보고가 역모라도 모의하고 있다는 말이냐."

"아니나이다."

"그런데 또다시 무진의 땅에서 새로운 역모의 기운이 뻗어 솟아오르고 있다는 그대의 말은 도대체 무슨 망언이란 말이냐."

"나으리."

꿇어앉은 자세에서 김양이 천천히 말을 이었다.

"원래 청해는 무주의 관할이나이다. 예부터 무주는 백제의 땅인데 선왕이었던 신문왕(神文王)께오서 무진주를 삼고, 경덕왕(景德王)에 와서 무주로 고치셨나이다. 현웅현(玄雄縣)과 용산현(龍山

縣) 그리고 기양현(祁陽縣)의 세 현영이 무주에 복속되어 있고, 또한 청해를 비롯하여 가까운 바다에 수많은 도서들이 모두 무주의 속령이었나이다. 그러나 대왕마마께오서 청해에 진영을 짓도록 윤허하신 뒤부터 청해진은 그 어디에도 복속되지 않은 특별한 구역이 되고 말았나이다."

"단지 그것뿐이란 말이냐."

김균정이 실망한 목소리로 물어 말하였다.

"아니나이다."

단호하게 김양이 대답하였다.

"나으리, 그뿐이 아니라 청해진에는 1만 명의 군정이 있나이다. 대왕마마께오서 장보고에게 1만 명의 군사를 허락하신 후 청해를 비롯하여 무주의 거의 모든 장정들은 자진하여 군정으로 징발하여 편입되고 있나이다. 하오나 말이 군정이지 실은 정병이나 다름없나이다. 장보고는 이미 당나라에서 각종 전투에 참가하여 군중 소장에 오른 백전노장일 뿐 아니라 그의 부하들도 효장들이니 1만 명의 군정들은 이미 정예군임에 틀림이 없을 것이나이다. 또한 창궐하던 해적의 무리들은 완전히 소탕되었다는 소문 역시 전해 듣지 못하셨나이까."

김양의 말은 정확하였다. 《삼국사기》에도 "대왕이 장보고에게 군사 1만 인을 주어 청해에 진영을 설하니 그후로 해상에 국인을 사고 파는 자가 없었다"라는 기사가 나오고 있을 정도였던 것이다.

"예부터 해적은 군중에서 가장 골치 아픈 문젯거리였나이다. 그런데 장보고는 불과 2년 만에 완전히 해적을 소탕하여 다시는 국인

들이 노비로 팔려나가는 일이 없게 하였나이다. 그뿐이나이까. 장
보고는 각종 무역으로 막강한 재화를 들여오고 있나이다. 때문에
장보고의 진영에 복속하고 있는 평민들은 태평성대를 누리고 있다
는 소문이 나돌고 있을 정도이나이다."

"그대의 말은 장보고가 무슨 역모라도 꾸미고 있다는 말이냐."

듣고 있던 김우징이 참다 못해 말을 잘랐다.

"시중 나으리."

김양의 눈이 반짝이고 있었다.

"나으리는 듣지 못하셨나이까. 지난 늦봄에 대왕마마께오서 1백
50명의 도승을 허락하셨다는 밀지를 듣지 못하셨나이까."

임금의 밀지를 모르고 있을 김우징이 아니었다. 바로 임금의 밀
지를 받아 이를 시행했던 김우징이 아니었던가.

"네놈이 충주에서 그 밀지를 어찌 알고 있느냐."

"나으리, 옛말에 발 없는 말이 천리를 간다고 하지 않았나이까.
예부터 대왕께서 밀지를 내려 승려가 되는 것을 허락하신 것은 부
처님의 가피로 병환을 치유하려는 뜻이나이다. 나으리, 대왕마마께
오서는 지금 병중이 아니시나이까."

김양의 반짝이는 두 눈빛이 김우징의 눈을 마주보고 있었다. 김우
징은 이 청년의 예리한 질문에 모골이 송연함을 느꼈다. 실제로 대
왕마마는 깊은 병중에 있었던 것이다. 이때의 기록이 《삼국사기》에
나와 있다.

"흥덕대왕 5년 4월. 왕이 병환으로 편치 못하매 기도를 하고, 이
내 1백 50명의 도승을 허락하였다"

그러나 자고로 임금의 병환은 천기(天機)로서 누설해서는 안 될 천하의 비밀이었던 것이다.

그 천기를 김양은 꿰뚫어 보고 있었던 것이다.

"나으리, 이제 대왕마마께오서는 무려 1백 50인의 도승을 허락하실 정도로 깊은 병중에 계시나이다. 뿐만 아니라 대왕마마께오서는 연로까지 하시나이다."

김양의 말은 사실이었다.

흥덕대왕 능비 단석에 '수육십시일야(壽六十是日也)'라는 문장이 있는 것으로 보아 흥덕대왕은 60세의 나이에 죽었으며, 따라서 그는 50세라는 비교적 늦은 나이에 왕위에 올랐던 것이었다. 그러니까 김양의 말대로 그 무렵 대왕은 연로하여 55세의 나이였던 것이다.

"더욱이 대왕마마께오서는 황후마마께오서 돌아가신 후 홀로 사셨나이다. 심지어 시녀까지도 가까이하지 못하게 하셨나이다."

김양은 거침없이 말을 이었다.

"따라서 대왕마마께오서 대를 이을 후사가 없으심은 온 조정이 다 알고 있는 사실이나이다. 그렇나이다, 나으리. 대왕마마께오서는 연로하시고, 병중에 계시옵고, 게다가 후사가 없으셔서 언제라도 갑자기 붕이라도 하시게 되면 온 나라가 또다시 혼란에 빠지게 될 것은 분명한 사실이나이다."

그 순간이었다. 갑자기 자리를 박차고 일어나면서 김우징이 소리쳐 말하였다.

"네 이놈. 네놈의 모가지를 당장에라도 베어버릴 것이다."

김우징은 한 곁에 놔두었던 칼을 집어 들었다. 만일의 사태를 예비해서 칼 한 자루는 비상용으로 준비해두고 있던 김우징이었다. 김우징은 칼을 빼어 김양의 얼굴에 정면으로 들이대었다.

"네놈의 몸속에 요사스런 피가 흐르고 있음을 내 일찍부터 알고 있었다. 이제 보니 바로 네놈이 반적이로구나. 내 너를 참하고 말 것이다."

김우징이 분개하여 몸을 떨며 소리쳤지만 김양은 낯빛 하나 변하지 않고 단정하게 앉아 있을 뿐이었다.

"나으리."

김양은 날카로운 칼이 자신의 정수리를 겨누고 있었으나 전혀 동요하는 기색 없이 태연하게 말을 이었다.

"나으리께서 신의 목을 베시든, 신의 혓바닥을 자르시든, 나으리를 향한 신의 단심은 변함이 없나이다. 나으리, 천기라 할지라도 샐 곳은 있으며, 천지조화라 하더라도 무너질 수도 있는 것이나이다. 나으리, 어느 날 갑자기 대왕마마께오서 붕어하신다면 그때는 어찌하시겠습니까. 만일에 사태를 미리 대비해두는 것이 현명한 일이 아니겠나이까. 신의 목을 벤다고 하더라도, 신의 혓바닥을 잘라낸다 하더라도 천지는 반드시 개벽될 것이나이다."

"칼을 치우라."

묵묵히 침묵을 지키고 있던 김균정이 짧게 말했다. 그러자 김우징이 칼을 거뒀다.

"더 이상 내 앞에서 칼을 빼어들지 마라. 더 이상 칼에 피를 묻히지 않을 것을 맹세한 애비가 아니더냐."

김균정은 직접 반란의 토벌에 나서서 수많은 사람을 죽인 어두운 과거를 갖고 있었을 뿐 아니라 날아온 화살에 어깨를 다쳐 왼손을 자유롭게 사용치 못하는 부상을 입고 있었던 것이었다.

"…… 계속해보아라, 위흔아."

김균정은 다정한 소리로 김양을 쳐다보며 말하였다.

"대왕마마께오서 깊은 병중에 계신 것도 사실이고, 연로하신 것도 사실이다. 하지만 김충공 상대등께오서 남아 계시지 않겠느냐."

김균정의 말은 의미심장하였다. 흥덕대왕이 깊은 병중에 있고, 연로한 것도 사실이어서 언제라도 돌아가실 수 있는 위급한 상황이지만 그 대신 후사로서 대왕의 친동생인 김충공이 남아 있지 않느냐는 질문이었던 것이다. 이에 김양은 서슴지 않고 대답하였다.

"나으리."

김양은 김균정의 눈을 똑바로 마주보면서 말을 뱉었다.

"상대등 나으리께오서도 이미 연로하셨나이다."

김양의 말 역시 사실이다. 그 무렵 흥덕대왕이 55세 나이라면 그의 동생 김충공 역시 50세가 넘는 고령이었던 것이다.

"하오나 나으리는 충분히 젊으시나이다."

김양은 은근히 말하였다. 그 말은 은연중에 제1의 권력 서열인 상대등 김충공보다 제2의 권력 서열인 김균정에게 더 많은 기회가 있음을 암시하는 언중유골이었던 것이다.

대왕마마 유고 시 왕위를 계승받을 상대등 김충공은 연로하고, 제2의 권력 서열인 김균정은 '충분히 젊다'는 김양의 말은 왕위에 오를 기회는 오히려 김균정이 더 많이 있다는 의미심장한 말이었다.

그러나 그런 말은 감히 해서는 안 될 말이었다. 생각하기에 따라서 이 말은 역적모의와 같은 불충한 말이었던 것이다.

"네 이놈."

아버지의 명령으로 잠시 칼을 거뒀던 김우징이 마침내 더 이상 참을 수 없다는 듯 자리를 박차고 일어났다. 김우징은 칼을 들어 당장이라도 벨듯 허공에 치켜 올렸다.

"네놈의 피 속에 김헌창의 피가 흐르고 있음을 일찍부터 알고 있었느니라. 네놈의 요사스런 혓바닥을 잘라버릴 것이다."

그러나 여전히 김양은 자연자약하였다. 김양은 빙그레 웃으며 말을 이었다.

"나으리, 나으리께오서는 제 목을 베올 수 있을지는 모르지만 제 혀는 잘라버리지 못할 것이나이다. 나으리, 나으리께오서는 선대의 참사를 잊으셨나이까. 대내(大內)에서 있었던 골육의 상쟁을 잊으셨나이까."

골육이라 함은 '골육지친(骨肉之親)'을 뜻하는 말로 부모와 자식,또는 형제자매들의 가까운 혈육을 가리키고 있는 것이다. 따라서 골육상쟁은 이처럼 가까운 혈족의 혈연관계에 있는 사람들끼리 서로 해치며 싸우는 일을 가리키고 있음인 것이다.

김양이 말하였던 골육상쟁.

그것은 흥덕대왕의 선왕이었던 헌덕왕이 일으켰던 궁정 쿠데타를 이르는 말이다.

헌덕왕은 자신의 형 소성왕이 죽고 왕위가 소성왕의 태자인 청명(淸明)에게 돌아가자 스스로 섭정(攝政)을 자처하고 나섰다. 왜냐하면 이때 왕의 나이가 13세의 어린 나이였기 때문이었다.

왕은 10년 동안 재위하면서 주로 소원했던 일본과의 우호를 회복하는 등 뛰어난 외교를 펼쳤으나 섭정을 하고 있던 작은아버지 헌덕왕, 즉 김언승(金彦昇)에 의해서 시해당하고 비참한 생애를 마감하였던 것이다. 이때의 기록이 《삼국사기》에 다음과 같이 나와 있다.

애장왕 10년 7월.

왕의 숙부 언승이 그의 아우 아찬 제옹(悌邕)과 더불어 군사를 끌고 궁궐로 들어와 난을 일으켰다. 왕을 시해하고 왕제 체명(體明)도 왕을 시위하다가 해를 입었다. 왕을 추시(追諡)하여 애장이라 하였다.

신라 역사상 궁중에서 일어났던 최초의 골육상쟁. 사후 임금의 이름에 '슬플 애(哀)' 자가 들어간 최초의 임금이었던 애장왕을 죽이고 왕위에 오른 사람은 바로 그의 숙부였던 김언승, 즉 대왕마마의 선왕이었던 헌덕왕이었던 것이다.

"나으리."

김양은, 무서운 기세로 김우징이 칼을 빼들고 있었으나 담담한 표정으로 말을 이었다.

"만일을 예비해두지 않으면 언제 또다시 대내에서 그와 같은 골육상잔이 벌어질지 모르나이다. 대왕마마께오서는 연로하시고 병환에 드셨나이다. 게다가 후사까지 없으시나이다. 상대등 나으리께오서도 또한 연로하시나이다."

"칼을 치워라."

묵묵히 김양의 말을 듣고 있던 김균정이 단호하게 명령하였다.

"내 앞에서 다시는 칼을 빼어들지 말라고 내가 분명히 말하지 않았더냐."

"하오나 아버님."

마지못해 칼을 내리며 김우징이 말하였다.

"이놈의 목을 베어두어야 반드시 후환이 두렵지 않을 것이나이다."

"칼을 치워라. 더 이상 칼에 피를 묻히지 않을 것을 천지신명께 맹세하였다고 내가 누누이 말하지 않았더냐."

김균정은 평생을 전장에서 보낸 사람이었다.《삼국사기》에도 김헌창의 반란을 평정한 그의 활약에 대해 다음과 같이 기록하고 있다.

김균정은 성산(星山)에서 적과 싸우며 이를 멸하고, 제군과 함께 웅진(熊津)에 이르러 적과 대적하여 참획(斬獲)함이 이루 헤아릴 수 없었다.

《삼국사기》에 나와 있는 표현대로 이루 헤아릴 수 없을 만큼 적을 베고, 죽인 김균정이었으므로 그는 무엇보다 전란과 골육상쟁의 비극에 대해서 뼈저리게 느끼고 있었던 것이었다. 실제로 그는 비극적으로 죽은 애장왕에게 각별하게 총애까지 받았던 사람이었다. 애장왕은 특히 김균정을 사랑하여 김균정을 가왕자(假王子)로까지 삼았던 것이었다.

애장왕은 김균정을 유난히 사랑하였다는 기록이《삼국사기》에 다음과 같이 나와 있다.

애장왕 3년 12월.

　김균정에게 대아찬의 위(位)를 주고, 가왕자를 삼아 일본에 볼모로 보내려 하매 김균정이 이를 사양하였다.

　이처럼 누구보다 애장왕의 총애를 받았던 김균정이었으므로 그는 숙부가 왕위에 오르기 위해서 10년 동안이나 자신을 믿고 따르던 어린 조카를 죽이는 현장을 직접 목격하고 그 처참한 비극에 깊은 상처를 입었던 것이다.

　"위흔아."

　아들 김우징이 칼을 내리자 김균정이 다시 물어 말하였다.

　"그러하면 내가 너에게 세 가지를 묻겠다. 그 세 가지에 모두 충실하게 대답하겠느냐."

　"물론이나이다."

　김양은 즉시 대답하였다.

　"그럼 첫 번째 질문을 하겠다. 비록 대왕마마께오서는 후사가 없으시다고는 하지만 상대등 김충공께오서는 매우 번성하시지 않느냐."

　김균정의 말은 사실이었다.

　후사가 없는 흥덕대왕과는 달리 상대등 김충공의 가족은 번성하였다. 여러 딸들이 근친 왕족들과 혼인하여 그의 딸 중 하나는 태자비(太子妃)가 되었으며, 실제로 현재 김균정의 아내 역시 김충공의 딸이었던 것이었다.

　수년 전 김균정은 아내를 잃고 상처를 하였다. 바로 김우징을 낳은 아내가 병환으로 죽어버린 것이었다. 할 수 없이 김균정은 후처를 맞았는데, 그 여인이 바로 김충공의 딸인 '흔명(昕明)' 부인이었던 것이다.

"하오나 나으리."

김양은 똑바로 김균정을 쳐다보며 대답하였다.

"상대등 나으리께오서는 가족이 번성하다고는 하지만 모두 딸들뿐이옵고, 아들은 단 한 분뿐이지 않으시나이까. 슬하에 아들을 두신 어르신이 어찌 상대등뿐이시나이까. 아찬 나으리께오서도 바로 저기에 아들을 두고 계시지 않으시나이까."

김양은 정좌하여 앉은 김우징을 가리키며 말하였다.

"나으리. 이 세상에 아들이라고 해서 모두 다 같은 아들이 아니잖습니까. 나으리의 아드님이오신 시중어른이야말로 낭중지추가 아니시나이까."

낭중지추(囊中之錐).

이는 주머니 속의 송곳이란 뜻으로 재능이 뛰어난 사람은 아무리 숨어 있다고 하여도 곧 남의 눈에 드러난다는 것을 뜻하는 말인 것이다.

"비록 지금은 시중어른께오서 주머니 속에 들어 있지 않으시지만 언젠가 주머니 속에 들어가시면 송곳끝뿐 아니라 그 자루(柄)까지도 드러내 보이실 것이나이다."

"좋다. 그럼 너에게 두 번째 질문을 하겠다. 너는 조금 전에 청해진 대사 장보고가 새로운 모반을 일으킬지도 모른다고 하였는데 그것은 무슨 뜻인가."

김균정의 질문에 다시 김양은 서슴지 않고 대답하였다.

"나으리, 비록 장보고가 머나먼 변방 청해에 있다 하더라도 이미 해적을 완전히 소탕할 수 있을 만큼 1만 명의 군병을 거느리고 있습니다. 막강한 재화까지 겸하고 있어 그 위세에 있어 가히 천하무적이라고 할 수 있사옵니다. 그러므로 옛말에 이르기를 원교근공이라 하지 않았나이까."

원교근공(遠交近攻).

이는 먼 나라와는 친교를 맺고 가까운 나라는 공격을 하는 정책으로 일찍이 위나라의 객경(客卿), 범수가 진의 소양왕(昭襄王)에게 한 말이었다.

즉 소양왕이 사유지를 얻기 위해 먼 곳의 제나라를 공격하려 하였을 때 "먼 나라와는 친교를 맺고, 가까운 나라는 공격해야만 한 치의 땅이라도 얻으면 전하의 촌토(寸土)가 되고, 한 자의 땅이라고 얻으면 전하의 척지(尺地)가 되는 것이 아니겠습니까" 하고 설득했던 말에서 유래된 고사성어였던 것이다.

"마찬가지로 먼 곳의 장보고와는 친교를 맺어두어서 언젠가는 가까운 곳을 공격할 때 그의 힘을 빌려 한 치의 땅이라도 얻으면 그것은 나으리의 촌토가 될 것이며, 한 자의 땅을 얻어도 그것은 나으리의 척지가 될 것이나이다."

"그대가 장보고를 도대체 어떻게 알고 있는가."

"나으리."

김양이 빙그레 웃으며 말을 받았다.

"2년 전 봄에 우연히 왕경에 들렀다가 대왕마마를 배알하기 위해 왕궁으로 입조하고 있는 장보고의 모습을 보았나이다."

"보니 어떠하였는가."

김균정이 묻자 김양이 단숨에 대답하였다.

"한눈에 국사무쌍이었나이다."

국사무쌍(國士無雙).

평생을 통해 숙적이었던 김양이 장보고를 평한 국사무쌍이란 말은 나라 안에 둘도 없는 무사, 즉 천하제일의 인재라는 뜻이었다. 이는 진(晉)이 멸망하고 항우와 유방의 두 영웅이 천하의 자웅을 겨루던 때 천하의 명장 한신(韓信)을 두고 정승 소하(蕭何)가 평했던 말에서 비롯되었다.

처음에 한신은 항우를 섬겼으나 항우에게 크게 실망한 후에 유방의 군대에 몸을 의탁했던 것이다.

그 무렵 유방의 진영에서는 고향을 그리다 병사들이 도망치는 일이 빈번함에 따라 사기가 말이 아니었는데, 소하가 여러 번 천거하였음에도 불구하고 겨우 군량을 관리하는 치속도위(治粟都尉) 정도에 머물러 있던 한신 역시 유방에게 싫증이 나서 도망쳐버리고 말았다.

소하는 한신이 도망갔다는 보고를 받자 황급히 말에 올라 그 뒤를 쫓았다. 큰 싸움을 두고 한신을 놓칠 수 없다는 생각에서였다. 그러나 그 갑작스런 광경을 본 한 장수가 소하도 도망가는 줄 알고 유방에게 고했다. 믿었던 소하마저 도망을 쳤다는 보고를 들은 유방은 크게 노여워했다. 그런데 이틀 후 소하가 돌아오자 유방은 노한 얼굴로 고함쳤다.

"감히 내게서 도망을 치다니."

소하는 차분한 음성으로 대답했다.

"도망친 것이 아닙니다. 도망친 한신을 쫓아가서 다시 데리고 온 것뿐입니다."

여러 부장들이 도망쳐도 가만히 있던 소하가 이름도 없는 한신을 쫓아가 잡아오다니 유방이 믿지 않자 소하는 이렇게 설명하였다.

"이제까지 도망친 여러 장수들은 얼마든지 얻을 수 있습니다만, 한신은 실로 '국사무쌍'이라 할 만한 인물로 좀처럼 얻을 수 없는 사람입니다. 만약 전하께오서 이 파촉(巴蜀)의 땅만으로 만족하시겠다면 한신 같은 인물은 필요 없습니다. 하지만 동방으로 진출해서 천하를 얻고 싶으시다면 한신을 제쳐놓고는 군략을 도모할 인물이 없습니다."

한왕(韓王)보다는 천하를 제패하고 싶었던 유방은 소하의 말에 따라 한신을 대장군에 임명하였다. 이것이 기원전 206년의 일로서 그 뒤부터 한신은 과연 기대대로 화려한 전공을 세웠으며, 드디어 유방은 천하를 제패할 수 있었던 것이었다.

김양은 장보고를 한신과 같은 '국사무쌍'의 인물이라고 평한 후 이렇게 덧붙여 설명했다.

"나으리, 나으리께오서 지금 현재 이대로의 권세만으로 만족하시겠다면 장보고와 같은 인물은 필요 없으시나이다. 하오나 나으리께오서 언젠가 반드시 천하를 얻으려 하신다면 장보고를 제쳐놓고는 함께 도모할 인물은 하늘 아래 둘도 없나이다."

김양은 역시 위험하기 짝이 없는 말을 거침없이 토해냈다. 곁에서 지켜보고 있던 김우징이 울그락 불그락 하였으나 아버지 김균정은 이를 모른 체하며 깊은 침묵에 잠겨 있었다.

깊은 한밤이었으므로 아무런 소리도 들려오지 않았고, 방 안에서 들려오는 것은 오직 방 안을 밝히는 타오르는 등심(燈心)소리뿐이었다. 오랜 침묵이 흐른 후 김균정이 다시 입을 열었다.

"위흔아, 마지막으로 세 번째 질문을 하겠다. 이에 성실하게 대답하여 주기 바란다."

"물론이나이다, 나으리."

"네가 무진의 도독으로 가려 하는 이유가 무엇이냐. 너는 네 입으로 그것이 사사로운 개인의 영달 때문이 아니고 오직 나와 이곳에 앉아 있는 우징의 은혜를 갚기 위해서라 하였는데 네가 무진의 도독으로 가는 것이 도대체 우리 부자와 무슨 상관이 있단 말이냐."

"나으리."

김균정이 묻자 김양은 오랫동안 생각해두었던 듯 거침없이 말을 이어 내려갔다.

"신이 무진의 도독으로 내려가려 하는 것은 바로 장보고 때문이나이다. 장보고의 청해진 땅에서 가장 가까운 곳은 무진뿐이나이다. 한때 청해는 무진의 속령이어서 무진의 관할이었나이다. 마치 무진이 입술(脣)이라면 청해는 이(齒)와 같은 곳이나이다. 또한 무진이 광대뼈(輔)라면 청해는 아래턱뼈(車)와 같은 곳이나이다. 장보고를 살피고, 장보고와 친교를 맺을 수 있는 곳 역시 무진밖에는 없을 것이나이다."

실로 의미심장한 말이었다.

무진이 입술이라면 청해는 이와 같은 곳으로, 장보고를 살피고 장보고와 친교를 맺어두려면 무진으로 내려갈 수밖에 없다는 김양의 말에는 참으로 깊은 뜻을 담고 있었던 것이다.

이는 '입술을 잃으면 이가 시리다'는 '순망치한(脣亡齒寒)'이라는 말에서 나오는 내용으로 즉 '서로 의지하는 가까운 사이에 놓여 있으며 한편이 망하면 다른 편도 온전하기 어려운 관계'임을 뜻하는 비유인 것이다.

광대뼈와 아래턱뼈가 서로 의지하고 있다 해서 이를 '보거상의(輔車相依)'라고도 하는데 김양의 말은 장보고가 이라면 자신이 입술이 되기 위해서, 또한 장보고가 아래턱이라면 자신은 광대뼈가 되기 위해서 무진의 도독으로 갈 수밖에 없음을 설명하고 있었던 것이었다.

"이제 됐다."

세 번째 질문을 다 하고 김양을 통해 이에 대한 답변을 모두 들은 김균정은 다시 깊은 침묵에 잠겼다. 오랜 침묵 끝에 김균정이 불쑥 입을 열었다.

"야심한데 이제 위흔은 그만 가보아라."

밑도 끝도 없는 작별인사였다.

그러자 김양은 망설이지 않고 그 자리에서 일어나 김균정을 향해 삼배를 올리기 시작하였다. 그리고 천천히 읍을 하고 나서 인사를 하였다.

"소인 이만 물러가나이다, 나으리. 부디 옥체를 보존하시어 만강하시옵소서."

뒷걸음으로 김양이 물러간 후 기다렸다는 듯 볼멘소리로 아들 김우징이 입을 열었다.

"어찌하여 아버님께오서는 저자를 편애하여 끼고 도시나이까. 저자가 이처럼 무시로 아버님을 뵙기 위해서 찾아오고 있다는 사실 하나만으로도 남들의 눈에는 가시처럼 보이실 것이나이다. 예부터 '안중지정(眼中之釘)'이라 하지 않았나이까. 저자는 눈 속에 들어 있는 못이나이다. 반드시 빼내어야만 후환이 없을 것이나이다."

"우징아."

묵묵히 듣고 있던 김균정이 물끄러미 아들을 바라보며 말하였다.

"말씀하십시오, 아버님."

"위흔을 무진의 도독으로 보내거라."

순간 김우징은 크게 놀라면서 아버지를 마주보았다.

"한시라도 지체해서는 안 될 것이다. 즉시 위흔을 중원의 대윤에서 무진의 도독으로 전임시키거라."

"아니되옵니다, 아버님."

김우징이 머리를 흔들면서 말하였다.

"아버님께오서도 잘 아시지 않습니까. 그자가 있었던 고성의 태수도 사지(舍知)에서 아찬까지의 계급에 있던 사람들만 임명되는 중요한 요직이나이다. 또한 중원경의 대윤도 사신(仕臣)이라고 불리는 중요한 관직이었나이다. 하오나 도독(都督)이라함은 지방장관을 이르는 말로 특히 반적의 땅인 무진에 반적의 후손인 김양을 도독으로 내려 보낸다는 것은 천부당만부당한 일이나이다. 만약 김양을 무진의 도독으로 내려 보냈다가 아버님과 소자가 무고의 죄를 입게 되면 그때는 어찌하시겠나이까"

"우징아."

묵묵히 아들 우징의 말을 듣고 있던 김균정이 다정한 목소리로 말을 받았다.

"이 모든 것은 나를 위한 것이 아니라 너를 위한 것이다. 나야 이미 수즉다욕히였다. 이만큼 살았으면 오래 살았고, 오래 살았으니 욕된 일도 많이 있었다. 이제 나는 더 이상 오래 살고 싶지 않고, 더이상의 영화도 바라지 않는다. 그러나 너는 아직 젊으니 남은 인생도 많이 있고, 해야 할 일도 많이 남아 있지 않느냐."

수즉다욕(壽則多辱).

이는《장자》에 나오는 유가(儒家)를 비꼬는 말로 성천자(聖天子)로 이름 높은 요(堯) 임금이 순행길에 화(華)라는 변경에 이르러 관원과 만나 나누었던 말에서 비롯되었다. 그곳의 관원이 임금을 공손히 맞으며 이렇게 축수하였다.

"부디 장수하십시오."

그러자 요 임금은 미소를 지으며 대답하였다.

"나는 장수하기를 원치 않소."

그러자 관원은 다시 머리를 숙이며 고쳐 말했다.

"그러면 부귀를 더욱 얻으십시오."

요 임금은 다시 대답하였다.

"부귀를 얻는 것도 원치 않소."

"그러면 아들을 많이 얻으십시오."

"나는 그것도 원치 않소."

요 임금은 대답했다.

"나는 많은 아들도 원치 않소. 아들이 많으면 그중에는 반드시 못난 아들도 생겨나와 걱정의 씨앗이 되고, 부귀를 얻으면 쓸데없는 일이 많아지니 번거롭고, 오래 살면 욕된 일이 많은 법이오."

아버지 김균정의 말은 요나라 임금이 말하였던 '오래 살면 욕된 일이 많은 법'이라는 '수즉다욕'을 인용한 말이었던 것이었다.

"하오나 아버님."

김우징이 빙그레 웃으며 말하였다.

"아버님은 그 관리가 요나라의 임금을 보면서 이렇게 말하였던 것을 잊으셨나이까. 관원은 이렇게 말하고 홀연히 신선이 되어 사라지지 않았습니까.

'요나라 임금이 성인이라 하더니 그저 군자(君子)에 불과했구나. 아들이 많으면 각각 제 분수에 맞는 일을 맡기면 걱정할 필요가 없고, 재물이 늘면 그 늘어난 만큼 남에게 나누어주면 될 것이 아닌가. 진정한 성인이란 메추리처럼 거처를 가리지 않으며, 병아리처럼 아무 생각 없이 잘 먹고, 새가 흔적 없이 날아다니는 것처럼 자유자재해야 하는 법이다. 그렇게 한백년 살다가 세상이 싫어지면 신선이 되어 흰 구름을 타고 옥황상제가 계시던 곳에서 노닌다면 좋겠거늘' 하고 말입니다. 아버님이야말로 군자가 아니고, 성인이시지 않으시나이까. 그런데 어찌하여 벌써 수즉다욕이라고 말씀하시나이까."

"우징아."

다정하게 아들을 부르고 나서 아버지 김균정은 말을 이었다.

"일찍이 하나라의 무제(武帝)는 분하(汾河)의 강에서 배를 띄우고 군신과 더불어 술을 대작하면서 〈추풍사병서(秋風辭並序)〉란 시를 지었느니라. 그 시의 내용은 다음과 같으니라.

가을바람이 일어 구름 날리니
초목은 시들어 떨어지고
기러기떼 남쪽으로 날아가는구나.
그윽한 향기의 난이여, 국화처럼 어여쁜 그대를 생각하여 아직도 잊지를 못하네.
나룻배 띄워 분하를 건너며
중류를 비켜가자니 흰 물결이 일어난다.
퉁소와 북을 울리며 옛 노래를 부르나니
환락의 지극함이여, 비애가 많도다.
젊음이 몇 때이랴, 늙음을 어찌하리.

우징아, 무제가 노래하였던 것처럼 '환락극혜 애정다(歡樂極兮哀情多)', 즉 '환락이 지극하면 비애가 많은 법'이며, 요나라의 임금이 말하였던 것처럼 '수즉다욕', 즉 '오래 살면 욕되는 일도 많은 법'인 것이다. 나는 이제 더 이상 오래 살고 싶지도 않고, 더 이상의 지극한 환락도 필요치 않느니라. 이만하면 살만큼 살았고, 누릴 만큼 누렸음이다. 그러나 너는 아니지 않느냐. 너는 아직도 충분히 젊고, 젊음의 한때가 아닐 것이냐. 그러니 만일의 일을 반드시 대비해 두어야 할 것이 아니겠느냐. 위흔이를 무진의 도독으로 전임시키거라. 위흔이는 영특하고, 걸출한 아이다. 언젠가는 너를 도와 반드시 결초보은 할 것이다."

먼 훗날의 일이지만 아버지 김균정의 예언은 그대로 적중된다.

김우징은 바로 김양의 힘을 입어 그로부터 9년 뒤 신라의 제45대 신무왕(神武王)으로 등극하는 것이니 사람의 일이란 이처럼 한 치의 앞도 미뤄 짐작할 수 없는 것이다.

어쨌든 김우징은 아버지의 의견을 받아들였다.

몇 달 뒤 김양은 중원소경의 대윤에서 무진의 도독으로 전임되었다.

이에 관해 《삼국사기》는 다음과 같이 간략하게 기록하고 있을 뿐이다.

…… 김양은 중원의 대윤에 임명되었다가 조금 후에 무진의 도독으로 옮겼는데 맡는 곳마다 정무를 잘 다스려 명성이 있었다.

2

한편 김균정의 대택을 몰래 빠져나온 김양은 달빛도 없는 어두운 거리를 혼자 걷고 있었다.

성안은 인파로 흘러넘치고 있었다.

이른바 '수레의 바퀴통이 부딪치고 사람들의 어깨가 스치는 거곡격 인견마(車轂擊 人肩摩)의 번화한 도시'였던 것이다.

일찍이 제나라의 재상이었던 소진(蘇秦)은 제나라의 도읍인 임치(臨淄)의 번영을 다음과 같이 표현하고 있다.

임치성 안의 가구는 7만이었다고 하니 그 안에 살고 있는 인구만 해도 수십만이었다. 성안은 풍요하고 번성해서 백성들은 악기를 타고 노래를 즐겼으며 닭싸움, 장기의 일종인 쌍육(雙六), 공차기 놀이를 즐겼다. 얼마나 번화한 도시였는지 거리마다 수레의 바퀴가 서로 맞부딪치고 행인의 어깨가 서로 맞닿을 정도로 혼잡했다. 조금 과상을 하자면 사람들의 옷깃을 이으면 방장 같고, 소맷자락을 올리면 장막과도 같고 땀을 흘리면 비가 오는 것 같았다…….

실제로 임치는 다행히 발굴돼 소진의 표현대로 사방 수천 미터에 이르는 성벽이며 폭이 10미터에 이르는 도로, 제철소 등 번화했던 당대의 모습이 고스란히 남아 있는데 신라의 왕경 경주는 이에 비할 수 없을 만큼 한층 더 화려하고 번영된 도시였던 것이다.

《삼국유사》에도 이 무렵의 경주를 다음과 같이 묘사하고 있다.

서울서부터 해내(海內)에 이르기까지 집과 담이 서로 연하고 초가는 하나도 없었으며, 풍악과 노래는 길에서 끊이지 않고 있었다…….

김양은 그 화려한 번화가를 혼자 걷고 있었다. 그러나 그 화려한 거리의 풍경은 김양과 아무 상관도 없는 것이었다.

그의 집도 한때는 35대택 중의 하나였다. 그러나 친족 김헌창의 반란으로 하루아침에 아버지는 파진찬의 직책에서 파직되었으며, 그길로 가산과 장원은 몰수당했던 것이었다. 간신히 김균정의 배려로 고성의 태수로 복직되긴 하였으나 그것은 어디까지나 변방의 한직이었던 것이었다.

"나야말로 상갓집의 개로구나."

남의 눈을 피해 김균정의 대택을 빠져나와 번화한 거리를 걸어가면서 김양은 소리를 내어 중얼거렸다. 상갓집의 개, 초라한 모습으로 이곳저곳 먹이를 찾아 기웃거리는 개. 일찍이 '이상을 펼칠 수 있는 나라를 만나지 못하고 주유천하(周遊天下)를 하고 있는 비참한 자신'을 공자는 스스로 상가지구(喪家之狗)라고 표현하지 않았던가.

"나야말로 상가지구로구나."

쓴웃음을 지으면서 김양은 한탄하였다.

거리의 한 곳에 많은 사람들이 모여 있었다. 거리에 횃불을 밝히고, 몇 사람이 황금색의 공을 가지고 곡예를 벌이고 있었다. 그 모습을 많은 사람들이 모여서 구경하고 있었다.

이는 당나라를 거쳐 서역에서 흘러들어온 놀이의 일종인데, 이 놀이의 이름을 금환(金丸)이라 하였다. 한 사내가 익숙하게 황금색의 공을 들고 묘기를 펼치고 있었다.

공은 사내의 묘기에 따라 허공으로 솟구치기도 하고, 잠시 떨어지지 아니하고 몸의 굴곡을 따라 이리저리 흘러내렸다. 그 절묘한 기술에 구경하던 사람들은 절로 박수를 치기도 하고, 감탄하며 돈을 던져주기도 하였다.

사내는 묘기를 부리면서 다음과 같이 노래를 부르기 시작하였다.

"몸을 돌리고 팔 휘두르며 금환을 희롱하니

달이 구르고, 별이 흐르는 듯 눈에 가득 신비롭다.

좋은 친구 있다 한들 이보다 더 좋으랴.

넓은 세상 태평한줄 이제사 알겠구나."

김양은 잠시 발길을 멈추고 서서 사내의 곡예를 구경하였다. 이 무렵 경주에는 당나라를 거쳐 서역에서 들어온 각종 곡예, 가면극, 가극, 사자춤 같은 것이 대유행하고 있었다. 이에 관해 노래한 최치원의 시가 《삼국사기》에 다섯 수 남아 전하는데, 그중의 하나가 금공을 갖고 곡예를 벌이며 노래 부르는 '금환'이란 향악(鄕樂)인 것이다.

원래 곡예를 하고 있는 사내는 성안으로는 출입할 수 없는 천민이었다. 성안은 두품(頭品) 이상의 귀족들만이 살고 있는 특별구역이었던 것이었다.

그러나 성안의 귀족들은 자신들의 무료를 달래줄 수 있는 유희가 필요하자 이처럼 특별한 공연을 성안에서 할 것을 허락하였던 것이다. 이들은 대부분 악공(樂工)들로 척(尺)이라고 불렀는데, 춤추는 자는 무척(舞尺)이라고 하였으며, 노래하는 자는 가척(歌尺)이라고 불렀던 것이었다.

김양은 금공을 굴리는 곡예를 보면서 문득 자신이 그 사내의 손에 들린 금환과 같다는 느낌이 들었다. 자신의 의지와는 상관없이 사내의 노래처럼 몸을 돌리고, 팔을 휘두르는 데 따라서 달처럼 구르고, 별처럼 구르는 금공.

한바탕의 노래가 끝나자 이번에는 가면극이 시작되었다. 꼽추 모습을 한 무척이 임시로 만든 가발까지 머리에 얹고, 춤을 추기 시작하자 구경하던 사람들은 함께 웃기 시작하였다. 그 춤 역시 그 무렵 대유행을 보이고 있었던 가면극이었던 것이다.

술 취한 꼽추가 술잔을 들고 마시다가 마침내 취해서 주정을 부리는 취희극(醉戱劇)으로 사람들은 꼽추가 비틀거릴 때마다 박장대소를 하기 시작하였다. 그러자 가척이 다시 노래를 부르기 시작하였다. 가척이 부른 노래의 가사가 최치원의 시로 《삼국사기》에 다음과 같이 기록되어 있다.

높은 어깨 움츠린 목에 머리털 일어선 모양.
팔 걷은 여러 선비들 술잔 들고 서로 싸우네.
노랫소리 듣고서 사람들은 모두 웃는데.
밤에 휘날리는 깃발, 새벽을 재촉하누나.

구경꾼들은 모두 배를 잡고 웃고 있었으나 이를 숨죽여 지켜보던 김양만은 웃지 않았다. 이번에는 가발을 머리에 얹고 술 취해 비틀거리면서 주정하는 꼽추가 바로 자신과 같다고 느꼈기 때문이었다.
그러나 아니다.
엽전 하나를 춤추는 광대들 앞에 던지고는 김양은 다시 혼자 걸어가면서 생각하였다.
나는 절대로 자신의 의지와는 상관없이 허공으로 던져지는 금환도 아니며, 자신의 진면과는 상관없이 가면을 쓰고 사람을 웃기기 위해서 춤을 추는 병신 꼽추는 더더욱 아니다.
두고 보라.
김양은 두 주먹을 불끈 쥐고 이를 악물었다. 나는 반드시 되돌아올 것이다. 왕경으로 되돌아와 잃었던 선대로부터의 대택을 다시 찾고, 금의환향하여 태종 무열왕으로부터 내려온 가문의 광영을 다시 일으켜 세울 것이다.

일찍이 김양의 시조 태종 무열왕은 왕위에 오를 때 이찬 알천(閼天)으로부터 다음과 같은 칭송을 받지 않았던가.

…… 나는 나이가 늙고 이렇다 할 덕행도 없다. 지금 덕망이 높기는 춘추공(春秋公)만한 이가 없으니, 그는 실로 제세의 영웅이라 할 수 있다.

제세(濟世)의 영웅(英雄). 태종 무열왕은 과연 삼국통일의 초석을 놓고, 천하를 구제한 영웅이 되었다.

마찬가지로 나도 반드시 영웅이 될 것이다. 시조 태종 무열왕이 제세의 영웅이었다면, 나는 난세(亂世)의 영웅이 될 것이다.

일찍이 당나라의 선승 조주(趙州)는 제자 하나가 "난세에는 어떻게 해야 합니까"라고 묻자 다음과 같이 대답하지 않았던가.

"난세야말로 호시절(好時節)이다."

김양은 머리를 끄덕거렸다. 난세야말로 최고로 좋은 호시절이다. 난세야말로 영웅, 즉 간웅(奸雄)이 절대적으로 필요한 시기인 것이다. 나는 간사한 영웅이 될 것이다. 그리하여 천하를 제패할 것이다.

그러기 위해서는 우선 김균정과 그의 아들 김우징을 이용할 수밖에 없는 것이다. 수단방법을 가리지 않고 김균정과 김우징을 귀한 보물로 만들어놓을 것이다. 귀한 보물, 이를 '기화(奇貨)'라 부른다.

그러므로 김양이 취할 최선의 행동은 이 '귀한 보물에게 일단 투자를 해놓는 일'인 것이다. 이것이 바로 '기화가거(奇貨可居)'의 비책인 것이다.

김양이 취할 최선의 비책, 기화가거. 이는 지금은 드러나고 있지는 않지만 훗날 자신에게 큰 이득을 줄 인물이라고 판단하여 그 인물에게 미리 투자를 해놓는 일을 뜻한다.

이는 《삼국사기》의 '여불위전(呂不韋傳)'에 나오는 고사로 전국시대 말엽 조(趙)나라의 수도인 한단(邯鄲)은 나라가 쇠퇴해감에도 불구하고 여전히 여러나라의 사람들이 오고가는 번화한 도시였는데, 이 도시에 자주 들렀던 한(韓)나라의 호상(豪商)인 여불위의 뛰어난 계산에서 비롯된 말이었다.

'최고의 이익은 바로 사람'이라는 뛰어난 상술을 가졌던 여불위는 어느 날 진(秦)나라의 태자 안국군(安國君)의 서자인 자초(子楚)가 인질로 잡혀와 있음을 알게 되었다. 당시 진나라는 조나라를 자주 침범했기 때문에 자초는 그곳에서 몹시 괄시를 받아 어려움에 처해 있었던 것이었다.

여불위는 자초를 보고 투자해둘 만한 가치가 있다고 생각했다. 자초에게 잘 투자해놓으면 먼 훗날 자신에게 큰 이득이 있으리라 판단했기 때문이었다.

여불위는 곧 자초의 초라한 거처로 찾아가 그에게 도움을 줄 뜻을 보였다. 스스로를 홀대받고 있는 인질에 불과하다고 생각하고 있던 자초는 그저 어리둥절할 뿐이었다. 이에 여불위는 이렇게 말을 하였다.

"소양왕(昭襄王)은 이미 연로하니 오래잖아 곧 당신의 아버지인 안국군께서 진왕이 되실 것입니다. 그러나 정비인 화양부인(華陽夫

人)께오서는 아들이 없사옵니다. 그렇다면 당신까지 합해 20여 명이 넘는 서자들 가운데 누구를 태자로 택하시겠습니까. 솔직히 말하면 당신은 이곳에서 인질로 잡혀 있는 이상 유리한 입장이 아니라고 말할 수 있을 것입니다."

"이제 와서 그것은 어찌할 두리가 없는 일이 아닙니까."

자초는 탄식을 하며 말하였다. 그러자 여불위는 눈을 빛내며 자초에게 자신이 얼마든지 돈을 대줄 것을 제안하였다. 그것으로 화양부인의 환심을 살 선물을 사 보내는 한편 널리 인재를 모으라는 것이었다. 그와 동시에 여불위는 직접 진나라로 가서 자초를 태자로 삼도록 힘을 써보겠다는 이야기였다. 자초는 그제서야 여불위의 속마음을 알아차리고는 손을 잡으며 말했다.

"만약 당신 말대로만 된다면 그때는 함께 진나라를 다스리도록 합시다."

과연 여불위의 재력과 모사로 자초는 마침내 태자로 책봉되었고, 이후 여불위의 계획대로 드디어 자초는 왕위에 오르게 되었던 것이다. 이가 바로 장양왕(莊襄王)이었고, 그는 왕위에 오르자마자 약속대로 여불위를 정승으로 삼았으며, 마침내 훗날 시황제로 천하를 통일하였던 태자 정(政)이 왕위에 오른 뒤에는 왕으로부터 아버지 즉 중부(仲父)라는 칭호를 받으면서 천하의 권력과 영화를 누릴 수 있었던 것이었다.

이 모든 것은 여불위가 진귀한 보물 즉 기화였던 자초를 발견하고, 그를 비싸게 사두고, 그에게 투자해두었던 '기화가거'의 비책 때문이었던 것이다.

마찬가지로.

어두운 거리를 걸어가면서 김양은 소리를 내어 중얼거렸다.

나는 김균정과 김우징의 부자를 귀한 보물로 만들 것이며 그 두 사람을 비싼 값으로 사 미리 투자해놓을 것이다. 그리하여 언젠가는 두 사람 중 한 사람을 반드시 왕위에 올려놓을 것이다. 그렇게만 될 수 있다면 나는 여불위처럼 정승이 되어 천하의 권세와 영화를 함께 누릴 수 있게 될 것이 아닌가. 그리하여 멸문되었던 가문의 광영을 되찾고 경주로 금의환향할 수 있을 것이 아닌가.

그때였다.

가까운 곳에서 댕댕댕—하고 종소리가 들려왔다. 그것은 분황사(芬皇寺)에서 들려오는 범종소리였다.

그 종소리는 건시(乾時)를 알리고 있었다. 건시 다음 시간인 해시(亥時)부터는 성 안에서 통행금지가 시작되고 있었으므로 김양은 분황사 위쪽에 자리 잡고 있는 판적택(板積宅)으로 뛰듯이 걸어갔다.

판적택은 경주에 있는 35개의 금입택 중의 하나였는데, 그 집에는 그의 종부형(從父兄)인 김흔(金昕)이 살고 있었던 것이다.

김흔은 김양의 사촌형으로 김흔의 아버지 장여(璋如)와 김양의 아버지 정여(貞茹)는 서로 형제간이었다.

따라서 김흔과 김양은 모두 태종 무열왕의 9대손이었으나 김헌창의 반란으로 김양의 집안이 멸문한 것과는 달리 김흔의 집안은 기적처럼 살아남아 오히려 승승장구하고 있었던 것이었다.

이는 김흔의 뛰어난 학문 때문이었다. 김흔은 이미 당대 최고의 대 문장가이자 제일의 학자였던 것이다.《삼국사기》는 김흔을 이렇게 평가하고 있다.

　김흔은 어려서부터 총명하였고, 학문을 좋아하였다.

　김양의 성격이 활달하고 《삼국사기》에 기록된 대로 영특하고 걸출하였다면, 김흔은 총명하고 학문을 좋아하는 선비였던 것이었다. 따라서 김흔은 흥덕대왕뿐 아니라 특히 그의 동생이었던 상대등 김충공으로부터 총애를 받고 있었던 것이다.

　흥덕대왕의 선왕이었던 헌덕왕 14년, 김헌창의 반란이 일어나 극도로 나라가 어지러웠을 무렵 김흔의 가문도 태종 무열왕의 후손이었으므로 당연히 멸문의 대상이었다. 그럼에도 불구하고 김흔이 살아남은 것은 그의 뛰어난 학문 때문이었다. 즉 왕이 당나라에 사신을 보내려 하는데 적임자를 얻기 어려웠던 것이었다.

　이때 헌덕왕에게 나서서 김흔을 추천한 사람은 바로 김충공이었다. 김흔의 학문을 총애하여 어쨌든 구해주고 싶던 김충공은 헌덕왕에게 다음과 같이 김흔을 천거하였다. 그 내용이 《삼국사기》에 다음과 같이 기록되어 있다.

　김흔은 태종의 후예로 정신이 밝고 빼어났으며, 그릇이 깊고 크니 선발할 만하나이다.

　그리하여 김흔은 조공사 김주필(金柱弼)을 따라 당나라에 들어가 뛰어난 활약을 펼쳤던 것이었다.

252

김흔이 얼마만큼 외교적 능력을 발휘하였는가는 1년 후 당나라에서 귀국할 때 황제가 조서(詔書)로서 김흔에게 금자광록대부(金紫光祿大夫) 시태상경(試太常卿)의 직위를 제수하였던 것을 보면 잘 알 수 있을 정도였던 것이다.

헌덕왕은 그의 공로를 치하하여 김흔을 남원의 태수로 제수하였던 것이다.

김흔은 특히 흥덕대왕이 즉위하자 오히려 더욱 더 번창하였다. 여러 번 자리를 옮겨 지금의 진주인 강주(康州)의 대도독을 거쳐 지금은 아찬 겸 상국(相國)의 벼슬에까지 오르고 있었던 것이었다.

이는 모두 '정신이 밝고 빼어났으며, 그릇이 깊고 크다(精神明秀器宇深沈)'라고 천거하였던 김충공의 칭찬처럼 그의 빼어난 인덕과 학문을 총애했던 김충공의 배려 덕분이었던 것이다.

이처럼 두 집안이 같은 형제집안이었으나 한쪽은 멸문당하였고, 한쪽은 오히려 흥왕(興旺)하는 상극의 길을 걷고 있었지만 그러나 김흔과 김양은 누구보다 절친하고 친형제처럼 믿고 따르고 있었다.

김흔은 김양보다 다섯 살 연상이었다. 그러나 두 사람은 어렸을 때부터 쌍둥이처럼 가까웠으며 실제로 두 사람은 젊은 시절 함께 화랑(花郞)이 되어 전국의 명산을 순례하면서 심신을 연마했던 적이 있었던 것이다.

"아니 위흔아, 네가 이 밤중에 웬일이냐."

김양이 찾아왔다는 말을 전해들은 김흔은 맨발로 달려나와 김양을 맞으며 말하였다.

"어디 얼굴 한번 보자."

김흔이 김양을 얼싸안고 그 얼굴을 자세히 쳐다본 후 크게 웃으면서 말하였다.

"여전히 잘생기고 훤칠하구나. 자 들어가자. 들어가서 밤이 늦었지만 술이나 한잔 나누자꾸나."

두 사람이 술상을 놓고 마주 앉았을 때 마침 가까운 분황사에서 해시를 알리는 범종소리가 댕댕댕 하고 들려오기 시작하였다.

실로 오랜만에 단둘이 앉아 있음이었다.

2년 전이었던가.

김양이 중원소경의 대윤으로 전임되어갈 때 찾아와 송별인사를 짧게 나누고 헤어진 것이 마지막이었던 것이었다. 그때 김흔은 자신의 일처럼 기뻐서 어쩔 줄 몰라하였다.

"위흔이 네가 중원소경의 대윤으로 가다니 이 얼마나 즐거운 일이냐."

그러나 김양은 그렇게 생각지 않고 있었다. 자신이 간신히 중원소경의 대윤으로 가고 있을 때 사촌형 김흔은 이미 강주의 대도독이었던 것이다.

김양은 김흔이 건네주는 술잔을 받아 마시면서 생각하였다.

내가 이제 무진의 도독으로 간다 하더라도 사촌형 태흔(泰昕)은 이미 상국(相國)이 아닐 것이냐. 상국이라면 나라의 재상을 의미하는 벼슬. 그뿐인가. 자신은 진골에서 6등품으로 강등되었으나 사촌형 태흔은 이찬으로 완전히 진골 중에서도 특급귀족으로 복권되어 있음이 아닐 것인가.

이찬이라면 신라 17관등 중 두 번째에 해당하는 등급. 이는 왕의 친족들이나 할 수 있는 이벌찬의 바로 아래 등급으로 최고의 계급을 가리키고 있는 특급귀족인 것이었다. 6등품과 이찬은 하늘과 땅의 천양지차(天壤之差)인 것이다.

"태흔 형이야말로 신색이 좋소이다."

김흔의 자는 태. 비록 나이 차이가 5년이 되고, 종부 형이어서 항렬이 높지만 두 사람은 서로 호형호제하고 있었던 것이다.

"신색이야 좋겠지. 나야말로 요즘 비육지탄(髀肉之嘆)일 터이니까."

김흔은 아우 김양을 보자 절로 흥이 난 듯 연신 술잔을 건네면서 웃으며 말하였다.

"한때는 위흔이도 알다시피 항상 지방을 돌아다니면서 말을 타고 다니고 있었기 때문에 넙적다리에 군살이 붙을 겨를이 없었다. 그런데 지금은 이곳 왕도에 앉아서 허송세월을 하고 있으니 요즘이야말로 비리육생(髀裏肉生)이 아니고 무엇이겠느냐."

김흔이 말하였듯 '비육지탄'과 '비리육생'은 다 같이 넙적다리에 군살이 붙는다는 뜻으로 《삼국지》의 주인공 유비가 할 일 없이 허송세월을 보내다 울면서 한탄할 때 사용했던 말인 것이다.

실제로 김흔은 못 보던 사이에 살이 쪄 있었고, 길게 수염까지 기르고 있었다. 김흔은 어느덧 27세로 장년의 나이에 접어들고 있었다.

"그래 내가 넙적다리에 군살이 붙어 있다면 위흔이는 어떠하냐. 넙적다리에 오히려 근육이 붙고 있겠구나."

김흔의 말에 김양이 대답하였다.

"태흔이 형도 잘 알고 있지 않소이까. 옛말에 이르기를 '조그만 구멍에 잠긴 물에서는 잔을 띄울 수 없고, 여건이 조성되지 않은 곳에서는 뜻하는 바를 얻을 수 없다'고 하지 않았습니까."

김양의 말은 《장자(莊子)》에 나오는 말로 '배수(盃水)', 즉 작은 그릇에 잠긴 물에서는 잔을 띄울 수 없고, '오목한 요당'에서는 원하는 바를 얻을 수 없다는 뜻이었던 것이다.

그 말을 듣자 김흔은 갑자기 생각이 난다는 듯 자신의 무릎을 내리치면서 말하였다.

"뭘 그리 한탄하고 있느냐. 위흔이 너야말로 세 명의 계집(女)을 통해 천하를 얻을 수 있는 타고난 운명이 아니더냐. 그러니 '조그만 그릇에 담긴 물'이면 어떠하고, '오목한 곳에 갇혀 있다'하더라도 어떠하겠느냐. 너는 하늘로부터 여색을 통해 천하를 얻을 수 있는 팔자라고 하지 않았더냐."

그렇게 말하고 나서 김흔은 크게 웃으며 말을 이었다.

"너에 비하면 나야 세 개의 풀잎(艸)으로 간신히 목숨을 연명해 나갈 운명이 아닐 것이냐."

그러자 김양도 생각이 난 듯 덩달아 박장대소하였다.

수수께끼의 말.

김양의 운명이 '세 명의 계집을 통해 천하를 얻을 수 있음'이며, 김흔의 운명이 '세 개의 풀잎으로 간신히 목숨을 연명해 나갈 수 있음'이라는 말은 두 사람만이 알고 있는 수수께끼의 진언(眞言)이었던 것이었다.

그러나 그것은 단순한 농담이 아니었다.

실제로 김흔은 세 개의 풀잎을 통해 성(聖)을 이루었고, 김양은 세 명의 계집을 통해 세(世)를 이루었던 특이한 생애를 보냈던 것이다. 거기에는 두 형제만의 독특한 유래가 있었다.

그 순간 두 사람은 껄껄 웃으면서 오래전에 있었던 옛일을 떠올렸다. 그러니까 10여 년 전 김흔이 18세였고, 김양이 13세쯤 되었을 무렵 두 사람은 함께 화랑도가 돼 전국의 명산을 순례하고 있었던 것이었다.

화랑들은 일정 기간을 정해놓고 수련을 하는데 대부분 3년 정도를 잡고 있었다.

이때는 경주 부근의 남산을 비롯하여 금강산이나 지리산, 또는 설악산과 같은 계곡 명승지를 찾아다니면서 국토에 대한 애국심을 기르는 한편 도의를 연마하였는데, 어느 날 갑자기 사촌형 김흔이 느닷없이 부석사로 함께 가자고 하였던 것이다. 김양이 그 이유를 묻자 김흔은 이렇게 대답하였다.

"부석사에는 낭혜(朗慧)화상이라고 있는데, 아주 신묘한 고승이라고 하니 함께 찾아가서 두 사람의 앞날을 점쳐보고 점괘를 얻어오기로 하자."

부석사는 문무왕 16년 2월, 그러니까 서력으로는 676년 국사 의상(義湘)이 왕명으로 창건한 화엄종(華嚴宗)의 중심사찰이었다. 그 무렵 부석사에는 석징대사가 주석하고 있었는데, 그는 화엄의 대가로 대덕(大德)이라고 불리고 있던 고승이었다.

따라서 부석사로 갈 바에는 '석징대사라면 몰라도 낭혜화상이라니' 하고 의아한 표정으로 김양이 쳐다보자 김흔이 속마음을 눈치채고 이렇게 말하였다.

"낭혜화상은 젊으나 일찍부터 해동신동이라고 불리던 법장이다. 그러니 낭혜화상으로부터 점괘를 얻으려는 것이다."

우리나라 역사상 가장 뛰어난 문장가였던 최치원은 지금도 국보 8호로 남아 있는 성주사(聖住寺) 낭혜화상 백월보광탑비의 비문에서 낭혜화상의 출생을 다음과 같이 묘사하고 있다.

······ 낭혜의 어머니 화(華) 씨가 꿈속에서 긴 팔을 지닌 천인이 내려와 연꽃을 주는 것을 보고 임신을 했다. 얼마 지나지 않았을 때 거듭 꿈에서 서역의 도인이 스스로 법장이라고 칭하면서 십호계(十護戒)를 주어 태교에 충당하게 하였으며, 1주년을 넘겨 대사를 낳았다. 아이 시절에도 걷거나 앉을 때 반드시 손을 합장하고 가부좌를 하고 앉았으며 여러 아이들과 노는 데 이르러서는 벽에 그림을 그리고, 모래를 모으는 데에도 반드시 불상과 불탑의 모양으로 하였다. 그러면서 차마 하루도 부모의 곁을 떠나지 않았다. 아홉 살에 들어서 학당에서 글을 공부하였는데, 눈으로 본 것을 입으로 반드시 외우니 사람들이 해동신동이라 하였다.

최치원이 표현하였던 것처럼 해동신동(海童神童)이었던 낭혜화상에 관한 소문은 일찍부터 온 나라에 퍼져 있었던 것이었다.

최치원의 기록에 의하면 낭혜화상은 태종 무열왕의 8대손이었다. 그러니까 김흔, 김양과 마찬가지로 태종 무열왕 계통의 진골귀족이었던 것이었다.

김흔보다는 3년 연상으로 애장왕 원년, 서력으로 800년에 출생하였다. 그의 집안은 대대로 장수와 재상을 지냈던 명문이었으나 그는 12세 되던 해 출가하여 설악산 오색석사(五色石寺)로 입산하였던 것이다.

그곳에는 법성(法性)선사라는 선승이 주석하고 있었는데 낭혜는 그로부터 능가경(楞伽經)을 수학하였다. 법성선사는 일찍부터 당나라에 유학하여 능가선을 배워온 당대 제일의 선승이었는데, 이곳에서 5년 간 북종선(北宗禪)을 공부하던 낭혜에게 어느 날 스승 법성은 말하였다.

"나는 아는 것이 적어서 더 이상 가르쳐줄 것이 없다. 너와 같은 법기는 중국에 유학가는 것이 마땅하다."

이에 낭혜는 '알았습니다' 하고 설악산을 물러나왔다. 그러고 나서 다음과 같이 말하였다고 최치원은 기록하고 있다.

…… 한밤의 새끼줄은 뱀으로 속기 쉽고, 허공의 베올은 분간하기 어렵다. 물고기는 나무 위에 올라가 잡을 수 있는 것이 아니고, 토끼는 나무 그루터기를 지킨다고 잡을 수 있는 것이 아니다. 그러므로 스승이 가르친 것과 내가 깨달은 것에는 서로 다른 것이 있을 수 있다. 진주를 얻고 불을 피웠으면 조개와 부싯돌은 버릴 수 있는 것이다. 도에 뜻을 둔 사람에게 어찌 스승이 따로 있겠는가.

설악산을 나온 낭혜는 스승의 권유대로 817년 중국 유학길에 올랐으나 풍랑으로 인해 실패하고, 그 무렵 부석사로 들어가 석징대사로부터 화엄을 배우고 있었던 것이다.

김양 역시 해동신동으로 불리던 낭혜화상에 관한 소문을 전해 듣고 있었던 것이었다. 그래서 곧바로 두 사람은 낭혜화상을 만나기 위해서 봉황산(鳳凰山)으로 출발하였다.

그때가 헌덕왕 12년, 서력으로 820년 봄이었다.

낭혜는 그 무렵 부석사 뒤편에 취현암(醉玄庵)이라는 작은 암자를 짓고 그 속에서 면벽수도하고 있었다. 소문을 듣고 찾아오는 사람들이 많이 있었으나 일절 만나주지 않았던 낭혜가 두 사람은 선선히 맞아들인 것은 한눈에 김흔을 알아보았기 때문이었다.

김흔은 낭혜화상보다 3살밖에 어리지 않았으므로 어렸을 때부터 서로 눈에 익어왔던 같은 일족의 형제였던 것이다. 최치원은 낭혜의 행적을 이렇게 기록하고 있다.

낭혜는 속성이 김씨로 태종 무열왕의 8대손이 된다. 할아버지 주천(周川)은 골품이 진골이고, 관위는 한찬(韓粲)이었으며, 고조와 증조가 모두 장수와 재상직에 올랐던 것은 집집마다 알고 있었다. 아버지는 김범청(金範淸)으로 골품이 진골에서 한 등급 떨어져 득난(得難)이 되었다.

김흔과 김양이 낭혜화상을 만나러간 것은 김헌창의 반란이 일어나기 2년 전인 태평성대의 일이었지만 최치원의 기록처럼 화상의 아버지 김범청이 진골에서 한 등급 떨어진 것을 보면 김범청 역시 김양의 아버지 주원(周元)처럼 김헌창에게 동조했던 반란세력이었음에 틀림이 없는 것이다.

따라서 김흔은 어렸을 때부터 신동이었던 낭혜화상을 잘 알고 있었을 뿐 아니라 친형처럼 따르고 있었던 것이다.

그러나 낭혜가 최치원의 "12세를 넘기고 나서 낭혜는 구류(九流)

의 여러 학문을 비루하게 여기고, 불도에 들어가려는 뜻을 가지게 되었다"라는 기록대로 어느 날 갑자기 출가한 이후부터는 한 번도 만난 적이 없었던 것이다.

온 국가에 소문이 날 정도로 신동이었던 낭혜가 이렇듯 여러 학문에 흥미를 잃고 불교에 입문하였다는 소식은 그가 관직으로 진출해 최고로 입신출세하기를 바라고 있었던 일족들에게 큰 충격을 준 사건이었던 것이다.

"아니, 너는 태흔이가 아니냐."

사람들이 찾아올 때면 가차 없이 돌멩이를 던져 쫓아버리곤 했던 낭혜는 어느 봄날 찾아온 두 청년이 아무리 돌을 던져도 그 자리에 선 채 꿈쩍도 하지 않자 스스로 다가와서 물어 말하였다.

원래 화랑에 대해서는 진평왕 때 원광(圓光)법사가 세속오계를 제정해준 뒤부터 대부분의 승려들은 화랑들의 정신수양에 큰 도움을 주고 있었던 것이다.

찾아온 청년들이 단순히 호기심 때문에 찾아온 신도들이 아니라 전국의 명산을 돌아다니며 순례하고 있는 화랑도임을 알아본 낭혜는 돌팔매질을 멈추고 가까이 다가가 본 후 한눈에 김흔을 알아본 것이었다.

"그렇습니다. 스님 제가 태흔이나이다."

항렬이 높았으므로 낭혜는 두 사람의 작은아버지 즉 숙부뻘이었다. 두 사람은 낭혜 앞에서 큰절을 올려 문안인사부터 하였다. 김흔은 8년 만에 낭혜를 보았으나 그동안 낭혜는 완전히 변해 있었다.

안광은 형형하여서 마치 불을 뿜는 것 같았고, 목소리 또한 바윗

돌을 굴리는 것 같이 우렁찼다.

"그래 무슨 일로 이렇게들 찾아오시었는가."

차례차례 집안의 형편을 묻고 나서 낭혜가 먼저 입을 열어 말하였다. 그러자 김흔이 무릎을 꿇은 자세에서 말하였다.

"일찍이 화랑이었던 귀산과 추항은 원광법사가 수나라에서 돌아와 운문산(雲門山) 가실사에 계실 때 찾아가 평생의 경구로 삼을 가르침을 청하자 '임금을 충성으로 섬기며(事君以忠)' '어버이를 효도로 모시고(事親以孝)' '벗을 사귀는 데 신의로 하고(交友以信)' '싸움에 나가서는 물러감이 없고(臨戰無退)' '살생을 가려서 하라(殺生有擇)'는 화랑오계를 주셨나이다. 이리하여 그후 두 사람은 백제와의 아막성(阿莫城)전투에서 나라를 위해 싸우다 장렬하게 순국하셨나이다.저희 두 화랑이 스님을 찾아온 것도 마찬가지로 평생의 경구로 삼을 가르침을 얻기 위해서 나이다."

평생의 경구로 삼을 가르침을 내려달라는 김흔의 말을 듣자 갑자기 낭혜가 우렁찬 목소리로 물어 말하였다.

"태흔이는 혀(舌)를 갖고 있느냐."

느닷없는 질문에 김흔은 망설이다 대답하였다.

"갖고 있습니다."

"어디 한번 보여다오."

하는 수 없이 김흔이 입술을 벌리고 자신의 혓바닥을 밖으로 내보였다.

"과연 태흔이는 혓바닥을 갖고 있음이로다."

고개를 끄덕이고 나서 낭혜가 말을 이었다.

"그러나 나는 혓바닥이 없다. 그러므로 나는 아무 말도 할 수 없다. 무설토(無舌土)가 나의 종지(宗旨)이므로 나는 아무런 말도 할 수 없으며, 아무런 가르침도 내려줄 수 없음이로다."

불가에서 유설토(有舌土)는 말이나 문자 등을 빌려서 어떤 사물이나 진실을 나타내는 것을 의미하며 무설토는 말이나 문자로써는 표현할 수 없는 진실을 의미하는 것이다. 따라서 유설토는 교(敎)를 가리키며, 무설토는 선(禪)을 가리키고 있는 것이다. 낭혜는 자신이 선승이므로 언설(言說)을 빌려서 설명할 수 없음을 분명하게 드러내 보이고 있었던 것이다. 그리고 나서 낭혜는 갑자기 자신의 입을 열어 혀를 불쑥 내밀며 말하였다.

"이게 무엇이냐."

"혀이나이다."

김흔이 대답하자 다시 낭혜가 웃으며 말하였다.

"그렇다. 그렇다고 조사가 하나의 땅만 갖고 있는 것은 아니다. 한 조사에게도 두 가지 땅이 역시 존재하고 있는 것이다. 그대가 법을 구하지 않는다면 나 역시 가르칠 필요가 없으니 무설토이겠으나 그대가 이처럼 찾아와 법을 구하므로 나 역시 혓바닥을 빌려 말을 할 수밖에 없음이로다."

그런 다음 낭혜는 찾아온 김흔과 김양에게 경구 하나를 내려주었다. 그 가르침의 내용이 최치원이 쓴 백월보광탑비 비문에 다음과 같이 기록되어 있다.

마음이 비록 몸의 주인이지만 몸은 마음의 사표가 되어야 한다. 너회가 도를 생각하지 않는 것을 근심할 것이지 어찌 도가 너희를 멀리 하겠는가. 설사 농부들일지라도 속세의 얽매임에서 벗어날 수 있다. 내가 가면 반드시 마음도 따라오니 도사와 교부와 같은 위대한 사람이라 할지라도 어찌 종자가 따로 있을 수 있겠는가.

비록 농부라 할지라도 마음을 잘 살피면 속세의 얽매임에서 벗어나 부처를 이룰 수 있을 것이니 몸의 주인인 마음을 잘 살피라는 낭혜의 가르침을 두 사람은 마음 깊이 새겨들었다. 그런 다음 다시 김흔이 말하였다.

"스님, 저희들이 스님을 찾아온 것은 평생 경구로 삼을 가르침을 얻기 위해서이기도 하였지만 또 다른 목적이 있어서이나이다."

"그것이 무엇이냐."

낭혜가 묻자 김흔이 단숨에 대답하였다.

"우리 두 사람의 장래에 대해서 미리 알고 싶어서이나이다."

그러자 잠자코 듣고 있던 낭혜가 소리치면서 말하였다.

"네 이놈. 이곳이 무슨 점집이라도 되는 줄 알고 있느냐."

그 무렵 신라에서는 미신이 크게 유행하고 있었다. 이를 사술(邪術)이라 하여서 좌도(左道)라고 불렀는데, 이에 관한 내용이 《삼국사기》 흥덕왕조에 기록되어 있다.

한산주에 살고 있던 요술인(妖術人)이 자칭 빠르게 부자가 되는 술법인 속부술(速富術)을 가르친다 하여 많은 사람들이 자못 혹신(惑信)하는지라 왕이 듣고 가로되 '사도를 가지고 여러 사람들을 혹하게 하는 자에게 형벌을 가하는 것은 선왕의 법이다' 하고 먼 섬에 귀양을 보냈다.

《삼국사기》에 기록된 대로 자신을 무슨 요인(妖人)으로 생각하고 있는 듯한 화랑의 태도에 분노한 낭혜가 당장이라도 주장자를 들어 내리칠 기세로 호통을 치며 말하였다.

"썩 물러가지 못하겠느냐."

그러나 무릎을 꿇은 자세에서 김흔이 웃으며 말하였다.

"노여움을 푸십시오, 스님. 저희들이 원하는 것은 다만 월단평뿐이나이다."

월단평(月旦評). 이는 '매달 첫날의 평'이라는 뜻으로 '인물에 대한 비평'을 일컫는 말이었다.

월단평이란 말이 나오는 것은 원래 후한 말, 여남(汝南)의 허소(許邵)와 그의 사촌형 허정(許靖)이라는 두 명사가 그 지방에 살고 있는 향당(鄕黨)의 인물들을 뽑아 매월 첫날인 월단(月旦)에 인물평을 하였던 것에서 비롯된 말이었다.

그들의 평은 정확하고 재미도 있어 평판이 좋았는데, 그것은 무엇보다 듣는 사람의 장점을 드러내주는 덕담이었기 때문이었다. 그러므로 김흔이 '월단평'을 내려달라고 낭혜에게 청원했던 것은 덕담을 해달라는 말과 상통하는 뜻이었던 것이었다.

그러자 갑자기 노기에 차서 한껏 들어올렸던 주장자를 한 곁에 내려놓고 낭혜는 김흔의 얼굴을 바라보았다. 형형한 낭혜의 눈빛이 김흔의 얼굴을 태울 듯이 꿰뚫어 본 후 이렇게 말하였다.

"허기야 멀지 않아 내가 그대에게서 큰 은덕을 입게 될 것 같다.

내가 지금까지 동쪽을 바라보기만 하다가 서쪽의 담은 보지 못하였구나."

두 청년이 조금도 알아들을 수 없는 수수께끼의 말을 던지고 나서 낭혜는 갑자기 껄껄 웃으며 말하였다.

"그래 두 사람의 월단평을 내려주기로 하지. 그래 알고 싶은 것이 무엇이냐."

"우리 두 사람의 장래이나이다."

김양이 불쑥 입을 열어 말하였다. 낭혜는 물끄러미 두 사람의 얼굴을 바라보았다. 오랜 침묵이 흐른 뒤 낭혜가 붓을 들어 먹을 듬뿍 묻힌 후 종이 위에 글자를 써 내려가기 시작하였다. 그러고 나서 먼저 김흔을 쳐다보고 말하였다.

"이것이 너의 단평이다."

두 사람은 낭혜가 쓴 글자를 쳐다보았다. 그것은 '풀 초(艸)' 자였다.

낭혜는 계속해서 풀 초 자를 연이어 세 개 써내렸다. 그러고 나서 말하였다.

"이처럼 풀 세 개가 너를 구해줄 것이다."

밑도 끝도 없는 말이었다. 밑도 끝도 없는 그 말도 그것으로 끝이었다. 김양은 이번에는 내 차례겠지 하고 기다렸지만 낭혜는 계속 묵묵부답이었다.

"어찌하여."

다소 볼멘소리로 김양이 나서 물었다.

"저에게는 아무런 말씀도 하지 않으시나이까."

그러자 낭혜가 말하였다.

"너는 미래를 점쳐보기에는 아직 어린 소년이 아니더냐."

13세의 김양을 어리게 보고 있는 낭혜를 향해 김양이 따져 말하였다.

"일찍이 화랑 관창(官昌)은 13세의 나이에 화랑이 되어 말을 타고 활쏘기를 익히다가 16세의 나이에 백제의 계백과 싸웠나이다. 관창이 사로잡히자 백제원수 계백은 '신라에는 용감한 선비가 많다. 어린 소년이 이러하거늘 하물며 장사에게 있어서랴' 하고 살려주었나이다. 이에 관창은 다시 우물물을 움켜 마신 후 재차 적진으로 돌진하여 싸우다 장렬하게 순국하였나이다. 이제 저도 13세의 나이로 관창과 마찬가지로 화랑이 되어 무예를 익히고 있나이다. 그러니 어찌 저를 어린 소년으로만 보시겠나이까."

그러자 듣고 있던 낭혜가 껄껄 웃으며 말하였다.

"네 말이 맞다. 내가 어찌 너를 어린 소년으로만 보겠느냐."

낭혜는 다시 붓을 들어 종이 위에 글자 하나를 써내렸다. 그러고 나서 김양을 쳐다보며 말하였다.

"이것이 너의 단평이다."

두 사람은 낭혜가 쓴 글자를 함께 바라보았다. 그것은 전혀 뜻밖의 글자였다. '계집 녀(女)'의 글자였던 것이다. 낭혜는 계속해서 계집 녀의 글자를 연이어 세 개나 써내렸다.

그런 후 물끄러미 김양을 바라보며 말을 이었다.

"계집 세 명이 반드시 너를 구해줄 것이다."

같은 사촌형제였으나 두 사람의 인물평은 이처럼 판이하였던 것이다. 종부형 김흔은 풀 초 세 개의 운명을 타고났으나, 김양은 뜻밖에도 계집 녀 즉 세명의 계집을 통한 운명을 타고난 것이었다. 그러나 낭혜의 단평은 그것으로 끝나지 않았다.

물러나기 직전 김흔이 다시 덧붙여 물었던 것이었다.

"스님, 한 가지만 더 여쭙겠습니다. 제 운명이 풀 초임을 잘 알겠사옵고, 풀 초 세 개가 반드시 저를 구해줄 것을 잘 알겠사옵는데, 그 풀잎 세 개가 저에게 무엇을 이루겠습니까."

그러자 낭혜는 단숨에 붓을 들어 종이 위에 글자 하나를 써 내렸다. 그들은 종이 위에 쓰여진 문자를 바라보았다.

"聖"

문자를 바라본 김양이 다시 물어 말하였다.

"스님, 저는 계집 셋을 통해 무엇을 이루겠습니까."

내친김에 낭혜는 빈 종이 위에 다시 글자 하나를 써 내렸다. 두 사람은 그 글자를 함께 바라보았다.

"世"

그러니까 사촌형 김흔은 풀잎 세 개를 통해 '성(聖)'을 이룰 것이며, 김양은 계집 세 명을 통해 '세(世)'를 이룰 것이라는 것이 낭혜화상의 참언(讖言)이었던 것이었다.

그리고 나서 두 사람은 봉황산을 내려왔으며, 그것이 두 사람이 함께 본 낭혜화상의 마지막 모습이었던 것이다.

그러나 "내가 머지않아 그대에게서 큰 은덕을 입게 될 것이다. 내가 지금까지 동쪽만 바라보기만 하다가 서쪽의 담은 보지 못하겠구나" 하고 김흔에게 내뱉은 낭혜의 밑도 없는 그 말은 그로부터 2년 후 구체적인 사실로 드러나게 되는 것이다.

즉 817년 중국 유학길에 올랐다가 풍랑을 만나 실패했던 낭혜는
또다시 중국유학을 가기 위해 822년 당은포(唐恩浦)에 머물고 있다
가 우연히 조정사(朝正使)로 나선 김흔을 만나게 되는 것이다.

이 때가 12월로, 낭혜가 김흔을 만나서 함께 가기를 청하자 문득
김흔은 2년 전 김양과 함께 봉황산으로 가서 부석사에 머물고 있던
낭혜화상을 만났던 기억을 떠올렸던 것이었다. 이때의 기록이 최치
원이 쓴 비문에 다음과 같이 나와 있다.

…… 낭혜화상이 조그만 구멍에 담긴 물에서는 잔을 띄울 수 없고,
여건이 조성되지 않은 비좁은 곳에서는 자신이 바라는 바를 이룰 수
없음을 생각하고 '동쪽을 바라보기만 하다가 서쪽의 담은 보지 못할
것이다. 깨달음의 세계가 멀리 있지 않을 터인데 어찌 살던 곳만 고집
할 것인가'라고 생각하고 선뜻 산에서 나와 바다로 나아가 중국으로
갈 기회를 엿보고 있었다. 장경(長慶)초에 이르러 조정사로 가는 김흔
이 당은포에 배를 대거늘 함께 타고 가기를 청하여 허락받았다.

이처럼 김흔은 사신으로 가는 배에 같이 태워줄 것을 청원하는
낭혜의 말을 듣자 문득 "머지않아 그대에게 큰 은덕을 입을 것이다"
라고 말하였던 낭혜의 말을 떠올렸고 주저 없이 낭혜를 조공선에
함께 태울 수 있었던 것이다.

중국으로 가는 배 위에서 김흔은 낭혜에게 다음과 같이 물었다고
전해오고 있다.

"스님, 스님께오서는 저에게 풀잎 세 개로 성을 이룰 수 있다고
일찍이 말씀하셨습니다. 그러면 다시 묻겠습니다, 풀잎 세 개로 무

엇을 통해 성을 이룰 수 있겠습니까."

그러자 낭혜는 빙그레 웃으며 다음과 같이 대답하였다.

"풀잎 세 개면 풀이 우거져 초목이 무성할 것이외다. 자고로 풀잎이 세 개 모이면 훼(卉)자가 될 것이나이다. '훼'라 함은 초목이 무성함을 나타내는 것이니 그대는 반드시 무성히 우거진 초목을 거쳐서 성을 이룰 것이나이다."

김흔의 도움으로 마침내 중국에 도착한 낭혜는 그곳에서 큰 깨달음을 얻는다. 이에 대해 최치원은 다음과 같이 기록하고 있다.

이어 대흥성(大興城) 남산의 지상사(至相寺)에 이르러서는 화엄을 이해하는 사람을 만나게 되었는데 부석사에서 배운 것과 다름이 없었다. 그때 얼굴이 검은 노인이 그에게 '멀리 자신 밖에서 도를 구하려하기보다 자신이 부처임을 아는 것이 낫지 않겠는가'라고 하였다. 대사는 이 말을 듣자마자 크게 깨달았다.

낭혜는 이후 중국에서 23년 간 머물며 크게 선풍을 일으키게 되는데 먼 훗날의 이야기지만 그가 중국에서 머문 23년 동안 일찍이 김흔과 김양 두 사촌형제에게 내린 참언은 정확하게 들어맞게 되는 것이다. 즉 김흔은 풀잎 세 개를 통해 '성불(聖佛)'을 이루며, 김양은 계집 세 명을 통해 '권세(權世)'를 얻게 되는 것이다.

김흔의 말이 두 사람에게 까마득히 잊고 있었던 10년 전의 일을 떠올리게 했던 것이다. 10년 전 두 사람이 화랑이었을 때 함께 부석사로 찾아가 낭혜화상으로부터 받았던 참언을 떠올렸던 것이다.

"풀잎 세 개로 초근목피(草根木皮)하여 성을 이룬들 그게 무슨 대수이겠느냐. 위흔이처럼 여색을 통해 비록 세속에 있다 하더라도 천하의 권세를 얻을 수 있다면 그게 바로 극락이 아니고 무엇이겠느냐. 아니 그러하겠느냐."

박장대소를 하면서 김흔이 말하였다. 그는 어지간히 취해 있었다. 오랜만에 김양을 만나 몹시 기분이 좋은 그는 연신 술잔을 비우고 있었던 것이다.

그래서인듯 갑자기 김흔은 하인을 불러 자신의 부인을 데려오도록 명하였다. 김흔의 부인은 정명(貞明)으로 빼어난 미인이었다. 후사가 없었던 흥덕대왕과는 달리 김충공은 대조적으로 수많은 아들, 딸을 두고 있었는데, 정명은 김충공의 딸 중의 하나였다. 김흔의 학문적 재능을 아끼고 있던 김충공은 선뜻 자신의 딸을 김흔에게 주어 사위를 삼았던 것이다. 김양 또한 정명을 잘 알고 있었다.

잘 알고 있을 정도가 아니라 마음속으로 정명을 사모하고 있었던 것이다. 실제로 자칫하면 김양과 정명은 서로 혼약을 치를 뻔까지 하였던 인연이었다. 그것은 김양의 조부 종기(宗基)가 소판으로 있을 무렵 유난히 김충공과 친하여 양가간의 혼약을 약조했기 때문이었다.

그 무렵 김충공은 집사부시중(執事部時中)으로 있었으며, 두 사람은 절친하여 매일같이 함께 술을 마시곤 했는데, 두 사람간에는 다음과 같은 일화가 있다.

어느 비 오는 날 함께 술을 마시기 위해서 각자 하인을 시켜 술을 들게 하고 집을 나섰다. 그러나 마침 내린 소나기로 냇물이 불어 도저히 건너갈 수 없게 되자 멀리서 손짓만 하다 결국 두 사람은 냇가 이편과 저편의 나무등걸(査)에 앉았다.

그리고는 냇물 이쪽에서 술잔을 들고 "한잔 드시오" 하고 말하며 머리 숙여 돈수(頓首)하면 냇가 저편에서도 "한잔 드시오" 하고 머리 숙여 답례를 하고 우중에서 술을 마셨던 것이다.

그러다 두 사람은 이럴 게 아니라 '우리 서로 사돈(査頓)을 맺읍시다' 라고 언약함으로써 김양과 정명은 집안어른들끼리로부디 가약을 맺었던 것이다.

그러나 그 모든 인연이 김헌창의 반란으로 수포로 돌아가버린 것이었다. 김양의 가문이 몰락함으로써 자연 파혼되었으며, 그 대신 김충공은 자신의 딸 정명을 장래가 촉망되는 김흔에게 주었을 뿐 아니라 선왕이 당나라에 사신을 보내려 할 때 마땅한 사람을 얻기 어렵자 김흔을 천거하였던 것이었다.

그후 김충공은 정사당(政事堂)에서 내외관(內外官)의 정주를 맡아보면서 인사문제의 실권을 잡는 등 최고의 정치실력자로 행세하면서 마침내 자신의 사위인 김흔을 중앙으로 불러들여 상국으로까지 임명하였던 것이다.

남편 김흔이 부르자 정명부인은 야심하였으나 두 사람이 있는 자리로 나와 앉았다.

한때 자신의 부인 정명이 사촌동생인 김양과 혼약까지 하였던 사이였음을 알고 있었을까. 아니면 모르고 있었을까. 알고 있었더라도 상관할 김흔은 아니었고, 모르고 있었더라도 당연한 일로 김흔은 짓궂게 김양에게 술까지 한 잔 따르도록 권유하였던 것이다. 그러나 술잔을 받는 김양으로서는 참을 수 없는 치욕이었다.

김양은 이제는 종부형의 부인, 즉 형수가 내려주는 술잔을 두 손으로 받아들고 아무런 내색 없이 이를 천천히 들이마셨다.

이 무렵 김흔과 정명부인은 정혼한 지 8년이 되었으나 아직 아이를 갖지 못하고 있었다. 《삼국사기》에 그로부터 20년 후 김흔이 죽었을 때 다음과 같은 간단한 기록이 나오고 있는 것을 보면 그들 부부는 평생 동안 아이를 갖지 못한 것처럼 보인다.

(김흔이)병들어 세상을 떠나자 부인이 상사(喪事)를 주관하였는데, 두 사람에게는 아들이 없었다…….

3

그날 밤.

김양은 늦게 잠자리에 들었다.

종부형 김흔과 대취할 만큼 술을 마셨으나 오히려 헤어져 자리에 눕자 정신이 말똥말똥하여 맑아졌다. 그는 팔베개를 하고 누워 정명부인으로부터 받은 술을 마실 때 그 술맛이 곰의 쓸개처럼 쓰디썼음을 떠올렸다. 종부형 김흔은 자신의 부인이 한때 김양과 문중에서 가약을 맺었던 사이라는 사실을 알고 일부러 불러들인 것이 아니었을까. 자신의 부인을 술자리에 나오도록 부른 것은 신라귀족들의 법도가 아닌 것이다.

그렇다면.

그는 천장을 바라보며 생각하였다. 김흔은 짐짓 부인을 오도록 하여 두 사람의 표정을 엿보며 짓궂게도 이를 즐기기 위함이 아니었을까.

갑자기 김양은 까마득히 잊었던 낭혜화상의 말을 떠올렸다.

"너는 반드시 세 명의 계집(女)을 통해 세(世)를 이룰 것이다."

지난 밤 종부형을 만나기 전에는 한 번도 떠오르지 않았던 말이었다. 그러나 문득 떠오른 그 말 한마디가 홀로 누운 김양의 의식에 화살처럼 내리박히고 있었다.

낭혜화상의 말이 사실이라면 나는 이미 한 명의 계집을 거친 것이 아닌가. 내 아내가 될 뻔했던 정명을 종부형에게 빼앗김으로써 운명은 이처럼 뒤바뀌게 되는 것이다. 김흔이 정명부인을 얻음으로써 오히려 최고의 귀족인 이찬 겸 재상인 상국으로 승승장구하고 있을 때 나는 이렇게 간신히 지방에서 목숨을 연명하고 있는 것이 아닌가.

그 순간, 김양은 누운 자리에서 벌떡 일어나 앉았다. 뭔가 번득이는 영감 같은 것이 홀연 뇌리를 스치고 지나갔기 때문이었다.

월단평.

10여 년 전 김양은 호통을 치며 주장자로 내리치려는 분노한 낭혜화상을 향해 "월단평을 내려주십시오" 하고 말함으로써 노기를 진정시키지 않았던가. 월단평이라 함은 허소와 허정 사촌형제가 그 지방에 살고 있던 인물들을 매월 초하룻날 비평하는 데서 비롯된 말.

후한(後漢) 말 12대 황제인 영제(靈帝)가 재위하고 있을 무렵 '황건(黃巾)의 난'이 일어나자 조조(曹操)가 허소를 찾아와 자신을 평해줄 것을 청한다.

그러나 허소는 워낙 성질이 거칠고 난폭하기로 소문이 좋지 않았던 조조인지라 선뜻 응하지 않고 망설이기만 했다. 이때 조조가 재촉하자 허소는 마지못해 이렇게 대답했다던가.

"그대는 태평성대에는 유명한 관리이지만 난세에는 간웅(姦雄)이 될 만한 인물입니다."

이 말을 들은 조조는 뛸 듯이 기뻐하며 황건적을 물리치기 위한 군사를 일으키지 않았던가.

그렇다면.

벌떡 일어나 앉은 자세에서 김양은 곰곰 생각하였다.

허소가 조조에게 말하였던 '간웅'의 '간'이야말로 '계집 녀'가 연이어 세 개 붙은 글자가 아닐 것인가.

그렇다.

김양은 앉은 자리에서 벌떡 일어났다. 낭혜화상이 말하였던 '세 명의 계집을 통해 세상을 얻는다'는 참언은 바로 '난세에 있어 간웅이 될 수 있는 인물'이라는 조조의 인물평과 같은 의미인 것이다. 지금이야말로 난세 중의 난세가 아닐 것인가.

이와 같은 난세야말로 조조와 같은 간웅이 필요한 것이다. 사촌형 태흔의 말대로 성(聖)이 무슨 소용이랴. 옛말에도 있지 않던가. '개똥밭에 뒹굴어도 저승보다는 이승'이라는 말이 있지 않던가. 나는 낭혜화상의 참언처럼 계집 셋의 간사스런 간을 통하여 난세 중의 간웅이 돼 세속의 권세를 움켜쥘 것이다. 그리하여 반드시 권토중래(捲土重來)할 것이다.

멀리서 아득히 닭 울음소리가 들려왔다. 거의 동시에 분황사에서 새벽을 알리는 종소리가 울려퍼지기 시작하였다.

댕댕댕댕…….

인시(寅時)를 알리는 그 범종소리를 들으며 김양은 혼자서 껄껄 웃기 시작하였다.

'난세에는 간웅이 될 것이다'라는 허수의 월단평을 듣고 기뻐 날뛰던 조조처럼 김양은 한바탕 껄껄 웃고 나서 이번에는 덩실덩실 홀로 춤을 추면서 방 안을 미친 듯이 맴돌기 시작하였다.

4

신라의 제42대 임금인 흥덕대왕 8년, 그러니까 서력으로 833년 가을.

마침내 무주에서 청해진으로 죄수 하나가 압송되어 왔다. 죄수는 성이 염(閻)가로《속일본기(續日本記)》에 의하면 이름은 문(文)이라 하였다.

청해진 대사 장보고의 입장에서 보면 참으로 앓던 이가 빠진 것 같은 신출귀몰하였던 도적의 체포였다.

그 무렵 청해진은 바야흐로 태평성대였다. 장보고가 흥덕대왕으로부터 대사를 제수받고 진영을 설치한 지 벌써 5년.

길지도 짧지도 않은 시기에 청해진은 번영을 이루고 있었다. 이처럼 청해진이 짧은 기간에 급속도로 번영을 이룰 수 있었던 근본 요인은 우선 장보고가 1만 명의 군사를 군정(軍丁)으로 동원하여 치밀한 조직의 군진(軍陣)을 편성했기 때문이었다.

중국에서 이미 무령군의 군중 소장으로 복무한 경험을 바탕으로 중국의 번진(藩鎭)제도를 모방한 장보고의 군진은 그 당시 신라의 군대에서는 찾아볼 수 없는 독창적인 조직이었던 것이다.

장보고는 우선 자신의 휘하에 중국에서 생사고락을 함께하였던 장변, 낙금, 장건영, 이순행 등의 효장을 정점으로 3천 명에 이르는 친위상비군의 아군(牙軍)을 창설하였다.

《삼국사기》의 기록에 의하면 장보고는 '원래 장사(壯士)를 사랑하는 사람'이었으므로 이들 장수 외에도 토호세력이었던 이창진(李昌珍) 등을 받아들여 군세를 확장하는 한편 무역을 하는 모든 선단에 병력을 배치하였던 것이었다.

이는 장보고가 흥덕대왕을 배알하고 말하였던 대로 해적을 소탕하기 위함이었던 것이다.

장보고는 노비를 근절시키기 위해서는 우선 해적을 소탕해야 하며, 해적을 소탕하기 위해서는 배를 강력하게 무장해야 함을 잘 알고 있었던 것이다.

당시에는 거의 모든 상선들이 약간의 소규모 무장을 하고 있었지만 해적선의 공세를 꺾기에는 역부족이었던 것이다.

장보고는 우선 배 위에 '병마사(兵馬使)'란 이름의 무장을 배치하고, 이를 통해 선단을 총괄하게 하였던 것이었다.

지금까지 선단의 책임자는 무역에 종사하는 회역사(廻易使)라든가 매물사(賣物使) 등의 상인들이 대부분이었으나 장보고는 정예군을 선단에 배치하여 완전 무장시키는 한편 병마사란 이름의 수장으로 하여금 지휘하게 함으로써 상선과 군선을 겸하게 하였던 것이었다.

　장보고의 군사들은 곧 바다를 장악하기 시작하였다.

　그뿐 아니라 장보고는 평로군 절도사 설평(薛苹)이 지난 821년 '해적들이 신라의 양민들을 약탈하여 중국으로 끌고 와서는 노비로 팔고 있다는 사실'을 지적한 다음 이 같은 범법행위를 근절시킬 수 있도록 칙령을 내려달라고 황제께 청해서 이에 따라 신라노를 방환하고, 다시는 신라노를 사고팔지 말라는 금칙이 내려졌으나 그 시행이 제대로 지켜지고 있지 않음을 장보고는 외교적 루트를 통해서 다시 한 번 설평에게 강력하게 항의하였던 것이었다.

　이에 설평은 장보고가 청해진을 설치한 지 6개월 뒤 828년 10월에 상주함으로써 황제는 자신이 내렸던 금칙의 여행(勵行)을 황제 이름으로 다시 한 번 명하고 있었던 것이었다.

　이런 장보고의 외교적 수단과 직접 군사적 수단의 양동작전으로 빠른 시간 안에 바다 위에서 해적을 소탕할 수 있었으며 마침내 해적들을 소탕함으로써 신라인들을 잡아가는 노예매매 행위를 근절할 수 있었던 것이었다.

　장보고에 의해서 평화가 찾아온 바다에는 그 대신 무역의 꽃이 활짝 피기 시작하였다.

　해적이 사라진 바다에는 '대당매물사'란 장보고의 무역선단인 '교관선'이 날개를 휘날리기 시작하였다.

　그 당시 중국의 양주는 정치·경제·사회·문화의 중심지이며, 신라 무역상인들을 비롯하여 아랍·페르시아 상인들이 거주하던 중국 최대의 국제도시였는데, 이들로부터 수입된 엄청난 박래품이 신라사회로 쏟아져 들어오는 한편 신라의 물건들도 아랍제국으로 수출되고 있었던 것이었다.

아랍의 지리학자 이븐 쿠르디바(Ibn Khurdhibah, 820~912)는 그의 저서 《제도로 및 제왕국지》에서 신라의 위치와 황금의 산출 그리고 무슬림들의 신라 내왕에 관하여 서술한 후 신라가 아랍에 수출한 상품명을 다음과 같이 언급하고 있다.

"중국의 동해인 이 나라에서 가져오는 물품은 명주, 비단, 검, 키민카우(Kiminkhau), 녹향, 노회, 말 안장, 표피, 도기, 돛천, 육계, 쿠란잔(Khulanjan) 등이다."

여기에 기록된 키민카우나 쿠란잔이 무엇을 가리키는 것인지는 모르나 인삼임이 분명한 고라이브(Ghoraib)와 생강 등도 이슬람으로 팔려 나갔음을 보면 그 무렵 장보고가 설진한 청해진이 국제무역에서 얼마만큼 큰 영향력을 가지고 있었던가를 미뤄 짐작할 수 있는 것이다.

이것은 일본도 마찬가지였다.

일찍이 《일본서기》에 보면 680년과 686년 두 차례에 걸쳐 신라로부터 "금, 은, 철, 칼, 전, 금은공예품, 고급비단, 호랑이가죽, 포, 말, 개, 노새, 낙타, 약물, 병풍, 피혁 등을 수입했으며, 이 밖에도 많은 불상과 갖가지의 색채비단을 수입했다"는 기록이 보이는데 특히 신라가 남해 서쪽에서 수입한 '낙타' 등의 진귀한 물건을 다시 일본으로 역수출하고 있다는 것을 보아 신라에 대한 일본무역의 의존도가 얼마나 막중하였던가를 미뤄 짐작할 수 있게 된 것이다.

그뿐인가.

《속일본후기(續日本後記)》의 승화(承和) 7년(840년 12월 17일)의

기록을 보면 일본의 전진무역기지였던 다자이후가 중앙정부에 다음과 같은 글을 올렸음을 알 수 있는 것이다.

"번외에 신라국 신하인 장보고가 사신을 보내어 방물을 올렸다."

장보고는 당시 국가간의 무역만 허용된 관행을 무시하고 신라조정과는 관계없이 독자적으로 자신의 무역선을 보내어 통교를 제의하고 있었다. 물론 다자이후는 '인신무외교(人臣無外交)'라는 원칙에서 장보고의 제의는 일단 거절하였으나 장보고의 회역사들이 가져온 당나라의 화물은 민간인들 사이에서 적당한 가격으로 매매하도록 지시하고 있었던 것이다.

또한 오늘날 나라의 정창원(正倉院)에는 대대로 일본 황실의 국보급 보물들이 수장되어 있는데 이곳에는 26점이나 되는 중요한 '매신라물해'란 문서가 함께 보관되어 있다.

'매신라물해(買新羅物解)'

이 문서는 관품 5위 이상의 일본귀족들이 신라로부터 박래품을 구입하기 앞서 그들이 필요로 하는 물건품목, 수량, 가격 등을 기록하여 궁내성에 제출한 구입허가 신청서인 것이다.

이 기록에 나와있는 물품들은 '훈육향, 청목향, 정향, 용뇌향' 등 동남아시아·인도·아라비아산의 각종 향료 등을 비롯하여 동남아시아·페르시아산의 각종 약재, 안료, 염료, 서적, 그 밖에도 일상기물로서는 '신라묵, 종이, 악기, 모전, 송자, 꿀, 구지, 경권(經卷), 불구, 거울, 원, 사바리(佐波里) 그릇' 등이었던 것이었다.

특히 최치원이 쓴 《계원필경(桂苑筆耕)》에는 그 당시에 신라에서 유행하던 민간 교역품의 이름이 다음과 같이 기록되어 있다.

"인삼, 천마를 비롯한 각종 약재와 금은동 공예품, 금은 그릇, 금어대, 금은 술잔, 금은산 벼룻갑과 벼룻대, 은연적, 은제 찻그릇, 금동자물쇠, 금동가위, 은수저, 고급비단, 황자색무늬갑, 옥 허리띠, 칠기그릇, 물소뿔 공예품……."

이 모든 물건들이 장보고의 무역선단에 의해서 당나라와 신라 그리고 일본의 삼국에 자유롭게 퍼져 나갔으니, 그런 의미에서 청해진은 오늘날의 홍콩이나 싱가포르 같은 전세계에서 그 유례를 찾아볼 수 없는 국제적인 자유무역항이었던 것이다.

그러나 이 무렵, 이처럼 태평성대를 누리는 청해진과는 달리 신라는 극도로 어지럽고 백성들은 도탄에 빠져 신음하고 있었다.

신라가 천재지변으로 얼마나 고통을 겪고 있었던가는《삼국사기》에 나오는 다음과 같은 기록으로 알 수 있는 것이다.

홍덕대왕 7년(832) 봄과 여름의 가뭄으로 왕이 정전(正殿)을 피하고 별전에서 잤으며, 통상 음식에도 상선(常膳)을 멸하고, 중외에 죄수들을 사하였다. 8월에 기근과 흉년으로 도적이 도처에 일어났다. 10월에 왕이 사자를 보내 백성을 안무(安撫)케 하였다.

예부터 어떤 재변이 있으면 그것을 부덕의 소치로 여기어 임금은 자신을 책망하는 의미로 정전을 피하여 별처에 거하고, 통상시의 요리에서 가짓수를 덜고, 또한 죄수들을 풀어주는 등 여러가지 안무의 방법을 행하는 관례가 있었던 것이었다. 그러나 이러한 노력에도 불구하고 재해는 그치지 아니하였다. 이듬해에는 더 큰 사건이 일어났던 것이었다.

"흥덕왕 8년(833) 봄에 국내에 큰 기근이 있었다. 10월에 살구꽃이 다시 피어나고 유행병에 죽는 사람이 많았다."

2년 연속 가뭄으로 인해 기근과 흉년으로 굶어죽는 사람이 많았을 뿐만 아니라 유행병까지 돌자 인심은 흉흉해지고, 각처에는 도적이 일어나고 있었던 것이었다.

이때 일어난 도적, 그가 바로 염문이었다. 그는 오늘의 광주인 무주사람이었는데, 원래부터 인근 바다에서 큰 활약을 떨치던 해상세력가였다. 그는 제법 큰 규모의 선단을 가졌던 상인이기도 했지만 그러나 그는 주로 노예무역에 종사하던 사람이었다.

노비는 그 무렵 최고의 이익을 보장하는 상품으로 염문은 주로 도서지방에서 기근이 들어 먹고 살길이 막막해진 사람들이 자신의 아이를 팔면 이를 수집해다가 중국의 해적들에게 넘기는 중간상 노릇을 했을 뿐 아니라 전성기 때는 직접 부하들을 시켜서 양민들을 약탈하여 강제로 중국의 노예시장에 내다 팔았던 전형적인 노예무역상이었던 것이다.

따라서 그는 제법 큰 세력을 떨치고 있었던 서남해안 일대의 세도가였다.

염문은 타고난 거칠고 포악한 성격으로 무자비하게 부하를 다뤘으며, 어떨 때는 직접 배를 타고 나가서 자신이 직접 노예를 약탈하기도 했었다.

그래서 사람들은 그를 방상시(方相氏)라고 부르면서 무서워하고 있었다. 실제로 염문은 노예를 약탈할 때마다 방상시의 가면을 쓰고 자신의 정체를 철저히 숨기고 있었던 것이다. 방상시란 본래 천연두의 역신(疫神)을 좇아내는 선신(善神)으로 최치원이 지은 향가에도 그 무렵 방상시의 황금탈을 쓰고 귀신을 부리는 모습이 다음과 같이 그려져 있다.

황금빛 얼굴 그 사람이
구슬채찍 들고 귀신을 부리네.
빠른 걸음 조용한 모습으로 운치 있게 춤추니.
붉은 봉새가 요(堯)시대 봄철에 춤을 추는 것 같구나.

그 당시 최고의 공포 대상은 천연두인 역병. 이 역신을 몰아낼 수 있는 방상시야말로 착한 일을 하는 좋은 신임에도 불구하고 공포 중의 공포였던 것이다.

따라서 사람들은 잔인무도한 염문을 '방상시'라고 부르면서 무서워하고 있었던 것이다. 사람들이 염문을 방상시라고 부르는 데는 그가 죽음의 노예상인으로서 공포의 대상일 뿐 아니라 최치원의 노래처럼 황금빛 방상시 가면으로 자신의 정체를 숨기고 있었기 때문이었다.

염문은 평소에는 무주에 머물면서 자신의 신분을 철저히 위장하고 있었다. 그는 옛 백제의 악궁인(樂弓人)들이 그러했듯 자색 큰소매 치마 저고리에 선비들이 쓰고 다니던 장보관(章甫冠)에 가죽신을 신고 다니며 필률을 불고 다녔다.

필률은 오늘날의 피리와 같은 악기인데, 특히 염문은 복숭아나무

껍질로 만든 세피리의 명수였다.

그가 피리를 불면 사람들은 슬피 울고, 하늘을 날던 새들도 날개를 접고 가지 위에 앉는다는 소문이 돌 정도였다.

사람들은 무주성 최고의 악공인 염문이 사람들을 약탈하여 노예로 파는 잔인무도한 악마임을 전혀 모르고 있었다. 심지어 그의 아내뿐 아니라 그의 누이를 비롯한 친족들도 전혀 모르고 있었다. 그런 의미에서 그는 '탈을 쓴 악마'였던 것이다.

염문도 처음에는 장보고가 일체의 해적행위와 노비매매를 금지하는 포고령을 내리자 이를 예의주시하고 있었다.

장보고는 잡혀온 해적들을 엄중히 다스리고, 특히 노비를 팔고 사는 중간상인격인 서남해의 해상세력가들을 단호하게 처벌하였다. 기시우시(棄尸于市)라 하여서 죄인의 시체를 토막 내어 시장이나 길거리에 내거는 공개적인 처형방식은 예부터 독특한 신라인의 형벌제도였는데 중한 죄인은 이같은 방법으로 처벌하고, 비교적 가벼운 죄인은 독특한 형벌로 다스렸던 것이다.

그것은 다도해에 있는 수많은 외딴 무인도 속에 가둬버리는 이른바 투기원도형(投棄遠島刑)의 형벌을 내린 것이다. 완도 앞바다에는 1백 50여 개에 가까운 무인도가 있는데 이 섬에 넣어 가두는 입도형(入島刑)을 내리면 죄인은 절대로 헤엄쳐 바다로 빠져나올 수 없으며, 목이 마른 죄인은 마침내 무인도에서 홀로 굶어죽을 수밖에 없는 극형이었던 것이다.

바닷가에서 태어나 바다에서 자란 장보고는 바다를 무대로 날뛰던 해적들과 노예상인들을 외딴 섬에 가둬버리는 독특한 형벌을 실행에 옮김으로써 바다가 얼마나 두렵고 무서운 존재인가를 극명하게 드러내 보인 것이다.

염문은 장보고의 결연한 의지를 유심히 지켜본 후 스스로 노예상인을 포기하였다. 그러나 노예무역은 포기하였으나 그는 몇 개의 교관선을 갖고 있었던 상인이었으므로 그대로 무역행위는 계속하고 있었던 것이었다.

그는 주로 당나라로 '해수피'와 같은 가죽제품을 수출하고, 비단을 수입해오고 있었다. 그러나 이런 소규모의 민간교역으로는 도저히 수지가 맞지 않았던 것이다. 노예무역을 하지 않고는 도저히 큰 돈을 벌 수 없었던 것이다.

그리하여 호시탐탐 때를 노리던 염문은 마침내 흥덕왕 8년 봄. 2년에 걸쳐 큰 기근이 들고 사방에서 벌떼처럼 도적이 일어나기 시작하자 다시 부하들을 시켜 각 해안지방을 돌아다니며 먹고 살기 위해 내다 파는 자식들을 사들이도록 명령했던 것이다.

우리나라의 대표적 판소리극인 〈심청전〉에서 심청이가 공양미 3백 섬의 값으로 중국선원에게 팔려나가듯 그 무렵에는 실제로 자손을 내다 파는 부모들이 많이 있었던 것이다.

염문은 대담하게도 5년 동안 철통수비로 완전히 근절된 노예무역을 다시 재개한 것이었다. 염문은 자신의 배를 구조하여 갑판 위에는 해수피를 비롯하여 해표피, 모피, 피혁 등 가죽제품을 선적하고, 갑판 밑에는 은밀히 수집한 신라노예들을 태워 중국의 양주로 보내곤 하였다.

그 무렵 양주는 대운하와 장강하류의 요충지로 회남절도사(淮南

節度使)가 설치되어 대도독이 11개 주를 관장하던 국제무역의 심장부였다.

　신라의 무역상인들뿐 아니라 서방세계의 파사국(波斯國 : 페르시아), 점파국(占婆國 : 인도차이나), 대식국(大食國 : 아랍제국) 상인들이 거주하고 있는 무역항으로 이곳에는 이들의 거주지인 파사장(波斯莊)과 신라방 그리고 화물집하장인 저(邸) 등이 집중적으로 생겨나고 있던 것이다.

　특히 이곳에는 십리장가(十里長街)라는 거대한 시장이 형성되어 있었는데, 그 무렵 이 시장은 한밤에도 성시를 이루는 야시장으로 화려한 곳이었다. 이 십리장가에서 가장 유명한 시장거리가 바로 노예를 사고파는 인육시장이었다.

　황제 목종(穆宗)의 금령으로 인육시장이 폐지되기까지 한때 이 시장에서는 페르시아를 비롯하여 아랍제국에서 끌려온 노예들은 물론 신라노들도 팔려나갔는데, 기록에 의하면 가장 인기 있는 노예가 바로 신라노였고, 가장 값비싸게 팔렸던 노예 역시 신라노였다고 전해오고 있었던 것이다.

　황제의 칙령으로 인육시장은 폐지되었으나 은밀히 이뤄지는 노예무역이 여전히 십리장가의 뒷골목에서 성행되고 있었다.

　염문이 수집한 노비들은 바로 이 십리장가의 뒷골목에서 가장 비싼 가격인 최고가에 매매되고 있었던 것이다.

　신라노들이 다시 십리장가의 암시장에서 은밀하게 거래되고 있다는 정보는 그곳에 살고 있는 신라상인의 눈을 통해 직접 확인되었으며, 이 정보는 해안지방을 따라 살고 있던 신라인들의 집단취

락지인 신라방(新羅坊)을 통해 곧바로 장보고에게까지 보고되었다.

장보고는 자신이 거느리고 있는 1만 명의 군사들을 치밀한 군진으로 조직하였을 뿐 아니라 중국에 살고 있는 신라인들 역시 치밀하게 조직하고 있었던 것이다.

신라인들의 취락지는 주로 대운하들을 따라 집중돼 있었는데, 그 중심지는 초주(楚州)와 연수향(漣水鄕)이었다. 이들 신라인 거주지역을 '신라방'이라 하였는데, 이곳에는 신라인 사무를 전담하는 '구당신라소(勾唐新羅所)'가 설치되어 총관(總管)이 행정을 담당하고, 그 아래에는 사무전담관인 전지관(專知官)과 통역을 담당하고 있는 역관(譯官)의 관리가 있었던 것이다.

외국인들이 중국에 머물려면 반드시 통행허가증인 공험(公驗)이 있어야 했으나 신라방에 머물고 있는 신라인들은 자치권이 부여되어 있어 일종의 치외법권 지역이었던 것이다.

장보고는 이러한 신라방들을 하나로 묶어 점조직으로 연결하고 있었다. 이는 무엇보다 '정보'를 생명처럼 중요시하는 장보고의 혜안 때문이었다.

뛰어난 무인이자 탁월한 상인이었던 장보고는 남보다 한발 빠르고 남보다 정확한 정보야말로 해상제국을 이룰 수 있는 핵심임을 꿰뚫어 보고 있었던 것이다.

장보고의 정보능력이 얼마나 탁월한가를 보여준 단적인 예가 있다.

세계의 3대 여행기인 엔닌의《입당구법순례행기》에서 엔닌은 이렇게 기록하고 있는 것이다.

서기 839년 4월 20일.

이른 아침에 신라인이 작은 배를 타고 와서 전하는데, 장보고가 신라의 왕자와 공모하여 반란을 일으켰으며, 반란이 성공하여 그 왕자가 왕위에 올랐다고 한다. 남풍이 강하게 불고 조류마저 역류하여 배를 타지 못하고 동서로 왔다갔다하니, 흔들림이 몹시 심하다.

엔닌이 장보고가 반란을 일으켜 성공했다는 소식을 들은 것은 소촌포(邵村浦)로 오늘날의 산동성 모평현(牟平縣) 유산진(乳山鎭)의 서남해안에 있던 소촌을 가리키는 말이다.

오늘날에도 한적한 해안가인 이 작은 어촌에 불과 며칠만에 신라에서 일어난 '장보고의 정변'에 관한 소식이 '작은 배를 타고 온 신라인'으로 부터 전해질 수 있을 만큼 장보고가 조직한 신라인들의 정보력은 가히 오늘날 매스 미디어의 뉴스보다 정확하고 신속하였던 것이다.

어쨌든 이처럼 치밀한 정보망을 통해 또다시 신라노예들이 양주에서 암거래되고 있다는 정보를 입수한 장보고는 불같이 분노하였다.

장보고는 즉시 전 부하들에게 철저하게 감시를 강화할 것을 명하였다. 그러나 염문은 신출귀몰하였다.

겉으로는 옛 백제인의 복장을 하고, 악공인 행세를 하면서 필률을 불었으나 실제로는 죽음의 지승사자인 노예상인이었던 염문은 방상시의 탈을 쓴 악마처럼 좀처럼 정체를 드러내지 않았던 것이었다. 그러나 옛말에 '꼬리가 길면 밟힌다'고 했던가, 그러한 염문에게도 마침내 꼬리가 밟히는 때가 온 것이었다.

《속일본후기》에는 염문의 부하로서 이소정(李小正)이란 이름이 나오고 있다.

승화(承和), 즉 842년 정월에 기사를 보면 다음과 같은 내용이 실려 있다.

"염문(염장)의 부하 이소정 등 30명이 규슈 지쿠센의 오쓰에 왔다."

기록을 보면 알 수 있듯이 이소정은 염문의 부하였다. 이소정은 자신의 주인인 염문의 실체를 알고 있는 유일한 심복 부하였던 것이다. 이소정은 염문이 갖고 있는 무역선단의 수장으로 겉으로는 매물사란 직함을 지닌 상인이었으나 실제로는 해적 출신이었던 것이다.

중국으로 무역을 떠나는 모든 상선들은 청해진의 본영에 들러 출항 허가를 받아야 했는데, 이때는 장보고의 아군들이 나와서 선박을 수색하고 통행증을 발부해주곤 했었다.

처음에는 가죽제품을 선적한 갑판 아래쪽에 따로 노예들이 갇혀 있었음을 몰랐던 병사들은 장보고 대사의 엄명에 따라 선체를 샅샅이 수색한 끝에 마침내 비밀창고를 발견해낸 것이었다.

병사 하나가 갑판의 뚜껑을 열자 그 안에서 수십 명의 노예들이 발견되었다. 모두 어린아이들이었다. 남자아이들은 노복으로 팔리는 것이 대부분이었으나 여자애들은 성적인 노리개로 팔려나가는 것이 보통이었다.

그 즉시 선단의 책임자가 체포되었는데, 그가 바로 해적 출신의 이소정이었다. 대부분의 해적들은 신의도 없고, 의리도 없어 오직 이익이 있는 곳을 향해 충실할 뿐이었는데 이소정은 달랐다.

장변(張弁)이 직접 나서서 문초하였으나 이소정은 끝까지 이 모든 일이 자신이 혼자 한 일이라고 우겼을 뿐 끝까지 입을 열지 않았던 것이다.

장변이 칼을 들어 베려 했으나 이를 어려계(於呂系)가 만류하였다.

어려계는 장보고가 곁에 두고 모사(謀事)로 쓰고 있던 사람이었다. 훗날 장보고가 비참하게 암살당한 후 일본으로 망명하여 자신을 '장보고가 거느리고 있던 도민'이라며 보호를 요청했던 기록이 《속일본후기》에 나오고 있는 것을 보면 그는 아마도 완도를 중심으로 한 인근도서에 살고 있었던 토착민이었던 것 같다. 그러나 그는 영민하여 장보고의 측근에서 항상 계책을 세우는 책사 노릇을 했던 뛰어난 인물이었다.

"그를 죽여서는 안 됩니다."

어려계가 말하였다.

"그를 죽이면 노비를 사고파는 원흉은 잡히지 않을 것입니다. 그 자는 한갓 졸개에 지나지 않습니다. 노비매매를 근절하려면 종이 아니라 주인을 잡아 뿌리를 뽑아야 합니다."

"허지만."

참다 못해 장보고가 입을 열어 말하였다.

"그자는 전혀 입을 열지 않고 굳게 다물고 있지 않은가."

실제로 몇 번의 국문에도 이소정은 입을 열지 않았다. 심지어 인두로 맨살을 지져도 신음할 뿐 비명소리 한 번 내지 않고 있었던 것이었다.

"아닙니다, 대사 나으리."

장변이 나서서 말하였다.

"이자는 죽어도 입을 열지 않을 것입니다. 그러므로 또다시 시장 거리에 내다가 많은 사람들이 보는 앞에서 갈갈이 몸을 찢어 죽인다면 다시는 이런 일이 없을 것이나이다."

"방법이 없는 것이 아닙니다."

잠자코 말을 듣고 있던 모사 어려계가 나서서 말하였다.

"그것이 무엇인가."

장보고가 묻자 어려계가 웃으며 말하였다.

"귀를 잠깐 빌려주셨으면 합니다."

장보고가 이를 허락하자 어려계가 장보고의 귓가에 입을 대어 속삭여 말하였다. 이를 들은 장보고의 입가에도 미소가 번져나갔다. 잠시 후 장보고의 입에서는 뜻밖의 명령이 내려졌다.

"그자를 입도시켜 투기원도형에 처하라."

투기원도형.

이는 죄수를 외딴 무인도에 가둬버림으로써 먹을 물과 양식을 구할 수 없는 죄수를 천천히 죽이는 극형의 한 방법으로 신라의 전통적 형벌제도였으나 이를 실제로 실행에 옮긴 사람이 바로 장보고였던 것이다.

완도 앞바다, 즉 남해의 조류는 대부분 동에서 서쪽으로 흐른다. 해안에 가까워질수록 간만의 차가 심해지고 방향을 바꾸는 해류가 하루에 두 번씩 교차됨으로써 이 빠른 물결을 거슬러 무인도에서 헤엄쳐 나와 도망칠 수 있는 것은 불가능한 일임을 장보고는 잘 알고 있었던 것이었다.

그런데 장보고는 이해할 수 없는 명령을 덧붙였던 것이다.

"그자를 백일도에 입도케 하라."

장변은 대사의 말을 이해할 수 없었다.

완도 앞바다에는 1백 50개의 무인도가 있었다. 대부분의 죄수들은 구도나 덕우도, 마삭도나 죽굴도 같은 무인도 중에서도 외딴 섬에 가두는 것이 보통이었던 것이다. 그것은 뭍에서도 수백 리 떨어진 곳으로 도저히 살아나올 수 없는 절해 고도였던 것이다.

그러나 장보고가 지적한 섬은 전혀 뜻밖의 장소였다. 그것은 뭍에서 손만 뻗으면 닿을 수 있는 가까운 섬으로 암초로 구성된 무인도이긴 했지만 물때를 잘 노려 탈출을 시도하면 쉽게 도망칠 수 있는 근해에 있는 섬이었던 것이다.

더구나 이소정은 해적 출신이 아닌가. 해적이라면 누구보다 바다의 물씨[潮流]에 대해서 잘 알고 있을 뿐 아니라 바닷속으로 수십 리를 갈만큼 수영에 능숙할 것이 아니겠는가.

그러나 장변은 장보고의 명령을 거역할 수 없었다. 그는 즉시 해적 이소정을 배에 싣고 완도 앞바다로 나아가서 백일도에 가둬버렸다.

백일도는 암초로 이루어진 무인도였으므로 한 방울의 물도 구할 수 없는 외딴 섬이었다. 장변이 이소정을 백일도에 투기하고 오자 장보고는 부하 이창진을 따로 불러 은밀하게 명령을 내렸다.

과연 어려계의 계략은 적중되었다.

백일도에 던져진 해적 이소정은 바로 그날 오후 밀물 때를 노려 탈출을 시도했던 것이다. 원래 깊은 바다에는 강물처럼 흐르는 해류가 있어 이를 흑조(黑潮)라고 불렀는데, 이소정은 본능적으로 이 해류를 타면 별로 힘을 들이지 않더라도 연해에 닿을 수 있음을 잘 알고 있었다.

그러니까 어려계는 해적 출신 이소정이 손쉽게 백일도에서 탈출에 성공할 수 있음을 꿰뚫어 보았고, 장보고 역시 어려계의 모략에 동조하였던 것이다.

어차피 어려계의 말대로 한갓 하수인에 불과한 이소정을 처벌하는 것보다는 탈출에 성공한 이소정의 뒤를 밟음으로써 이소정에게 노비매매를 교사(敎唆)한 원형을 잡아내는 것이 보다 중요하다고 생각했던 것이었다.

이소정은 손쉽게 해류를 타고 바다를 건넜으며, 연안에 가까워오자 필사적으로 헤엄을 치기 시작하였다. 해안이 가까워 올수록 물살이 빨라지고 파랑(波浪)이 심해져서 웬만한 사람들은 이 역류하는 파도를 거슬러 올라갈 수 없었으나 이소정은 과연 해적 출신답게 죽을 고비를 무난히 넘기고 상륙할 수 있었다.

이소정은 교활하였으므로 낮 동안은 산속에서 몸을 숨겼다가 해가 지면 이동하는 수법을 사용하고 있었다. 그는 일단 국법으로 금지된 노예매매를 했던 해적이었고, 입도형의 형벌을 받았던 죄수였으므로 다시 한 번 체포되면 그 즉시 능지처참당해 죽을 것임을 잘 알고 있었던 것이다.

이소정은 한낮에는 빈 인가에 들어가 밥을 훔쳐 먹고 옷도 훔쳐 갈아입기도 하면서 내륙지방으로 깊이 들어가고 있었다.

그러나 이러한 이소정의 일거수일투족을 숨죽여 지켜보는 사람이 있었는데, 그가 바로 장보고로부터 은밀하게 명령을 받은 이창진이었다. 다른 장수들이 대부분 장보고와 중국에서부터 생사고락을 함께하였다면, 이창진은 토호세력 출신의 장수였으므로 자연 이곳 지리와 형세에 밝았던 것이다. 그런 의미에서 섬을 탈출한 이소정의 뒤를 미행하는 데에는 이창진을 당할 사람이 없었다.

완두의 옛 이름은 가리포(加里浦)로, 가리포에서 도독부가 있는 무진까지는 1백여 리에 해당하는 가깝고도 먼 길이었다.

웬만한 장정이 빨리 걷는다면 사흘이면 도착할 수 있는 길이었으나 남의 눈을 피해 도망쳐야 할 이소정은 한낮에는 대부분 숲속에 숨어 있다가 어둠이 내리면 움직였으므로 닷새 후에야 무주에 도착하였다.

무주는 전라도 최대의 거읍(巨邑)으로 예부터 무진악(武珍岳)이라고 불리는, 무등산(無等山)이 있는 변진이었다. 전라도 제일의 명산이라 하여서 해마다 소사(小祀)를 지냈고, 《동국여지승람(東國輿地勝覽)》에는 이 산 서쪽 양지바른 언덕에 돌기둥 수십 개가 즐비하게 서 있는데 그 높이가 1백 척이나 되어서 산의 이름을 서석산(瑞石山)이라 불렀다고 기록하고 있다.

그보다도 그 무렵 이 무주의 도독이 바로 위흔, 그러니까 김양이었던 것이다.

이 무렵 김양이 무주의 도독으로 임명된 지 이미 2년의 세월이 흐르고 있었다.

《동국여지승람》에 신라 문무왕 18년에 도독으로 부임하였던 천훈(天訓)과 더불어 신라 때의 명환(名宦)으로 손꼽히고 있는 김양은 2년의 세월동안 성민들로부터 칭송을 받고 있었던 지방장관이었다.

원래 무진주는 백제의 땅으로 옛 이름을 노지(奴只)라고 하였다.

해적 이소정은 백일도를 탈출한 지 닷새 만에 김양이 도독으로 있는 무주, 즉 노지로 숨어들었던 것이었다.

그러나 이러한 이소정의 뒤를 닷새 동안 쥐도 새도 모르게 이창진은 밟고 있었다. 이창진은 이곳 지리에 밝아 이곳 일대의 형세를 제 손바닥 들여다보듯 훤히 꿰뚫어보고 있어 이소정이 갈 수 있는 길목을 귀신처럼 차단하고 있었던 것이다.

그리하여 마침내 이창진은 해적 이소정이 최종적으로 접선하는 탈을 쓴 악마의 실체를 밝힐 수 있게 되었던 것이다.

옛 백제인의 자색 치마 저고리를 입고, 장보관에 가죽신을 신은 악궁인 염문. 복숭아나무로 만든 세피리의 명인인 염문이 저승사자인 방상시의 탈을 쓴 악마임을 밝혀낸 순간 이창진 자신도 소스라쳐 놀랄 수밖에 없었던 것이다.

왜냐하면 이창진도 염문이 피리를 불면 사람들이 슬피 울고, 하늘을 날던 새도 날개를 접고 가지 위에 앉는다는 소문을 익히 전해 듣고 있었기 때문이었다.

그래서 이창진은 며칠 동안 주도면밀하게 관찰하였다.

혹시 자신이 잘못 보았는가. 몇 번이고 확인하였지만 이소정이 숨어들어간 곳은 틀림없이 염문의 집이었던 것이었다.

마침내 이창진은 염문을 체포하기로 하였다. 겉으로는 피리를 부는 악궁인이었으나 실제로는 노비를 팔아넘기는 인간 백정이었고, 방상시의 탈을 쓰고 노예를 약탈할 때면 잔인무도한 해적이라는 소문을 듣고 있었으므로 이창진은 무장한 부하들을 이끌고 염문의 집을 급습하였던 것이었다.

그때 염문은 피리를 불고 있었다. 그 노래는 이창진의 귀에도 낯익은 곡조였다. 그것은 〈무등산곡(無等山曲)〉이었다. 이 노래는 백제 때부터 내려오는 백제악으로 《동국여지승람》에는 이 노래에 대해 다음과 같이 기록하고 있다.

무등산은 광산현(光山縣) 동쪽 십리에 있는 진산(鎭山)인데 하늘같이 높고 큰 것이 웅장하게 50리에 걸쳐 있다…… 하늘이 가물다가 비가 오려고 할 때나, 오랫동안 비가 오다가 개려고 할 때면 산이 우는데 그 울음소리가 수십 리까지 들린다. 속설에 의하면 무등산곡이 있는데 백제 때 이 산에 성을 쌓아서 백성들이 서로 믿고 편안히 살면서 즐겨 부른 노래라고 한다.

염문이 불고 있는 곡조가 《동국여지승람》에 기록되어 있는 것처럼 옛 백제인들이 무등산에 성을 쌓고, 태평성대를 누리면서 즐겨 불렀던 바로 그 무등산곡이었던 것이었다.

염문은 피리를 불고 있다가 이창진을 비롯하여 무기를 빼어든 한 떼의 군사가 자신의 집을 포위하고 다가오자 피리를 멈추고 물어 말하였다.

"도대체 무슨 일입니까."

태연자약한 염문의 모습에 분노한 이창진이 그 즉시 칼을 빼어들고 호통을 쳐 말하였다.

"네 이놈. 네 죄를 네가 정녕 모르겠느냐."

그러나 염문의 얼굴에는 조금의 변화도 없었다.

"도대체 무슨 일이시나이까. 소인이 무슨 죄를 졌다고 이러시나이까."

그러자 이창진이 부하들을 돌아보며 말하였다.

"이 집을 샅샅이 뒤지거라. 그러면 이 집 어딘가에 쥐새끼 한 마리가 숨어 있을 터이니. 그놈이 바로 국법을 어기고, 섬에서 탈출하여 도망친 해적일 것이니라. 이처럼 국법을 어기고 도망친 죄수를 숨겨 은닉하여준 죄 또한 막중하려니와 네놈은 정체를 숨기고, 대왕마마께오서 엄금한 노비를 약취하여 몰래 팔아먹으려는 인륜을 거슬린 대역죄인이니라."

이창진의 호통에도 염문은 눈썹 하나 까딱이지 않았다.

"무슨 말씀이시나이까. 소인을 대역죄인이라니요. 소인을 노비를 약취하여 팔아먹는 노비상인이라니요. 잘못 보셨나이다, 나으리. 소인은 나으리께오서도 잘 아시다시피 다만 백제악을 연주하는 악공인에 불과하나이다."

그러나 이창진의 부하들이 샅샅이 집을 뒤져 염문이 쓰고 다니던 방상시의 탈을 찾아내었다. 이로써 염문이 바닷가에 살고 있던 사람들에게 공포의 상대로 불리던 죽음의 악마, 바로 그 노예상인임이 밝혀짐 셈이었다.

"네 이놈, 이래도 시치미를 떼겠느냐. 이 가면이야말로 네놈이 쓰고 다니면서 노비들을 약취하던 바로 그 방상시가 아닐 것이냐."

"나으리, 이 탈은 악공인들이라면 누구나 쓰고 다니는 가면임을 잘 알고 계시지 않습니까. 특히, 사내금(思內琴)을 연주할 때면 무척들이 쓰고 춤을 추던 가면이나이다."

그러나 다른 부하들이 마루 밑에 숨어있던 해적 이소정을 찾아내어 끌고 오자 염문의 표정은 이내 어두워졌다.

"네 이놈."

이창진이 다시 소리쳐 호통하였다.

"이래도 아니라고 우길 테냐. 이놈은 해적으로 국법으로 엄금된, 노비를 국외로 몰래 반출하여 노예시장에 팔아먹으려다 붙잡힌 자이다. 뿐 아니라 입도형을 받고 섬에 갇혔다가 탈출하여 도망친 대역죄인이니라. 이놈이 바닷가에서 닷새 간이나 도망쳐 네놈의 집으로 들어와 이처럼 마루 밑에 숨어있다 발각되었다면, 이놈이 네 부하이고, 바로 네놈이 노비를 팔아먹은 원흉이 아니고 무엇이란 말이냐. 여봐라, 무엇들을 하고 있느냐. 얼른 저놈을 체포하여 두 손을 묶고 포박하지 않겠느냐."

이창진의 말을 들은 한 떼의 군사들이 염문을 체포하기 위해서 몰려들었다.

그 순간 염문의 몸이 허공으로 솟구쳤다. 제자리에서 높이뛰기를 하여 공중으로 치솟아 비상하였던 것이다. 거의 동시에 염문은 자신이 들고 있던 피리의 끝부분을 벗겨 내렸다.

보통 피리는 관(管)에 입을 대고 부는 설(舌)을 꽂아 붙였는데, 염문이 그 설을 뽑아 내리자 날카로운 칼이 나타난 것이었다. 염문은 자신이 부는 필률을 악기 뿐 아니라 유사시에는 무기로도 사용했던 것이다.

거의 동시에 염문의 칼이 가장 가까이 선 군사의 목을 아주 낮은 자세인 탐해세(探海勢)를 취하더니 순식간에 목을 찔러 쓰러뜨렸다.

이른바 역린자(逆鱗刺)였다.

역린자는 단숨에 칼을 비스듬히 틀어 상대방의 목을 찔러 일격에 쓰러뜨리는 검법으로 검술에 있어 가장 어려운 격세(擊勢)였던 것이었다. 일격에 급소를 찔린 병사는 그대로 비명을 지르며 쓰러졌다. 그의 목에서 피가 분수처럼 솟구쳤다. 그러자 쳐들어가던 군사들의 기세가 일단 꺾여 멈칫거렸다.

"오냐."

염문이 세피리로 만든 검을 머리 위로 수직으로 치켜들어 조천세(朝天勢)의 자세를 취하면서 말하였다.

"이렇게 된 이상 나도 호락호락 당하고 있지만 않을 것이다. 오너라. 몇 놈이든 상대하여 모두 단칼에 베어 죽일 테니까."

염문의 잔인무도함과 그 흉폭함에 대해서는 이미 자자한 소문을 듣고 있었으나 이처럼 날카로운 무예까지 갖추고 있음을 가히 상상하지 못한 이창진이었던지라 그는 칼을 빼어들고 주위를 돌아보며 말하였다.

"저자를 죽여서는 안 된다. 털끝 하나라도 베거나, 몸에 상처를 입혀서는 아니 된다. 반드시 산 채로 생포해야만 한다."

이러한 이창진의 명령을 들은 염문은 껄껄 웃으며 말하였다.

"오냐, 내 몸에 털을 하나라도 베기 전에 내가 먼저 네놈들의 목숨을 빼앗아주겠다. 자, 한꺼번에 덤벼라."

그러나 이창진의 부하들은 쉽사리 염문을 체포할 수 없음이었다. 이미 그들의 눈으로 직접 본 대로 염문의 무술솜씨가 뛰어나서 함부로 다룰 수 없음이 아니라 수장 이창진의 말대로 반드시 다치거나 죽이지 않고 산 채로 생포해야 한다는 부담감이 있었기 때문이었다.

마침 이창진의 부하 중에 어부 출신의 군정 하나가 있었다. 그는 고기를 잡는 데 쓰는 그물의 명수였다. 하는 수 없이 고기를 잡는 데 쓰는 어망을 구해다가 그 군정이 투망질을 하여 염문을 사로잡았다. 염문으로서는 속수무책이었다. 몸부림을 치면 칠수록 그물은 조여들어 마침내 염문은 산 채로 포박, 체포되었다.

염문은 장보고가 흥덕대왕으로부터 청해진의 대사로 제수받고, 해적의 소탕을 시작한 지 5년 만에 붙잡힌 최후의 해적이자 노예상인이었다.

염문은 그 즉시 무주 도독부의 관아에서 허락을 받은 후 청해진으로 압송되었다. 물론 염문은 국법을 어긴 대역죄인이었으므로 청해진으로 이송되는 데에는 아무런 지장이 없었으나 일단 무진의 관할에서 체포되었으므로 도독부의 허락을 받아야 했다.

염문이 이창진에 의해서 청해진으로 끌려온 것은 흥덕대왕 8년. 그러니까 서력으로 833년 가을이었다.

장보고의 입장으로서는 참으로 앓던 이가 빠진 것 같은 신출귀몰한 도적의 체포였던 것이다.

청해진으로 압송된 염문은 그 즉시 장보고가 머물고 있는 군막으로 끌려갔다.

"네놈이 바로 염문이란 자이냐."

장보고가 묻자 온몸이 밧줄로 묶인 염문이 대답하였다.

"그렇소이다."

"너는 어찌하여 국법으로 금령이 내려진 노비를 또다시 약탈하여 국외로 팔아넘기려 하였는가. 너는 노비매매를 금지한다는 포고령을 듣지 못하였느냐."

"들었소이다."

"만약에 포고령이 내려진 이후에도 노비를 매매한다면 반드시 국법으로 엄중히 다스려 문초하겠다는 내용 또한 듣지 못하였느냐."

"그 또한 들었소이다."

염문은 담담하게 대답하였다.

"그러면 어찌하여 또다시 노예매매를 시작하였느냐. 방상시의 탈까지 쓰고 교묘히 정체를 숨긴 채 어찌하여 죄도 없는 무고한 백성들을 납치하여 외국에까지 팔아넘기는 해적노릇을 할 수 있단 말이냐. 너는 애비 애미도 없고, 처가존속도 없는 사람의 가죽을 쓴 짐승이란 말이냐."

그러자 염문이 고개를 세워들고 똑바로 장보고의 얼굴을 쳐다보고 말하였다.

"대사 나으리, 소인도 대사 나으리의 명성을 이미 익히 들어 잘 알고 있나이다. 또한 대사 나으리도 소인과 마찬가지로 바닷가에서 태어난 해도인이며, 또한 미천한 바다사람 출신임을 잘 알고 있나이다."

염문은 말을 이어 내려갔다.

"따라서 우리 같은 미천한 바다사람들이 먹고 살 수 있는 방법은 예부터 장사밖에 없음을 대사 나으리도 잘 아시고 계실 것이나이다. 그러나 큰 이윤을 남길 수 있는 장사들은 모두 나라님들이 다하고, 우리 같은 해도인들은 겨우 입에 풀칠이나 할 수 있을 정도의 물건들만이 고작이었나이다. 게다가 지난 2년 간 천재지변으로 가뭄이 들고 흉년이 겹쳐 호구책조차 마련할 수 없었나이다. 나으리께오서는 어찌하여 소인더러 무고인 백성들을 납치하여 팔아넘기는 해적 노릇을 하였느냐고 꾸짖으셨으나 소인은 백성들을 납치하였던 적은 없사옵고, 다만 기근으로 인하여 팔아넘기는 자손들을 비싼 값으로 사들여 당나라의 선원들에게 되넘긴 죄밖에는 짓지 않았나이다. 뿐 아니라 대사 나으리, 나으리께오서는 소인에게 사람의 가죽을 쓴 짐승이라고 노비의 매매를 꾸짖으셨으나 예부터 노비는 조정에서 당나라에 조공할 때 진상하던 중요한 교역품 중의 하나였음을 모르셨나이까."

염문의 말은 사실이었다.

이 무렵 대당매물사들이 중국과의 공무역을 통해 교역되던 물품에 관한 관변(官邊)의 기록이 남아 있는데, 이에 의하면 신라에서 당으로 수출된 교역품으로는 금속공예품, 금과 은, 동, 동제품, 직물공예품, 직물, 약재, 향류, 말, 매, 해수피 그리고 가장 중요한 교역품이 바로 노비였던 것이었다.

그러므로 염문의 말은 조정에서도 품목 속에 노비를 포함시켜 인신매매를 합법적으로 하고 있는데, 어찌하여 자신들의 노비매매는 불법으로 금지하고 있느냐는 주장이었던 것이다. 그러자 이를 듣고 있던 어려계가 나서서 소리쳐 말하였다.

"네 이놈, 네놈이 지금 어느 안전이라고 입을 놀리고 있단 말이냐. 네놈은 이미 국법으로 내린 포고령을 듣지도 보지도 못하였단 말이냐."

"나으리."

조금도 물러서지 않고 염문이 말을 이었다.

"대사 나으리가 청해진에 진영을 설하기 전까지만 해도 소인들은 이곳에서 나름대로 세력을 이루고 잘 살고 있었나이다. 그런데 대사 나으리께오서 이곳에 설진하신 이후부터 저희들은 갑자기 도적이 되고, 해적의 무리가 되어 버렸나이다."

"그러면."

묵묵히 듣고 있던 장보고가 비로소 입을 열어 물었다.

"너는 자신을 무엇이라고 생각하고 있느냐."

염문이 대답하였다.

"소인은 한 번도 내 자신을 해적이라고 생각하여 본 적은 없었나이다. 소인은 자신을 다만 상인이라고 생각하고 있나이다."

그 순간 염문을 체포하여 이곳까지 압송하여 온 이창진이 참을 수 없다는 듯 소리 높여 말하였다.

"대사 나으리, 이자는 교활하기 짝이 없어 마치 승냥이와 같은 자이나이다. 이자는 방상시의 탈을 쓰고 무고한 사람들을 약탈하여 도둑질을 하던 해적이었고, 또한 자신을 체포하러 온 병사를 죽인 살인자이기도 하나이다. 따라서 국법에 따라 이자를 엄중히 다스려야 기강이 설 것입니다."

"저자를 어떻게 처벌하여야 옳을 것이냐."

장보고가 묻자 책사 어려계가 대답하였다.

"마땅히 사형에 처하여야 한 것이나이다."

당시 신라의 형벌제도는 고구려의 율법과 함께 중국의 수나라와 당나라 이전의 형벌제도를 계수하고 있었다. 즉 살인 죄인은 반드시 사형에 처하는데, 그의 친족까지도 연대하여 처벌하는 족형이 대부분이었던 것이다. 사형의 방법도 다양해서 수레에 머리와 사지를 묶고 몸을 찢어 죽이는 거열(車裂), 사지를 베어 죽이는 사지해(四支解), 시장 또는 길거리에서 많은 사람들이 지켜보는 데서 공개적으로 처형하는 기시(棄尸)의 방법이 있었던 것이었다.

"저자는 잔인무도하고 자신이 저지른 죄에 대해서 추호의 뉘우침이 없는 악질이므로 반드시 목을 베어 현수목상하여 백성들에게 공개 전시하여야 할 대역죄인이나이다."

현수목상(懸首木上).

어려계가 주장하였던 현수목상은 목을 베어 그 머리를 나무에 매달아 높은 데 올려놓고 백성들에게 공개 전시하는 극형이었던 것이다. 그러자 이를 경청하고 있던 장보고가 갑자기 염문에게 물어 말하였다.

"그대는 어떻게 죽고 싶은가."

온몸이 꽁꽁 포박당한 채 무릎을 꿇고 있던 염문이 고개를 들어 똑바로 장보고를 쳐다보며 말하였다.

"어차피 사형당해 죽을 놈이 어찌 찬밥과 더운밥을 가리겠습니까마는 대사 나으리가 허락해주신다면 소인은 명예롭게 죽고 싶나이다."

신라의 형벌에는 드물게 죄수에게 자신의 죽음을 선택할 수 있는 권한을 부여하는 경우도 있었다. 이 때에는 극형에 처할 수 있는 사형수라 할지라도 자신이 죽을 방법을 스스로 선택하게 함으로써 자

304

진(自盡)으로 죽을 수 있는 자유가 보장되었던 것이다.

"어떻게 죽는 것이 명예롭게 죽는 것인가."

다시 장보고가 묻자 염문이 대답하였다.

"소인이 쓰던 칼을 주실 수 있다면 그것으로 자진하여 목숨을 끊어버리겠나이다."

염문이 쓰던 칼, 그것은 피리였다. 그는 피리의 관에 날카로운 칼을 꽂아 유사시에는 검으로 사용하고 있었던 것이었다. 그러니까 염문은 피리의 달인이자 또한 검의 명인이었던 것이었다.

"좋다."

선선히 장보고가 고개를 끄덕이며 말하였다.

"저자에게 칼을 내려주어 자살하여 죽도록 하라."

그때였다.

자리를 박차고 나서며 이창진이 소리쳐 말하였다.

"안 됩니다. 저자를 명예롭게 죽게 해서는 안 됩니다. 차라리 명예롭게 자진해서 죽이실 바에는 대사 나으리, 저자에게 살아도 산 목숨이 아니오, 죽어도 죽은 목숨이 아닌 극형을 내려주옵소서."

"그것이 무엇인가."

장보고가 묻자 이창진이 대답하였다.

"그것은 자자형이나이다."

자자형(刺字刑). 이는 죄인의 얼굴에 죄과를 문신 새기는 형벌로, 따라서 이를 경면형(黥面刑)이라고도 하였다. 이는 죄인 중앙 이마에 상처를 내고, 먹물로 글씨를 새겨 전과를 표시하는 표징형(表徵刑)으로 비록 죄인의 목숨을 빼앗지는 않으나 살려준다 하더라도

평생 지워지지 않는 죄의 표시를 얼굴 중앙에 묵형(墨刑)으로 새김
으로써 살아도 죽은 것과 다름 없는, 아니 차라리 죽는 것보다 못한
가혹한 참형 중의 하나였던 것이다.

"대사 나으리."

이창진이 나서서 말하였다.

"저자는 방상시의 탈을 쓰고 자신의 정체를 숨긴 채 무고한 백성
을 약탈하던 마귀 중의 마귀이나이다. 따라서 저자의 얼굴에 방상
시의 탈 대신 평생 지워지지 않을 문신을 새긴다면 저자는 그 문신
을 벗으려 해도 영원히 벗을 수 없을 것이나이다."

"뭐라고 얼굴에 새기면 좋을 것이냐."

장보고가 묻자 이창진이 대답하였다.

"저자는 도둑이나이다. 또한 저자는 해적이기도 하나이다. 따라
서 저자의 얼굴에 도적(盜賊)이란 두 글자를 삽면(鈒面)하는 것이
가장 옳을 것이라고 생각되나이다."

원래 자자형은 중국의 주나라에서 비롯되었다. 주나라의 형서인
《여형(呂刑)》에 나오는 묵형이 그 시초인데, 주로 관물을 훔친 죄인
에게 '도관전(盜官錢)' 또는 '절도(竊盜)'라는 글자를 신체나 얼굴
에 새기도록 하는 형벌이었던 것이다.

"저자의 부하인 이소정에게도 똑같은 형벌을 내려 팔뚝이나 팔꿈
치에 자자하도록 하시옵소서. 저자들은 잔인무도한 해적들이오니
오히려 죽이는 것이 가벼운 형벌이옵고, 죽어도 죽는 것이 아니며
살아도 살아 있는 목숨이 아닌 극형을 내리시는 것이 옳을까 하나
이다."

이창진의 말에도 일리가 있었다.

염문의 얼굴에 '해적'이란 문신을 자자하여 풀어준다면 다시는 범법행위를 해서는 아니 된다는 경종을 만방에 내릴 수 있으며, 또한 염문에게는 삶이 죽음보다 못한 '생불여사(生不如死)'의 형벌을 내림으로써 극형의 효과를 극대화할 수 있었던 것이었다.

"아니 되옵니다."

그러나 어려계가 나서서 말하였다.

"저자는 교활하고, 목이 길고, 뾰족한 입을 가지고 있어 그 얼굴이 또한 반상(反相)이나이다. 그 눈빛이 예사롭지 아니하고, 눈꼬리 역시 처져 있어 반드시 배반할 얼굴의 반골상을 나타내고 있나이다. 따라서 반드시 몸을 찢어 죽이는 형벌을 내리심은 물론 그의 친족까지도 함께 연대하여 처벌하여야 옳을 것이나이다. 그러지 아니하고 살려두었다가는 반드시 후환이 있을 것이나이다."

어려계가 말하였던 '목이 길고 뾰족한 입'은 예부터 '장경오훼(長頸烏喙)'라 하여서 배반하여 등을 돌리는 배신자의 전형적 인상을 가리키는 표현이었다.

"나으리."

어려계가 극간하여 말하였다.

"저자는 반드시 사지를 베어 죽인 후 시장 같은 곳에 내걸어 공개처형을 해야 할 대역무도한 죄인이나이다. 나으리께오서는 소인의 말을 부디 통촉하여 물리치시지 말아주시옵소서."

그러자 다시 이창진이 나서서 말하였다.

"아니 되옵니다, 나으리. 저자를 시장거리에 내어다가 사지를 베어 죽인다면 오히려 저자를 편안한 정토에 보내는 것이나이다. 죽음의 고통이야 잠시 있겠습니다만 그 다음에는 고통이 없는 극락에 보내는 것이 아니고 무엇이겠나이까. 저런 극악무도한 자가 영원히 지옥의 불 속에 머물러 있게 하려면 그것은 오직 다만 한 가지 방법뿐이나이다. 그것은 누구나 잘 볼 수 있는 얼굴 정중앙에 '도적'이란 두 글자를 자자해놓음으로써 죽을 때까지 고통에서 벗어날 수 없도록 하는 방법 단 하나뿐이나이다."

장보고는 심사숙고하였다.

두 사람의 의견을 충분히 받아들인 장보고는 하루 밤낮을 고민한 끝에 마침내 한 사람의 방법을 결정하였다.

그것은 이창진이 건의하였던 경면형이었다.

염문의 얼굴에 새긴 글자의 크기는 기록에 의하면 사방 한 치 오푼,한 획의 너비는 일 푼 오리로, 염문의 얼굴 중앙에 상처를 내고, 그 상처에 먹물로 글자를 새겨 넣었던 것이었다.

염문의 얼굴에 쓰여진 글자는 '도적'이란 두 글자였다.

그러고 나서 염문은 감옥에 갇혀 있었는데, 이는 자자형을 새긴 죄인이 그 즉시 물로 씻거나 남으로 하여금 입으로 빨아내게 하여 먹물을 지워버리지 못하도록 하기 위함이었다. 또한 그의 입에는 재갈이 물려 있었다. 그것은 혀를 깨물어 자살하는 것을 미연에 방지하기 위함이었다.

또한 '도적'이라고 쓴 글자 위에 봉인을 하고, 형리에 날인을 한 뒤 먹물이 깊이 스며들기를 기다려 3일이 지난 후에야 풀어주었는데, 염문과는 달리 그의 부하 이소정은 왼편 팔꿈치에 '절도'라는 죄명을 문신토록 하였다.

그리하여 마침내 사흘이 지난 후.

형리는 감옥에 와서 염문의 이마에 붙였던 봉인을 떼었다. 그의 얼굴에는 두개의 글자가 또렷이 새겨져 있었다.

'盜' 자와 '賊' 자였다.

누구나 잘 볼 수 있도록 얼굴 정중앙의 이마 한가운데 새겨진 먹물글씨였다. 그 글자가 새겨진 이상 염문은 이미 죽은 목숨이었다. 아니 죽은 목숨보다 더 비참한 구천을 떠도는 귀신이었다.

그로부터 사흘 후.

염문은 감옥에서 풀려났다.

부하 이소정과 함께 염문을 방면하기 전 책사 어려계가 장보고에게 다시 한 번 간하였다.

"염문을 죽이지 아니하고 살려주는 것은 절대로 불가하나이다. 그자는 반드시 먼 훗날에 화근이 될 것이나이다."

"허지만 그자는 이미 자자형을 받아 얼굴에 도적이라는 문신을 새김으로써 마땅한 형벌을 받지 않았는가."

장보고가 말하자 어려계가 다시 말하였다.

"비록 얼굴에 자자형을 받아 평생을 숨어 사는 죄인이 되었다 하더라도 그는 반드시 다시 사람의 목숨을 빼앗는 도적이 될 것이며, 살인자가 될 것이나이다. 대사 나으리, 그자를 살려 보내시는 것은 절대로 아니 되나이다. 옛말에 이르기를 송양지인이라 하지 않았나이까. 이제 나으리께서 염문을 살려 보내시는 것은 송나라의 양공(襄公)이 쓸 데없이 인정을 베풀어 그것으로 나중에는 자신이 큰 화를 입는 것과 크게 다르지 않으시나이다."

송양지인(宋襄之仁).

일찍이 송나라의 양공은 춘추전국시대 때 천하를 제패하는 패왕이 될 야망을 품고 초나라의 군사와 홍수(泓水)를 사이에 두고 대치한다. 초군은 이때 양공을 얕잡아 보고는 무모하게 강을 건너오기 시작하였다. 이것을 가만히 바라만 보고 있던 양공에게 재상 목이(目夷)가 진언했다.

"적은 많고, 이곳은 군세가 작습니다. 적이 전열을 가다듬기 전에 강 속에서 적을 쳐야 합니다."

그러나 양공은 듣지 않았다.

"군자는 어떤 경우든 남의 약점을 노리는 비겁한 짓은 하지 않는 법이오."

양공은 초군이 강을 다 넘기를 기다렸다. 홍수를 다 건넌 초군의 진영이 채 정돈되지 않은 틈을 보고 목이가 다시 공격을 권했지만 양공은 듣지 않고 있다가 초군의 전군이 다 완전히 정비된 후에야 비로소 공격했다. 그 결과 수적으로 열세한 송나라의 군사는 참패했고, 양공 자신도 허벅다리에 깊게 부상을 입었다. 여러 사람이 원망하였으나 양공은 절대 후회하지 않았다. 그러나 결국 양공은 이때 입은 상처로 이듬해에 죽고 말았다.

그 이후부터 자신의 처지를 모르고 쓸데없이 인정을 베풀거나 무익한 동정을 베풀어 결국 자신은 화를 입는 어리석음을 '양공의 부질없는 어짊'이라고 빗대어 '송양지인'이라고 부르게 되었던 것이다.

장보고는 어려계의 말이 무엇을 뜻하는가를 잘 알고 있었다.

"그대의 말은 잘 알겠소. 그러나 옛말에 이르기를 일사부재리(一事不再理)라 하였소. 일단 한 번 판결을 내려 형이 확정되면 그 죄인에게는 같은 죄로 두 번 다시 죄를 묻지 않는 법이오."

"하오나 나으리."

어려계도 쉽게 물러나지 않았다.

"예부터 대역죄인은 비록 사형을 당해 묘에 묻혔다 하더라도 훗날 다시 파내어 목을 베고 육시하지 않사옵나이까. 저와 같은 흉악무도한 죄수는 일단 한번 형벌이 내려졌다 하더라도 두 번 아니라 열 번이라 하더라도 다시 꺼내어 참할 수 있나이다."

그러나 장보고는 어려계의 말을 듣지 않았다. 그는 마침내 최후의 명령을 내렸다.

"염문을 풀어주도록 하라."

마침내 염문과 그의 부하 이소정이 풀려나자 어려계가 한탄을 하며 땅을 치며 말하였다.

"호랑이 새끼에게 날개를 달아주었구나."

그로부터 8년 뒤.

장보고는 책사 어려계가 재삼재사 간하였던 것처럼 염문으로부터 크게 후환을 입게 된다. 만약 이때 장보고가 어려계의 말을 받아들여 염문을 살려 보내지 아니하고 그의 목숨을 빼앗아버렸다면 장보고는 어쩌면 '천하를 제패하는 패왕'이 되었을지도 모르는 일이었다.

그런 의미에서 장보고는 어려계가 평하였던 대로 결정적인 때에는 양공처럼 쓸데없는 인정을 베푸는 인간적인 약점을 지녔던 영웅이었는지도 모른다.

한편 염문과 이소정은 배에 실려 청해진의 앞바다를 벗어났다.

뭍에 오른 후에도 두 사람은 서로 아무런 말도 하지 않고 빠르게 도망치고 있었다. 마침내 산모양이 둥글게 사방으로 둘러서 솟은 '둥구머리산', 즉 두륜산(頭輪山)에 이르렀을 때에야 염문이 발길을 멈추고 숲속의 계곡에 앉았다.

마침 만추의 계절이었다.

온 산은 붉은 단풍으로 물들어 있었고, 숲 사이로 그들이 도망쳐 온 남해의 바다가 눈부시게 석양빛을 반짝이며 빛나고 있었다.

염문은 암석 위에 앉아서 한참 동안 물속을 바라보고 있었다. 부하 이소정은 주인 염문이 두 손으로 물을 떠서 마시고 있는가 생각하였다. 그런데 그것이 아니었다. 염문은 물끄러미 물속을 바라만 보고 있었던 것이었다.

두륜산은 가연봉을 비롯하여 도솔봉, 혈망봉, 향로봉 등 수많은 연봉들 사이로 깊은 골짜기가 흘러내리고 있는데, 그 계곡마다 맑은 물이 폭포를 이루며 쏟아지고 있었다. 쏟아져 내린 물이 평평한 바위틈에 소(沼)를 이루고 있었다. 염문은 그 늪 속에 고인 물을 가만히 들여다보고 있었던 것이었다.

이소정은 무릎을 꿇고 말하였다.

"나으리, 소인이 죽을 죄를 졌나이다."

비록 해적 출신이었으나 이소정은 신의를 갖고 있었으므로 주인 염문의 참화가 자신 때문임을 통감하고 있었던 것이다. 자신이 미끼가 되어 섬에서 탈출하여 무주로 도망치지 아니하였더라면 주인은 이처럼 붙잡히지 않았을 것이다.

"나으리, 소인을 죽여주옵소서."

그러나 염문은 이소정의 애원을 듣는지 마는지 암석 위에 앉아서 꼼짝도 하지 않고 있었다. 이소정은 주인이 무엇을 하고 있는가를 살펴보았다.

이소정은 주인이 물을 마시는 것도 아니고 더럽혀진 얼굴을 씻기 위해서 물가에 앉아 있는 것이 아니라 물속에 비친 자신의 모습을 들여다보기 위해서 앉아 있음을 발견했다. 계곡을 타고 흘러내리던 물이 평평한 바위틈새에 고여 작은 못을 이루고 있었고, 그곳에 고인 물은 고요하여 마치 맑은 거울처럼 투명하게 빛나고 있었던 것이다.

염문은 그 물을 거울 삼아 자신의 얼굴을 비춰보고 있었다.

이소정은 또한 잘 알고 있었다.

자신은 비록 부하였으므로 팔꿈치에 묵형을 받았으나 주인 염문은 얼굴 한 중앙에 '盜賊'이란 두 글자의 묵형을 받았으므로 이 세상 그 어디를 가도 죄수의 신분을 숨길 수 없는 천벌을 받았음을. 자신은 긴 소매옷을 입는다면 얼마든지 팔꿈치의 묵형자국을 감출 수 있으나 주인은 하늘 아래에서는 그 어디에도 감출 수 없는 천형 (天刑)을 받았음을.

평소에 잔인하고, 흉폭한 주인의 성격을 잘 알고 있었으므로 이소정은 주인이 곧 자신에게 마땅한 벌을 내릴 것이라고 생각하고 무릎을 꿇은 채 앉아서 생각하였다. 이제 곧 물에 비친 자신의 처참한 모습을 확인한 염문이 그 분노를 자신에게 퍼부을 것이다.

그러나 어느 순간.

물속을 들여다보던 염문이 갑자기 몸을 세워 허리를 일으켰다. 그리고 큰 소리로 껄껄 웃기 시작하였다.

그의 웃음소리는 골짜기를 따라 메아리가 되어 울려 퍼졌다.

"한심하구나, 네 얼굴. 이제는 벗으려야 벗을 수 없는 대면(大面) 하나를 얼굴에 쓰게 되었구나. 너는 이제 방상시의 탈이 아니라 귀신의 탈을 쓰게 되었구나."

"주인 나으리."

무릎을 꿇고 앉은 이소정이 몸을 떨며 말하였다.

"이 모든 것이 소인의 잘못 때문이나이다. 소인을 죽여주시옵소서."

"네놈을 죽여달라고."

크게 웃다 말고 염문은 피리를 세워들었다. 그 피리의 끝에는 검이 꽂혀 있었으므로 그것은 자연 날카로운 패검(佩劍)이 되었다.

"오냐, 소원이라면 내가 너를 죽여주마. 허기야 이와 같은 수모를 당하고 굳이 살아서 무엇하겠느냐. 하늘 아래에서 이와 같은 모욕을 당하고 구차하게 목숨을 부지하여 무엇하겠느냐. 아니 그러하겠느냐."

염문은 단칼에 베어버릴 듯이 피리의 검을 머리 위로 치켜 올렸다.

한순간 염문의 칼이 번득였다. 동시에 앉은 자리에서 이소정이 비명을 지르며 쓰러졌다. 그러나 한 방울의 피도 흘러내리지 않았다. 염문의 칼이 이소정의 몸을 벤 것이 아니라 이소정이 꿇어앉은 그 자리 위에 늘어진 단풍나무의 가지를 단칼에 베어 떨어뜨린 것이었다.

베어진 나뭇가지에서 붉은 단풍잎이 계곡물에 마치 붉은 선혈처럼 흩어져 떨어졌다.

"네놈은 이미 죽은 놈인데, 그 죽은 목숨을 또다시 죽여서 뭘 하겠느냐. 네놈뿐 아니라 나 또한 그러하다. 나 또한 이미 죽은 목숨인데 새삼 슬퍼할 일이 어디 있고, 문책할 일이 어디 있겠느냐."

칼끝에 피리를 불 수 있는 설을 꽂아 넣으면서 염문이 탄식하여 말하였다.

"언젠가는 반드시 내가 원수를 갚을 것이다. 그러니 죽는 것보다 반드시 살아 있는 것이 중요한 것이 아니냐. 내 말의 뜻이 무엇인지 알겠느냐."

"주인 나으리."

주인의 칼이 자신의 몸을 베어 죽이지 않음의 뜻을 비로소 깨달은 이소정이 통곡하여 울면서 말하였다.

"나으리가 가시는 곳이라면 소인은 어디든 따라가겠습니다. 나으리의 말씀처럼 반드시 살아서 원수를 갚는 데 신명을 바치겠나이다."

"그럼 됐다. 일어나 앉거라."

염문은 다시 계곡물가의 암벽 위에 앉았다.

계곡의 풍경은 이러한 살풍경한 두 사람의 모습과는 달리 절경이었다. 마침 가을의 절정이었으므로 홍엽들은 쥐어짜기만 해도 핏물을 뚝뚝 떨어뜨릴 듯 온 산은 붉은 화광으로 충천하고 있었다.

염문은 피리를 세워들고 다시 껄껄 웃으며 말하였다.

"살아서 목숨을 부지하고 있어야 원수를 갚을 수 있을 것이 아니겠느냐. 그러니 그놈들이 얼마나 어리석으냐. 우리를 죽이지 아니하고 이처럼 살려놓았으니 그놈들이야말로 바보천치가 아니고 무엇이겠느냐."

염문은 혼자서 묻고 혼자서 대답하고 혼자서 크게 웃었다.

"그들이 내 얼굴에 도적이란 두 글자를 새겨놓아서 내가 죽은 것으로 생각하고 있다만 그것은 오산이다. 그들이 죽인 것은 내 이름과 명예뿐이지 내 목숨은 아닌 것이다. 봐라, 나는 이처럼 살아 있지 않느냐."

염문은 암벽에서 일어나 미친 듯이 이리저리 몸을 흔들며 춤을 추면서 부하 이소정에게 물어 말하였다.

"내가 지금 죽어 있는 것이냐. 아니면 살아 있는 것이냐."

넋을 잃고 주인의 광적인 행동을 바라보고 있던 이소정이 허리를 굽히며 대답하였다.

"나으리께오서는 분명 살아 계시나이다."

"그럼 됐다."

염문은 다시 한바탕 껄껄 웃고 나서 바위 위에 정좌하고 앉았다. 잠시 눈을 감고 호흡을 고른 다음 염문은 피리를 불기 시작하였다.

무등산곡이었다.

예부터 무등산에 산성을 쌓았던 백제인들이 태평성대를 누리며 불렀다던 전설 속에 나오는 바로 그 노래였다.

이소정은 주인이 제정신인가 하고 새삼스럽게 피리를 불고 있는 주인 염문을 바라보았다. 주인은 어쩌면 실성하여 정신을 잃어버린 것이 아닐까. 그러나 그것이 아니었다.

염문은 너무나 태연하게 피리를 불고 있었던 것이었다. 원래 피리로는 시나위만 불렀을 뿐이지 진양이나 중모리의 가락은 연주하는 사람이 없었으나 염문은 피리의 명인답게 구성지게 산조(散調)를 연주하고 있었던 것이었다.

스스로 죽지 아니하고, 살아 있음을 강조하기 위해서 두륜산의 계곡에서 피리를 불었던 염문. 그는 과연 자신의 장담대로 그로부터 2년 뒤 다시 태어난다.

염문이란 이름의 해적은 죽고, 이번에는 염장(閻長)이라는 무장으로 환생하게 되는 것이다. 《속일본기》에는 그의 이름이 염장(閻丈)으로도 표기되어 있는데, 어쨌든 노비매매의 해적이었던 죄수 염문이 이처럼 염장으로 부활하여 전혀 새로운 파란만장한 인생을 살아가게 되는 것을 보면 참으로 알 수 없는 것이 우리들 인생의 유전(流轉)인 것이다.